KB243022

산속의 가을 저녁 山居秋暝

빈 산, 새로 내린 비 막 갠 뒤
날 저물자 가을이 깊어졌다
밝은 달 소나무 사이로 비치고
맑은 샘물은 돌 위로 흐른다
대나무 숲 시끄럽게 빨래 하는 아낙네들 돌아가고
연꽃 요동치게 고깃배가 내려가네
봄날의 향기로운 꽃 없어진들 어떠리
은자만 절로 머물만 한 것을

空山新雨後　天氣晚來秋
明月松間照　清泉石上流
竹喧歸浣女　蓮動下漁丹
隨意春芳歇　王孫自可留

개방각하
丙帮閣下

개방각하 1

도욱 新무협 판타지 소설

초판 1쇄 찍은 날 § 2004년 9월 6일
초판 1쇄 펴낸 날 § 2004년 9월 16일

지은이 § 도욱
펴낸이 § 서경석

편집장 § 문혜영
편집 § 장상수 · 김민정 · 최하나
마케팅 § 정필 · 강양원 · 이선구 · 김규진 · 홍현경

펴낸곳 § 도서출판 청어람
등록번호 § 제1081-1-89호
등록일자 § 1999. 5. 31
어람번호 § 제2-0417호

주소 § 경기도 부천시 원미구 심곡1동 350-1 남성B/D 3F (우) 420-011
전화 § 032-656-4452 팩스 § 032-656-4453
http://www.chungeoram.com
E-mail § eoram99@chollian.net

ⓒ 도욱, 2004

ISBN 89-5831-216-5 04810
ISBN 89-5831-215-7 (SET)

丐幫閣下

개방각하

1

각하님, 각하님, 우리 각하님

Fantastic Oriental Heroes

도욱 新무협 판타지 소설

도서출판
청어람

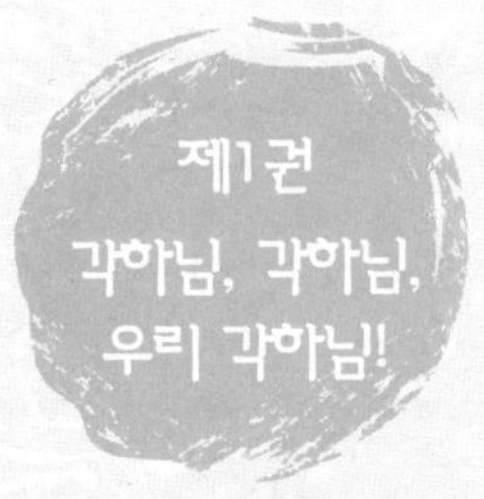

| CONTENTS |

작가의 말 / 6

서(序) / 9

제1장 **개혁 후보의 눈물** / 11

제2장 **난장**(亂場) / 37

제3장 **어허! 만만한 사람이 아니라니까!** / 65

제4장 **만금천부의 장보도** / 101

제5장 **무대붕의 고민과 광한의 묘수** / 145

제6장 **무대붕, 경사났네!** / 179

제7장 **각하의 진면목** / 201

제8장 **완전 범죄는 없었다** / 229

제9장 **구국의 결단?** / 259

글을 業으로 살아온 지 어언 이십 년.

꽤나 오랜 세월 동안 글쟁이로의 삶을 살아왔던 것 같다.

그동안 수많은 캐릭터를 창조하고 그들의 삶을 엮어가며,

그들을 통해 내가 겪지 못한 여러 삶의 세계에 대리 만족을 느낀 행복한 세월이었다.

쓸 때마다 늘 다른 색깔의 세계를 만들고 싶었고,

꼭 한 가지의 얘기를 던지고 싶었다.

내가 하고자 했던 얘기가 작품 속에 잘 녹아 있을 땐 뿌듯한 만족감에 절로 흥이 났고,

간혹 원하는 방향으로 얘기를 끌고 가지 못했을 땐 많이 아파하고 절망감에 사로잡히기도 했었다.

개방각하!

이 작품은 영웅의 이야기다.

그러나 이 작품 속의 영웅은 우리가 알고 있는 교과서적인 영웅과는 너무도 격이 다른 인물이다.

이기적이며 철저하게 자기 중심적 사고를 갖고 있고, 그 어딜 봐도 존경받을 만한 구석이 전혀 없는 그런 인물이 뜻밖의 계기로 영웅이 되는 과정을 그

렸다.

한번쯤 우리 뇌리 속에 박혀 있는 영웅들의 모습을 틀어보고 싶었고, 그런 의도로 이 작품을 계획했다. 자칫 딱딱해질 수 있는 이야기인 탓에 더러 약간의 풍자와 과장을 곳곳에 장치하여 독자 여러분이 좀 더 편안히 글을 읽을 수 있게끔 나름대로 신경을 썼다고 생각은 하지만, 그 역시도 조심스러울 수밖에 없다.

그저 내가 하고자 하는 이야기를 보다 많은 독자들이 함께 공감하기만을 바라고 싶을 뿐이다.

끝으로…

다른 잡념 갖지 않고 작품에만 전념할 수 있도록 최대한 배려를 해주신 서경석 兄에게 지면을 빌려 다시 한 번 감사의 말을 전하고 싶고,

글 쓰기밖에 할 줄 모르는 무능한 家長의 뒷바라지에 살맛이 없을 아내에게 이 책을 獻星한다.

2004년 여름
월계마을에서 도욱 拜上.

빌어먹을.

정말이지 난 내가 원하는 대로만 살고 싶었다.

부하들 많겠다, 무림에서 그 누구도 괄시할 수 없는 위치에 있겠다, 그리고 돈도 제법 짭짤히 챙겼겠다, 어느 하나 아쉬울 게 없는 사람이 바로 나다.

여자가 생각나면 품고,

술에 취하고 싶으면 퍼마시고,

멋진 의상이 있으면 사 입고,

화려한 장신구가 눈에 띄면 치장하고,

기분 더러운 날은 부하들에게 인상 한번 긁고,

아무튼 기분 내키는 대로 난 그렇게 살았다.

그런데……

그 망할 놈의 자식 때문에 내 빛나는 청춘이 완전히 더럽게 꼬여 버렸으니…….

　영웅?
　그 딴 건 한쪽 다리 들고 오줌발 날리는 저 개새끼한테나 갖다 붙이라고 해.
　얼어죽을! 내가 언제 그런 거 시켜달라고 했나?
　개똥처럼 굴러도 이승이 좋다고……
　내 멋대로 살 수 있는 이 땅에서 내가 원하는 대로 그렇게 천년만년 살고 싶었을 뿐인데… 정말 그랬을 뿐인데…….
　이게 모두 네놈 때문이야!
　모두 네놈 때문이라구.
　젠장!

＊　　　＊　　　＊

　영중제(泳中帝) 십칠년.
　무림사 최대의 영웅으로 추앙받게 된 어느 사내가 있었다.
　그는 자기 인생의 정점에서 이와 같은 넋두리를 털어놓았다.
　그 딴 허울뿐인 칭호보다는,
　배알이 비틀리는 대로 살지 못한 게 억울했노라고…….

제1장

개혁 후보의 눈물

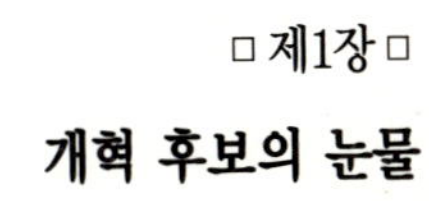

—동지 여러분, 이 젊은 후보, 개혁 후보인 기호 4번
개방각하 무대붕을 한번 화끈하게 밀어주십쇼!

무창(武昌).

호북성(湖北省) 최대의 도시다.

예로부터 교통의 요충지인 탓에 여느 지역보다도 비교적 많은 발전이 있었지만, 무창이 호북 최대의 도시로 성장하게 된 가장 큰 이유는 이곳에 바로 정도무림맹(正道武林盟)이 존재했기 때문이었다.

전통의 구파일방(九派一幇)과 사대세가(四大世家), 삼보(三堡), 사장(四莊), 그 외에도 강호에 존재하는 수많은 중소문파의 무림인들이 모두 속해 있다고 봐도 과언이 아닌 무림맹.

이러한 거대 집단인 무림맹의 대형 연무장에서는 이 순간, 사 년마다 한 번씩 선거인단에 의해 선출되어지는 무림맹주의 선거 유세가 벌어지고 있었다.

"와와와!"

일만 평의 연무장 안엔 정파의 무림인들이 입추의 여지조차 없이 들어차 있었다.

이들은 자신이 지지하는 후보의 연설이 끝날 때마다 우레와 같은 음성과 박수를 아끼지 않았다.

또한 자신이 지지하지 않는 후보에 대해서도 그 어떤 야유나 빈정거림없이 연설을 끝까지 경청하는 수준 높은 선거 의식을 보여주었다.

맹주는 사 년마다 한 번씩 사백칠십이 명으로 구성된 선거인단의 투표로 선출되며, 단 한 번의 연임만을 허락했다.

무림에서 맹주의 위치란 절대적인 존경의 대상이다.

일반 백성들과는 달리 무림인들은 황제에 대한 존경이나 충성심이 매우 낮았다. 검 한 자루에 자신의 인생을 걸고, 무림이라는 험난한 세계에서 자신의 영명을 떨쳐 보고 싶은 소망을 갖고 있는 게 바로 무림인들이다.

그런 탓에 부모 덕으로 왕위를 세습받은 황제보다는 자신의 힘으로 천하에 무명(武名)을 날리고, 자신의 세계를 구축한 무림맹주를 절대자만큼이나 존경하였던 것이다.

초창기의 무림맹주는 구파일방을 비롯한 무림 명가의 총수들이 모여 그들만의 합의로 추대되었다.

워낙 덕망 높은 무림의 지존들이 머리를 맞대고 추대한 맹주였던 까닭에 충분히 존경받을 위치에 있는 인물이 맹주가 되었고, 맹주는 무림인들 간의 중재와 화합을 위해 헌신을 하였다.

그러던 중 냉혈무적(冷血無敵) 독고박통(獨孤朴統)이 삼대에서 칠대까지 무려 다섯 번을 연임하면서 온갖 독선과 독재로 강호를 불안과 공포에 떨게 만들었다.

뿐만 아니라 그의 측근들은 측근들대로 그의 십팔 년 재임 기간 동안 각종 이권과 비리에 개입하며 제 뱃속을 채우는 바람에 강호인들의 원성이 끊이질 않았다.

하여 독고박통이 그의 심복에게 시해를 당한 이후 새로이 선출된 제 팔대 맹주부턴 덕망있는 무림고수들 사이의 추대가 아닌 중원 전역에 산재한 수많은 정파 무림인들이 직접 자신들의 손으로 뽑도록 율법과 조항을 바꾸었다. 연임 또한 단 한 번만 허용되었다.

선거인단은 각 문파의 전통과 규모에 의해 최대 열 명에서 최소 한 명으로 구성되었다.

소림사와 같은 구파일방은 전통과 규모 면에서 당연히 열 명씩 선출되었고, 그 외에는 전통과 규모로 차등을 두며 총 사백칠십이 명의 선거인단으로 구성했다.

맹주는 그들의 투표에 의해 선출되어진다. 물론 투표는 무기명 비밀투표였다.

“와아아!”

단상에서는 세 번째 후보의 연설이 끝나고 네 번째 후보가 환호 속에 연설을 준비하고 있었다.

기호 1번, 소림사(少林寺) 장로 출신으로 현 무림맹주인 혜공 대사(慧空大師). 그는 지난 사 년 동안 과오없이 무림맹을 이끌어온 자신의 치적을 내세우며 자신에게 한 번 더 기회가 주어진다면 무림인들 간에 화합을 위해 좀 더 열심히 일해보고 싶다는 요지의 연설을 했고,

기호 2번, 남궁세가(南宮世家)의 가주인 무적패검(無敵覇劍) 남궁일도(南宮一道). 메주처럼 사각형의 각진 얼굴이 인상적인 그는 사십 대의 경험과 패기로써 무림인들을 위해 자신의 한 몸을 헌신하겠다고 출

사표를 던졌다.

기호 3번, 아미파(峨嵋派)의 장문인인 대처 신니(大處神尼). 육 척 거구로 철의 여인이라 불리는 여장부답게 남자만 꼭 맹주를 하라는 법은 없다며, 그러한 고정관념을 깨뜨리기 위해서 출마를 했고, 출마를 한 이상 꼭 당선되고 싶다며 거침없는 야망을 드러냈다.

그리고 이제 마지막으로 남은 기호 4번이 단상에서 연설을 시작하고 있었는데…….

펄럭이는 백의장삼은 금으로 수를 놓은 듯한 봉황자수가 번쩍거렸고, 귀고리와 팔찌 등 보석으로 온몸을 치장한 젊은 사내, 아무리 열심히 나이를 먹어봤자 이십 대 중반으로밖에 보이질 않는 그런 사내였다.

"움하하핫! 반갑습니다."

사내는 단상에 오르자마자 입을 히죽 벌리며 웃음을 터뜨렸다.

그러자 맨 앞줄에 도열하여 앉아 있던 열 명의 거지들이 일제히 찌그러진 밥그릇 통을 두들기며 환호하기 시작했다.

깡깡깡깡!

"와아~ 우리 각하 만세!"

"위대한 일백만 정파무림 동지 여러분! 기호 4번인 개방의 방주이자 강호제일의 쾌남아로 불리는 개방각하(丐幇閣下) 무대붕(武大鵬)이올시다."

쾌남아라기보다는 부잣집 막내 도련님 같은 사내.

그는 개구쟁이와 같은 본연의 얼굴과는 달리 매우 진지한 표정으로 연설을 하고 있었다.

"우와! 우리 각하 최고다! 만세, 만만세!"

"잘한다. 목청 좋고. 인물 좋고! 차기 맹주는 따놓은 당상이다!"

“저 얼굴 보고 표를 안 찍을 여자가 어딨겠냐? 여자 표는 무조건 우리 각하 거다!”

“낄낄~ 암! 그래서 해보나마나라니까!”

언제 물 구경을 했는지 꿀꿀한 악취를 풀풀 풍기며 열 명의 거지들은 주변의 냉랭한 눈치에도 아랑곳없이 계속하여 열광하고 있었다. 꽹과리에 구걸 통을 두들기며 너무도 열심히…….

개방 거지들의 열광에 탄력을 받았는지 무대붕의 목청이 점차 높아지기 시작했다.

“이렇듯 무림맹의 모든 동지들이 본인을 지극 정성으로 환호하는 모습을 보니 본인의 마음이 무지 많이 행복해지며, 동지들을 위해 이 한 목숨 깔끔하게 던져야겠다는 생각이 가슴 밑바닥에서부터 용솟음치고 있습니다! 움하하핫!”

“와아! 잘한다. 나오는 말마다 모두 명언이구나!”

“우리 각하, 인물만 좋은 줄 알았더니 어쩜 저렇게 말도 잘하냐?”

이렇듯 열광하는 열 명의 거지와는 달리 나머지 사람들은 비정할 정도로 냉랭했고, 또 다른 일부는 황당한 표정으로 단상을 쳐다보고 있었다.

‘미친놈, 환호하는 동지를 위해서?’

‘임마, 우리가 언제 널 환호했냐? 환호하고 박수를 치는 건 너희 개방 떨거지들이다.’

‘우리 각하? 내미랄~ 진짜 꼴 같지 않게 놀고 있다니까.’

하지만 무대붕의 시야엔 달갑지 않은 그 수많은 군중들의 표정은 들어오지 않았다. 그의 눈에 보이는 건 맨 앞줄에서 침 튀기며 미친 듯이 열광하고 앉아 있는 열 명의 거지뿐이었다.

"동지 여러분! 여러분은 차기 맹주로 본인을 꼭 찍어야만 합니다. 웬 줄 아십니까? 움하하! 표정들을 보니 무지하게 궁금하신 모양인데 지금부터 왜 그래야만 하는지 얘기해 드리겠습니다."

'아함~ 듣고 싶지 않다. 그냥 내려오기나 해라.'

'끙! 이거 왜 이렇게 괜히 짜증이 나는 거지? 누가 저 녀석 좀 강제로라도 내려보낼 수 없나?'

사람들이 하품을 하든 짜증을 내든 한번 탄력을 받은 무대붕의 연설은 막힘없이 터져 나오고 있었다.

"본인이 무림맹주가 되면 우선 무림맹 소속의 총각 무사들은 무조건 결혼을 시켜줄 것이며, 이틀에 한 번씩 원없이 술과 고기를 먹도록 해 줄 것이며, 근무도 주 오 일제로 만들겠습니다. 그리고 일 년에 한 번씩 해외 여행을 보내줄 것이며, 십 년마다 집 한 채씩 선물해 드리겠습니다. 또한 조금이라도 젊었을 때 열심히 놀아야 후회가 없다는 옛 성현의 말씀에 따라 앞으로는 이 땅에 먹고 노는 문화도 정착시켜 나갈 생각입니다."

"와— 잘한다!"

"우리 각하 최고다!"

깡깡깡깡!

"여러분! 이젠 나이 든 노인들이 그저 하는 일 없이 감투나 쓰고 있는 무림맹도 새롭게 개혁해야만 합니다. 세상은 나날이 바뀌고 있는데 머리에서 곰팡내나 풍기는 노인네들이 무슨 신선한 생각을 갖고 개혁을 할 수 있겠습니까? 동지 여러분, 이 젊은 후보, 개혁 후보인 기호 4번 개방각하 무대붕을 한번 화끈하게 밀어주십쇼! 정말 열심히 잘할 자신이 있습니다. 여러분! 기호 4번입니다. 넉 사 자, 4번! 꼭 기억하시고 깔끔하게 투표해 주십쇼!"

역사상 최연소 무림맹주 후보로 출마한 무대붕의 그야말로 폭탄 같은 공약이 막힘없이 터져 나왔다.

"와와와!"

"투표는 해보나마나다. 당선 확정, 확정!"

"우리 각하, 만만세!"

좌우지간 그의 공약이 아무리 황당하든 말든 선거인단으로 참석한 열 명의 개방 식구들은 연신 꽹과리와 구걸 통을 두들기며 환호를 질러댔다. 이젠 아예 일어나서 신명나게 춤까지 추면서…….

하지만 그 외의 다른 사람들, 정확히 말하자면 개방 식구를 뺀 나머지 사람 전부의 얼굴은 허옇게 떠버렸다.

정말 기막힐 정도로 절묘한 대조였다.

'미친놈, 뭘 어떻게 해주겠다고? 우릴 호구로 아는 거야 뭐야?'

'쯧쯧, 미친놈은 몽둥이가 약인데. 귀신은 도대체 뭘 하는 거지? 저런 정신머리 출장 보낸 놈 안 잡아가고.'

'개혁 후보라고? 에라~ 네놈의 얼빠진 대갈통이나 먼저 개혁해라.'

세인들의 비웃음과는 상관없이 무대붕의 얼굴은 지나칠 정도로 자신감이 넘쳐 흐르고 있었다.

'낄낄~ 이렇듯 파격적인 공약을 해놨으니 무조건 나를 찍겠지? 암! 내가 아니면 누가 되겠어? 고리타분한 소림의 빡빡 늙은이보다, 괜히 목청만 크고 능력은 개뿔도 없는 남궁세가의 메주보다, 그리고 노망 든 아미파의 뚱땡이 할망구보다야 내가 월등하지. 암, 두말하면 하품이라구.'

무대붕은 함께 단상 위에 나란히 앉아 있는 경쟁 후보들을 바라보며 너무 흡족한 나머지 찢어질 것 같은 입을 억지로 다물었다. 아무리 좋아도 지금은 표정 관리를 해야 할 때라고 생각하면서.

이윽고, 선거인단의 투표가 시작되었다.

각 문파에서 선출된 선거인단들은 차례차례 줄을 서서 휘장으로 가려진 투표소에서 지정된 투표 용지에 자신이 지지하는 후보에 기표를 한 후, 투표함에 투표 용지를 넣었다.

투표는 조용하고도 차분하게 진행되었고, 투표 종료를 알리는 종소리와 함께 높은 지식과 덕망으로 강호인들의 존경을 받은 열 명의 선거 관리 위원들이 개표와 집계를 시작했다.

"자! 지금부터 투표 결과를 발표하겠습니다."

진행을 맡고 있는 무당파의 최연소 장로이자 재담꾼으로 알려진 청학자가 연단 위에 올라섰다. 그러자 투표 후 나름대로 결과를 예상하며 웅성거리던 장내가 일순간에 찬물을 끼얹은 듯 조용해졌다. 꼴깍하며 침 넘어가는 소리가 들릴 만큼 비정할 정도의 고요함이었다.

청학자 역시 앞으로 새로이 펼쳐질 무림 지도자를 자신의 입으로 발표한다는 긴장 때문인지 잠시 뜸을 들였다.

"휴우~"

그는 길게 호흡을 한 번 내쉬고는 천천히 들고 있는 두루마리 종이를 펼쳤다. 이어 또박또박 입술을 열기 시작했다.

"총 사백칠십이 명의 선거인단 투표 중 기권 없고, 무효 없고, 좌우지간 이번 제13대 맹주 당선자는……."

*   *   *

무창객점(武昌客店).

무창에서 가장 크고 잘 나가는 대형 객점이다.

선거 뒤끝이라 그런지 객점은 만원사례를 이루고 있었다. 방금 투표를 하고 나온 사람들이 대부분이었고, 앉아 있는 모든 사람들마다 맹주 선거에 관하여 목청을 높이고 있었다.

"나원 참~ 그 얼빠진 거지 왕초 놈이 말도 안 되는 헛소리로 사람들을 유혹하기에 혹시 저러다 되는 게 아닌가 걱정했었는데……."

"아무리 공약이라지만 어디 말 같은 구석이 있어야 사람들이 믿지. 그 자식 입에서 나온 헛소리를 누가 믿겠나?"

"장가 보내주고 해외 여행을 보내줘? 집도 사주고?"

"난 앞으로 놀고 먹는 문화로 개혁하겠다는 소리에 눈물이 날 뻔했다니까."

"뭐? 눈물?"

"이 친구야, 그런 헛소리를 듣고 정말 감동을 먹었단 말야?"

"그래, 인간의 머리로 어떻게 그런 황당한 생각을 할 수 있을까? 그리고 그런 헛소리를 어떻게 수많은 사람 앞에서 뻔뻔스럽게 내뱉을 수가 있을까? 그 당당하고도 두꺼운 낯짝에 눈물이 팽 돌면서 감동이 물결치더라고."

"하하하~ 암! 정말 얼굴 가죽이 두껍긴 두꺼운 놈이지. 거지 왕초 주제에 온갖 치장과 멋을 부리고 다니는 걸 보면."

"한심한 녀석. 사고방식이 어째 그 모양일까? 대갈통 속에 뭐가 들었기에 참."

"하하, 어쨌든 앞으로 당분간 술 마시면서 안주는 없어도 되겠어. 안
줏감으로 그 이상은 없을 테니까."

"낄낄, 고마운 물건이야. 사람들을 이렇게 웃을 수 있도록 만들어주
다니. 그동안 웃고 씹을 일이 없었는데."

"그럼그럼~ 그런 면에선 아주 기특하고 훌륭한 녀석이지. 키키킥~"

그랬다.

꽉 들어찬 객점 내의 손님들마다 기호 4번 개혁 후보인 무대붕을 안
줏감으로 놓고 낄낄거리며 열심히 씹어대고 있었다.

*　　　*　　　*

으아아아!

말도 안 돼~ 안 돼~ 안 돼.

인물 좋고, 옷걸이 탁월하고, 게다가 공약까지 다른 인간들과는 비
교조차 안 될 정도로 화끈했는데 단 한 표라니?

이건 현실적으로, 그리고 이성과 감성적으로 생각해도 결코 있을 수
없는 일이다.

우리 개방 선거인단만 해도 열 명이고.

게다가 투표권을 갖고 있는 여자만 해도 여든 네 명이었다. 그 표만
다 합쳐도 아흔 네 표인데 어떻게 달랑 한 표만 나올 수 있단 말인가?

게다가 우리 쪽으로부터 술과 고기를 얻어먹은 놈들이 얼마고 뒤로
돈을 받아먹은 놈들이 또 얼만데.

당연히 이건 음모다!

젊고 유능한 개혁 후보를 당선시키지 않으려는 늙은 기득권 층의 음
모.

그렇지 않고서야 어떻게 달랑 한 표란 말이냐!

이놈의 무림.

썩어도 너무 썩었다.

그렇기 때문에라도 개혁이 필요한 거였는데.

그렇기 때문에라도 내가 무림맹주가 되어야만 했는데.

젠장… 썩을… 내미럴.

*　　　　*　　　　*

잡방(雜幇).

원래 무림에 이런 방파는 존재하지 않았다.

아마 삼 년 전인가?

전통의 거지 문파인 개방이 있는 하남성 개봉 땅에 말뚝을 내린 또
하나의 거지 문파였기 때문에 웬만한 강호인들은 잡방의 존재 여부에
대해서 잘 알지도 못했고 관심도 거의 없었다.

더욱이 작금의 강호는 새로 생긴 중소 문파의 존재까지 기억할 만큼
한가하질 못했다. 너무도 먹고살기가 벅찬 그런 시절이었다.

"푸갈갈갈!"

잡방의 방주전에서 가래 끓는 웃음이 계속하여 터져 나오고 있었다.

침까지 흘리며 한창 웃고 있는 사내,

성성이처럼 털로 얼굴 전체를 도배했고, 개구리처럼 볼록 튀어나온

배가 꽤나 인상적인 오십 대 사내였다.

잔수일존(殘首一尊) 비무기(比誣己).

한때 개방의 부방주였던 인물이다.

하지만 자신이 형님이자 주군처럼 모셨던 개방방주 무천승이 차기 방주 직을 자신이 아닌 아들에게 물려주자 잠시 정신 착란에 실어증까지 걸린 적이 있는 인물이기도 했다.

이 인간은 통밥이 강했다. 강호 최고의 잔머리라고 스스로가 자부할 정도로.

때문에 이 인간은 늘 그랬듯이 개방의 부방주 시절에도 끊임없이 잔머리를 굴렸다.

그렇게 굴리고 또 굴린 결과 무천승이 지병으로 죽으면 당연히 자기 몫이며, 자기밖엔 대안이 없다고 철석같이 믿었다.

근데 웬걸?

아닌 밤중에 홍두깨도 유분수지, 무천승이 자신의 아들인 무대붕에게 넘겨주겠다고 선언을 해버린 것이었다. 장로회의의 합의로 결정을 내리는 게 개방의 관례였는데 그러한 관례까지 무시하면서 그는 아들에게 방주 직을 세습시켰다.

상식과 원칙을 무시한 일이었지만 어느 누구도 이견을 달지 못했다.

무천승이 누구였던가?

그는 개방뿐만 아니라 무림 전체가 인정하는 영웅이자 개방을 거듭나게 만든 거지들의 영원한 지주(支柱)였다.

개방은 한때 누가 입김만 불어도 붕괴될 수 있을 정도로 한심한 지경까지 간 적이 있었다. 능력은 생각지 않고 감투에만 욕심이 많은 장로급들이 서로 방주가 되기 위해 피 터지게 이전투구(泥田鬪狗)만 벌였다.

그로 인해 문도들이 하나둘씩 떠나가더니만 결국 분타는 물론 총단의 존폐까지도 걱정해야 할 만큼 최악의 상황이 되었다.

바로 그때 등장한 사람이 개방의 청년 무술단인 청무걸단(靑武乞團) 단주 무천승이었다.

그는 개방이 어찌 되든 말든 감투싸움만 하고 있는 장로들을 모두 내치고 젊은 거지들의 전폭적인 지지를 받으며 방주로 등극했다.

이후 무천승은 허명(虛名)만 남은 개방을 다시 일으키기 위해 학식과 덕망 높은 문사(文士)들을 초청하여 거지들에게 글을 가르치게 만들었으며, 일견하기엔 쉽지만 익힐수록 어렵다는 개방의 비전무학들을 열심히 지도했다.

아울러 구걸만이 생존 수단인 그들을 위해 각종 이권 사업에 개입함으로써 개방 금고에 엄청난 돈이 쌓이도록 만든 강하고 출중한 지도자였다.

구걸 내지는 남의 집 쓰레기통이나 뒤지던 개방 거지들이 먹고사는 문제에 관해서 만큼은 전혀 걱정거리가 없게 됐으니.

이로 인해 어디에 소속하기 싫어하던 일반 거지와 노숙자들은 물론, 평범한 일반인들까지도 개방의 문도가 되기를 자청할 정도로 방세(幫勢)가 무섭게 확장되었다.

그리하여 개방은 명가의 전통을 회복하며 구대문파와 어깨를 나란히 할 정도로 무섭게 성장했다.

무천승은 이와 같은 개방의 신화를 이룩한 초인적인 지도자였고, 그때 무천승의 밑에서 특급 참모 노릇을 하던 인물이 바로 비무기였다.

어쨌든 개방을 다시금 전통의 명가로 부활시킨 무천승이었기에 그

가 죽으면서 자기 아들에게 차기 방주를 물려준다고 해도 개방의 장로
와 원로들이 반대를 할 수 없었다. 아무리 차기 방주는 장로회의에서
선출한다는 규정이 있을지라도 무천승의 엄명을 무시한다는 건 결코
있을 수 없는 항명이었다.

　장로를 비롯한 모든 개방의 문도들은 무천승의 유언을 깔끔하게 인
정했지만 비무기만큼은 염통이 끓고 또 끓었다.

　쓰가발! 평생 무천승의 하수인 노릇을 했으면 대가는 당연한 건데
이게 뭐냐? 대가는커녕 이젠 철딱서니에 버르장머리까지 없는 그 아들
에게까지 대를 이어 충성하라니?

　배알이 비틀리다 못해 뒤집힌 비무기는 그 유언에 대해 불복하고 그
동안 개방 내에 자기 세력으로 키워왔던 거지들을 데리고 독립을 했다.
　그때 비무기와 그의 추종 세력에 의해 새로이 건설된 게 바로 잡방
이었다.
　독립해 나올 땐 일 년 안에 개방을 짓밟고 강호 최고의 거지 문파로
자리잡겠다고 공언을 했고 그럴 자신감도 팽배했다.
　그러나 안타깝게도 삼 년이 지난 지금까지 그저 그런 삼류 하오문
수준을 벗어나지 못하고 있었다.
　때문에 비무기는 늘 기분이 더럽고 꾸리꾸리 했는데, 그런 그가 오
늘 모처럼 웃음을 터뜨린 것이다.
　그것도 얼마나 좋은지 눈물까지 글썽이면서.
　"푸갈갈갈! 사백칠십이 명 중에서 단 한 표만 나왔다고? 그렇다면
개방 쪽 열 명의 선거인단 놈들도 다 안 찍었다는 얘기잖아? 푸갈갈!

내 그럴 줄 알았어. 아무리 거지새끼들이라지만 그놈들도 눈이 있고
상식이 있는데 무대붕, 그 싸가지없는 새끼에게 표를 던질 리가 없지.
암, 그렇고말고. 푸갈갈갈~"

한번 터지기 시작한 비무기의 가래 끓는 웃음소리는 좀처럼 그칠 줄
을 몰랐다.

무대붕의 불행은 그의 행복일 테니까.

아무튼 잡방 방주 비무기에겐 모처럼 살맛나는 소식이었다.

*   *   *

풍류각(風流閣).

개방 방주의 집무실이다.

원래는 그냥 특별한 이름 없이 방주전이라고 불리었는데 무대붕이
즉위한 이후 풍류남아인 자신이 거처하는 처소에 이름이 없다는 건 있
을 수 없는 일이라며 즉흥적으로 지어낸 이름이었다.

또한 그는 문도 수가 얼마 되지도 않는 중소방파의 별것 아닌 인물
들까지 방주라는 간판을 달고 다니니 그 이름에 왠지 권위가 느껴지지
않는다고 투덜거렸다.

하여 취임 후 한 달 동안 고뇌에 고뇌를 거친 끝에 황궁의 황제와 태
자가 폐하, 전하로 불리는 것처럼 자신을 각하로 부르라는 명을 내렸
고, 개방 거지들 사이에서 그는 방주가 아닌 각하로 불리었던 것이다.

풍류각 안은 지금 매우 무거우면서 심각한 분위기였다.

투표에 참석한 열 명의 선거인단은 바싹 긴장한 모습으로 일동 차렷

자세를 하고 있었고, 그 앞에선 무대붕이 뒷짐을 지고 매우 심각한 표정으로 말없이 왔다 갔다를 반복하고 있었다.

떠벌리기를 밥 먹기보다도 좋아하는 무대붕이 사람들을 앞에 세워 놓고 입을 다물고 있다는 건 아주 상당히 저기압이란 의미였다.

"…누구냐?"

매우 오랜 장고 끝에 무대붕의 입에서 흘러나온 매우 차갑고도 낮은 저음의 한마디.

부동 자세를 하고 있던 열 명의 선거인단에겐 그 한마디가 마치 눈물이라도 날 정도로 반갑기 그지없었다.

"각하, 이 땅개를 그렇게 못 믿습니까? 그 한 표는 제가 찍었습니다."

"우와! 돌겠네. 내가 띠것써(찍었어). 딘따야(진짜야), 딘따라니까(진짜라니까)!"

"이건 돌아가신 우리 아버지의 이름을 두고 맹세할 수 있습니다."

"나도 부처님의 이름을 걸고 맹세합니다!"

"임마! 절에도 안 나가는 놈이 무슨 얼어죽을 부처야? 각하, 그건 납니다. 나만 기호 4번을 찍었다니까요!"

서로들 자기가 찍었다고 우겨대기 시작하는 열 명의 선거인단. 그러자 무대붕의 검미(劍眉)가 상당히 못마땅하다는 듯 역팔 자로 꿈틀거렸다.

"그러니까 표는 달랑 한 표가 나왔지만 어찌 됐든 너희들 모두는 나를 찍었다는 이 말이렷다?"

"예, 각하! 어찌 됐든 저는 확실히 찍었습니다!"

"저두요."

"하이구~ 미띠겠네(미치겠네). 덩말(정말) 내가 띠것따니까(찍었다니까)!"

열 명의 선거인단은 또다시 우겨대며 각양각색의 소리를 냈다.

"좋다! 나의 지시에도 불구하고 다른 곳에 기표를 해놓고도 뻔뻔스럽게 찍었다고 오리발을 내미는 비양심적인 아홉 놈을 찾아서 박살을 내버릴 테니 어디 두고 보자. 빠드득!"

무대붕은 이를 갈며 분노로 터져 나올 것처럼 충혈된 눈으로 문 쪽을 향해 크게 소리쳤다.

"밖에 누구 없느냐? 냉큼 가서 광한이를 불러오너라!"

드르륵.

풍류각의 문이 열리며 훤칠한 키에 백옥 같은 피부를 지닌 한 사내가 들어섰다.

냄새나고 더러운 개방의 거지 패거리들과는 너무도 어울리지가 않을 정도로 늘씬하고 이목구비가 또렷한 준수한 용모. 특히 짙은 우수가 깃든 그의 눈은 마치 한성(寒星)과도 같은 빛을 발하고 있었다.

개방학사(丐幇學師) 광한(狂漢)!

잘생기고 멋진 사내의 개방 내 보직과 이름이었다.

개방학사는 개방의 무식한 거지들에게 글은 물론 인생의 지침까지 가르치는 매우 교육적인 일을 하는 그런 보직이다.

근데 이름이 광한이라니? 미친놈이라는 얘기가 아닌가!

어찌 저렇게 멋진 기남아의 이름이?

광한은 원래 거지 출신이 아니었다.

이 년 전인가?

무대붕이 호북성(湖北省)에 사업차 출장을 갔다가 곤경에 빠진 그를 구해줬고, 갈 곳 없는 그를 개방으로 데리고 왔는데.

높은 학식과 초절정의 무술, 그리고 곧고 올바른 심기로 거지들의 존경을 받게 되고, 그런 탓에 무대붕은 그에게 개방학사라는 보직에 임명했던 것이다.

또한 그는 무식한 무대붕이 어려운 난제에 부딪칠 때마다 막힘없는 충언과 조언을 해주었다. 때문에 그에 대한 무대붕의 신망은 절대적이었고, 개방 내에서 사적으로 무대붕과 말을 놓을 수 있는 몇 안 되는 인물 중 하나이기도 했다.

무대붕은 특이하게도 자기 마음에 들고 신뢰가 가는 그런 수하에게는 서로 말을 트자고 했다. 그래야만 서로에 대해서 진실할 수 있다며.

똑똑하고 학식 높은 광한이 나타나자 여태까지 자기만이 투표를 했다고 거세게 오리발을 내밀던 그 열 명은 갑자기 뒤가 켕긴 도둑놈들처럼 잔뜩 긴장하기 시작했다.

그에 반하여 무대붕의 얼굴엔 마치 승기를 잡은 투견(鬪犬)처럼 번드르르한 미소가 번지고 있었다.

"어서 와라, 광한."

"각하, 무슨 일인데?"

"사백칠십이 명의 선거인단 중에서 나를 찍은 사람이 하나밖에 없다는 투표 결과까지 나왔는데도 글쎄 이 망할 놈들은 계속 양심없이 자기가 나를 찍었다고 악착같이 오리발을 내밀지 뭐냐? 넌 배운 것도 많고 똑똑하니까 어느 놈들이 사기를 치고 있는지 골라내거라."

무대붕의 명령이 떨어지자 광한의 눈은 긴장한 표정으로 서 있는 열 명의 얼굴을 차갑게 응시했다. 그의 싸늘하고 예리한 눈길이 자신의 얼굴을 스칠 때마다 누구 할 것 없이 모두가 식은땀을 흘리며 불안감에 초조해했다.

한참 동안 한 사람 한 사람 훑어보던 광한은 두 눈을 감고 심각한 표정을 지었다.

“……”

그는 잠깐 동안의 상념을 끝낸 후, 다시 눈을 뜨며 무대붕을 쳐다보았다.

“각하! 꼭 누가 찍고 누가 안 찍었는지 밝혀내야만 돼?”

무대붕은 흠칫했다. 느닷없는 전음(傳音)이었다.

“암! 당연하지. 감히 나의 권위를 우습게 알고 멋대로 행동한 놈들을 내 어찌 용서할 수 있겠나?”

무대붕 역시 전음을 날렸다.

“절대 용서 못해! 무슨 일이 있어도 밝혀내서 작살을 내버릴 거야.”

“각하, 대인불책소인과(大人不責小人過)라는 말이 있어. 큰 덕을 갖춘 사람은 아랫사람의 하찮은 실수를 책망하지 아니한다는 얘긴데 그래도 정말 꼭 찾아서 추궁해야겠어?”

“암, 두말하면 하품이지. 감히 나를 속였는데.”

“이왕 사람을 수하로 삼았으면 설령 아홉 번을 속을지라도 아홉 번을 의심하지 않는 것이 바로 주군(主君)이 갖춰야 할 덕량(德量)이야. 그래야만이 아랫사람으로부터 진정한 충성을 받을 수 있는 거구.”

“그, 그래도… 이건… 너무 괘씸하잖아?”

무대붕과 광한이 서로를 바라보며 전음으로 뭔가 얘기를 주고받고 있다는 것은 긴장하며 서 있는 열 명의 선거인단도 통밥상 미루어 짐작할 수 있었다.

'지금 둘이서 무슨 얘기를 하고 있기에 저렇게 심각하지? 설마 내가 안 찍었다는 걸 까발리고 있는 건가?'

'투표만큼은 소의(少義)보다 대의(大義)를 중시해야 한다는 쓸데없는 생각을 왜 해갖고는. 염병! 이거 침이 바싹바싹 마르네.'

'띠벌, 내가 미떳띠(미쳤지). 왜 그때 우리 각하를 안 띠거도(안 찍어도) 덜마(설마) 모를 거라고 뎅각했는디(생각했는지)…….'

무대붕과 광한 사이에 심각한 전음이 오가는 동안 서 있는 열 명은 열 명대로 구겨지고, 울상이 되고, 심하게 일그러지는 등 각기 다양한 표정을 연출하고 있었는데.

그랬는데.

"움하하핫!"

돌연, 현재의 실내 분위기와는 전혀 어울리지 않는 호방한 앙천광소가 무대붕의 입에서 터져 나왔다.

"너희들 모두 나에게 투표를 했지만 결과는 한 표밖에 나오지 않은 게 문제였다. 상식대로라면 너희들 중 아홉 명이 날 안 찍었다는 얘기가 되겠지만, 나에 대한 너희들의 충성심으로 미루어보건대 너희들 말대로 그건 결코 있을 수 없는 일이다."

뜻밖의 얘기에 열 명의 거지들은 눈이 휘둥그레졌다.

"가, 각하?"

"그, 그럼 우리를 믿는다는 겁니까?"

"하하~ 암! 믿지. 내가 나의 수하들을 안 믿으면 그 누굴 믿겠느냐? 너희들도 알다시피 난 아무리 속을지라도 나의 수하들에 대해서만큼은 절대 의심하지 않는다."

무대붕은 언제 그랬냐는 듯이 자애롭고 넉넉한 미소까지 지으며 껄껄거렸다.

"믿어주시는 건 고마운데… 그래도 표는 달랑 한 표밖에 나오지 않았는데……?"

"개표 실수겠지. 그게 아니라면 개혁 후보의 당선을 원치 않는 노회(老獪)한 기득권 층의 음모라든가. 좌우지간 잠시나마 내가 흥분을 가라앉히지 못하고 너희들에게 소리친 것은 그냥 웃자고 해본 소리니까 너무 괘념치 않았으면 한다."

"헤헤, 암요. 저희가 각하의 깊은 뜻을 어찌 모르겠습니까?"

"맞습니다, 맞아요. 그건 분명 젊고 유능한 우리 각하를 시기하는 패거리들이 꾸민 음모일 겁니다. 그렇지 않고서야 어찌 달랑 한 표일 수 있겠습니까? 우리만 해도 무려 열 표인데……."

"흑흑~ 아무튼 충분히 우리를 의심할 만한 상황임에도 불구하고 끝까지 우리를 믿어주시는 각하의 하해와 같은 마음에 전 그저 감읍(感泣)할 뿐입니다."

"꺼이~ 꺼이~ 저두요."

진심인지 어쩐지는 모르지만 무대붕은 닭똥 같은 눈물을 뚝뚝 떨구며 감격하는 열 명의 거지를 흐뭇한 표정으로 바라보고는 이내 그들의 어깨를 다독여 주었다.

"움하하, 사내 녀석들이 이깟 일로 눈물은."

"꺼이꺼이~ 꺼꺼이~ 정말 각하의 마음은 바다, 그 자체입니다."

"이 녀석들아, 그동안 지척에서 나를 봐왔으면서도 날 아직도 그렇게 몰랐더냐? 설령 너희들이 아무리 큰 실수를 했을지라도 대인… 대인……."

무대붕은 무슨 말을 하려다가 갑자기 더듬었다. 그는 난감한 표정을 지으며 광한을 쳐다보았다.

"대인불책소인과라니까."

광한의 짜증스런 전음이 파고들자 무대붕의 표정은 다시 밝아졌다.

"움하하핫! 대인불책소인과라고… 큰 덕을 지닌 사람을 아랫사람의 하찮은 실수를 책망하지 않는다는 말이 있다. 내 마음이 그렇다. 너희들도 알다시피 난 바로 대인 그 자체니까."

"암요, 그렇고말고요."

"각하야말로 진짜 대인 중의 대인이시죠."

"자, 이제 그만 나가보거라."

"예! 각하 그럼 저흰 이만……."

열 명의 거지는 정중하게 인사를 하고는 문을 열고 나갔고, 나가자마자 언제 울었냐는 듯이 일제히 안도의 한숨을 크게 내쉬었다.

"어휴휴~ 다행이다. 처음 분위기로 봐서는 최하 다리 하나쯤 부러질 거라는 생각까지 했는데."

"난 아구통이 아작날 줄 알았는데."

"무슨 변덕으로 그냥 곱게 내보내 줬는지 모르지만, 마음 변하기 전에 후딱 사라지자."

문을 열고 밖으로 나간 열 명의 거지가 주절거리는 소리가 불행하게도 방 안에 있는 무대붕의 귀에 여과없이 들어왔다.

무대붕의 표정이 구겨졌다.

"저… 저 망할 놈들이 기껏 성질 죽이고 용서해 줬더니만 한다는 소리가 뭐? 무, 무슨 변덕?"

광한은 무덤덤한 표정을 지으며 말했다.

"그래도 용서를 해준 건 각하가 정말 잘한 일이야."

"하지만 저 자식들이 반성하는 기미가 전혀 없잖아? 존경하는 기미
는 더욱 없고!"

"말은 그렇게 해도 본심은 모두 안 그럴 거야. 그건 각하가 가장 잘
알잖아?"

"젠장, 내가 저 망할 놈들 속을 어떻게 알아! 네가 그런 식으로 용서
하라고 얘기하고, 내 생각으로도 그게 폼이 날 것 같아서 그렇게 하기
는 했지만… 어떻게 한두 놈도 아니고 아홉 놈씩이나 내가 아닌 다른
사람에게 투표를 해? 정말 생각하면 할수록 염통이 부글부글 끓는다니
까."

대인의 풍도는 언제 출장 보냈는지 무대붕은 또다시 험악하게 인상
을 잔뜩 긁으며 씩씩거렸다.

광한은 소리없이 혀를 찼다.

'그러기에 맹주 후보로 출마는 왜 해갖고 망신을 당해? 내가 그렇게
말렸건만… 아무튼 너무 감투 좋아하는 것도 병이라니까. 쯧쯧.'

*　　　*　　　*

산해관(山海關).

산해관은 하북성의 동북 경계, 관외와 중원을 잇는 요충지와도 같은
곳이다.

해는 서서히 서편 하늘을 물들이고 있는 황혼녘.

긴 그림자를 끌며 굽어진 허리에 괴나리봇짐을 멘 노인이 긴 그림자
를 끌며 산해관을 넘기 위해 터덜터덜 걸어가고 있었다.

장백선옹(長白仙翁) 허탈회(許脫會).

이번 맹주 선발 대회에 무림맹 소속의 문파 중 가장 동쪽에 위치한 중소문파인 장백문(長白門)을 대표해서 참가한 장백문의 문주였다.

허탈회는 맥없는 표정으로 맥없는 하품을 맥없이 내쉬며 혼자만의 넋두리를 흘리고 있었다.

'에휴~ 늙으면 죽어야지. 내가 그런 실수를 하다니⋯⋯. 아무리 눈이 침침하기로서니 기호 3번인 대처 신니를 찍는다는 걸 한 칸 내려 기호 4번을 찍다니⋯⋯.'

어라? 이 무슨 마른하늘의 날벼락처럼 황당한 얘긴가?

기호 4번이라면 무대붕이다. 근데 맥없이 생긴 이 노인이 그를 찍었다니. 그것도 실수로.

그럼 자기들이 찍었다고 박박 우겨댄 열 명의 개방 선거인단의 얘기는 어찌 된 것인가?

"대처 신니, 미안해. 사 년 후에 다시 출마하면 그땐 정말 실수 안하고 그대를 꼭 찍어줄게. 미안해, 정말."

공허한 음성으로 연신 미안하다는 말들을 허공에 뿌리며 꾸부정한 긴 그림자와 함께 노인은 그렇게 산해관을 넘어가고 있었다.

제2장

난장(亂場)

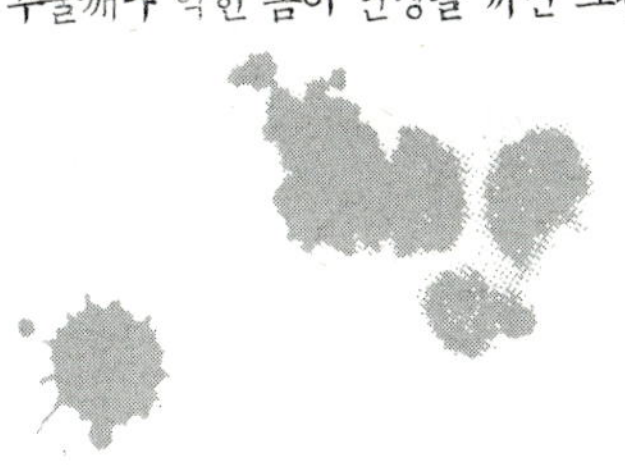

난장(亂場)

―웬만한 진상들이야 덩치 좋은 젊은 친구들이 제압할 수
있겠지만 간혹 무술깨나 익힌 놈이 난장을 까면 그땐 어쩌지?

황궁(皇宮).

광활한 중원 대륙의 최고 권력자이자 지배자인 황제가 기거
하는 구중심처(九重深處).

대륙을 비추는 오후의 태양은 이곳에도 어김없이 쏟아지고
있었다.

천붕전(天鵬殿).

황제가 문무대신(文武大臣)들과 함께 머리를 맞대고 국사(國
事)를 논의하는 곳이 태화전(太華殿)이라면 천붕전은 황제의
개인 집무실로 사용되고 있는 곳이었다.

나른한 오후의 햇살들이 화창(花窓)을 어지럽게 서성이는
천붕전 안에는 지금 두 명의 인물이 굳은 표정으로 앉아 있
었다.

황금빛 곤룡포(袞龍袍)에 범접할 수 없는 신위를 발하며 상

석에 앉아 있는 삼십 대 후반의 인물은 말하지 않아도 능히 짐작할 수 있는 바로 이 땅의 최고 권력자이자 만백성의 어버이인 영중제(泳中帝)였고, 그 앞에 고개를 약간 떨군 자세로 무릎을 꿇고 앉아 있는 오십 대 후반의 인물은 태감(太監) 담일기(潭一基)였다.

담일기는 본래 황궁의 내관(內官) 출신으로 황실의 비밀 조직인 천위위(天衛衛)의 대영반(大領班)을 겸임하고 있었다.

천위위란 주로 황족 및 고관들을 감시하며 국내외의 특수한 정보를 수집하는 업무를 지닌 황제의 수족과 다름없는 최측근인만큼 그 권위는 그야말로 나는 새도 떨어뜨릴 정도였다.

"담 태감, 백성들의 동향은 어떻던가?"

황제의 표정은 어두웠다.

지난날 서역의 서융국(西融國)과의 7년 전쟁으로 서융국의 중원 진출 야욕을 궤멸시키기는 했으나 중원 또한 전쟁 후 경제 공황에 빠졌다. 재정은 적자에 허덕이고 실업자가 속출하였으며, 경제의 심장부라 할 수 있는 동남지방에도 작은 민란들이 일어나는 등 여러 가지로 상황이 좋지 않았기 때문이다.

게다가 이번 봄 가뭄은 또 왜 이리 긴 것인지.

때는 유월로 들어섰지만 농민들은 거북이 등처럼 쩍쩍 갈라진 논바닥을 바라보며 한숨만 짓고 있는 그런 최악의 상황이었다.

"말씀드리기 황공하옵게도 기나긴 가뭄으로 아직도 농민들은 모내기를 할 엄두조차 내지 못하고 있는 실정입니다."

황제는 착잡한 표정으로 긴 한숨을 내쉬었다.

"작년엔 홍수와 태풍으로 가난한 사람이 집과 생활의 터전을 잃더니만, 이번엔 가뭄이라니. 이 모든 게 짐이 부덕한 탓이네."

"송구하옵나이다, 폐하."

담일기는 주군의 불편한 심기가 마치 자신의 탓인 양 더욱 깊숙이 고개를 떨구며 부복을 했다.

전쟁… 홍수… 가뭄.

국정이 안정적으로 운영이 되어야만 황제로서의 보람도 생기는 것인데 어쩌자고 자신의 재임 중에 이와 같은 재난이 끊이지 않는 것이란 말인가!

영중제는 자신에게 유난히도 가혹한 하늘이 원망스럽게 느껴졌다.

이럴 때 그가 옆에 있다면.

어사대부(御使大夫) 북궁장천(北宮長天)!

황제인 자신이 결정을 냈음에도 불구하고 거듭 다시 생각해 달라고 황제를 추궁했던 인물.

그가 가까이 있을 땐 정말 몰랐다, 그의 빈자리가 이렇게까지 큰 줄을.

'그가 있다면… 그가 만약 역모로 죽지 않고 지금 내 곁에 있다면 분명 이 난세를 헤쳐 나갈 수 있는 해법을 내게 제시해 줬을 텐데.'

담일기는 두 눈을 감고 침통한 표정으로 백성들이 처한 현실에 가슴 아파하는 영중제의 모습을 바라보았다.

그 역시 가슴이 저미었다.

그 어떤 황제보다도 의욕을 갖고 열심히 국정을 운영하고자 했던 영중제의 마음을 외면하고 있는 현실이 너무도 야속하게만 느껴졌다.

담일기는 잠시 생각을 했다.

'저토록 소리조차 내지 못하고 괴로워하는 폐하께 또다시 안 좋은 보고를 올려야만 하는가?'

그러나 담일기의 곤혹스런 망설임과는 상관없이 영중제가 먼저 입을 열었다.

"변방의 상황은 어떠한가?"

일순 담일기의 표정이 굳어졌다.

결국 어쩔 수 없이 주군인 황제의 심기를 불편하게 해야 할 보고를 할 수밖에 없게 된 것이다.

"실은… 동북쪽에 위치한 오환족(烏丸族)의 움직임이 심상치 않습니다."

"뭣이?"

영중제는 눈썹을 곤두세웠다.

오환족!

선비(鮮卑)와 아울러 동호(東胡)라고 총칭되던 부족. 흥안령(興安領)에서 요하(遼河)의 상류인 노합하(老哈河) 유역에 전개된 초원 지대에 걸쳐서 유목 생활을 하던 민족이었으나, 207년 위(魏)나라 조조(曹操)의 공격을 받고 그 부족연맹(部族聯盟) 조직은 해체된 것으로 알려졌다.

"오환은 이제 이 땅에서 완전히 없어진 부족이 아닌가?"

영중제는 매우 당혹스런 표정으로 물었다.

"그런 줄 알았습니다만… 북해(北海)의 최북방까지 물러간 놈들의 후예들이 또다시 세력을 키우며 남하하고 있다고 합니다."

"어, 어떤 식으로 말인가?"

"주변의 작은 소국이었던 새하국(璽夏國)과 모갈국(牟鞨國)을 차례로 쓰러뜨리며 가공할 위세를 떨치고 있다고 합니다."

"이, 이런! 심상치 않은 일이군."

영중제의 안색이 무거워졌다.

"놈들은 늘 그랬지. 그런 식으로 서서히 주변 영토의 소국을 집어삼
킨 후엔 꼭 중원까지도 넘보곤 했으니까."

"국경 수비대에 특별 경계령을 내리심은 물론 동북쪽에 병력을 대폭
보강시켜야만 합니다. 국방비 또한 대폭 늘려야만……."

"하나, 백성들이 지금 반복되는 홍수와 가뭄에 하루하루의 끼니를
걱정하고 있는 판국인데 무슨 재주로 국방비를 거둬들인단 말인가?"

담일기는 고개를 조아린 상태에서 영중제의 표정을 살피며 조심스
럽게 입을 열었다.

"아무래도… 공신과 관료들에게 지급된 공신전(功臣田)이나 휼양
전(恤養田)의 일부를 국고로 환수하심이……."

"뭣이라?"

영중제의 눈이 찢어질 듯 부릅떠졌다.

"그건 이미 공손 승상(丞相)을 비롯한 여러 문무백관들은 물론 지방
토호들의 강력하고도 조직적인 반발 때문에 흐지부지된 얘기가 아닌
가?"

"하지만 작금의 현실상 부족한 국방비를 충당할 수 있는 방안은 오
직 그들에게서 걷어들이는 수밖엔 없습니다."

"아무리 현실이 그렇다 할지라도 그들이 순순히 응해줄 것 같은가?
어림없는 얘기야. 오히려 그들의 거센 저항과 함께 국론만 분열되고
말 걸세."

"……."

담일기는 더 이상 대답하지 못했다.

그 역시 지난날 국가 재정의 재건을 위해 공신전, 휼양전, 수신전을

폐지하자고 주창했던 어사대부 북궁장천으로 인해 조정의 대신들은 물론 지주, 관료, 호상(豪商), 호족(豪族)들이 굳게 단합하여 황실에 대항했던 기억을 잊지 않고 있었으니까.

그러니 더욱 답답한 것이다. 부족한 재정을 채울 수 있는 길은 오직 그것뿐인데도 그 방법을 시행할 수 없다는 현실이…….

더욱이 동북쪽에선 호시탐탐 중원을 넘보며 욱일승천(旭日昇天)하고 있는 오환족이 있음에도 말이다.

답답한 것은 영중제도 마찬가지였다.

"담 태감, 현실적으로 공신전 환수는 불가능하다. 그리고 그렇다 해서 홍수와 가뭄으로 하루 하루의 끼니를 걱정하고 있는 백성들에게 더 많은 조세를 거둬들일 수도 없는 일."

"……."

"그러니 그 외의 다른 방안을 강구해 보도록 하라. 알겠느냐?"

"명심하겠습니다, 폐하!"

*　　　　*　　　　*

변함없이 뜨거운 양천(陽天)이 개방의 쓰러져 갈 것 같은 누각 위로 쏟아지고, 게으른 개방의 여러 거지들이 따가운 햇살을 피해 그늘에서 오수(午睡)를 즐기고 있었다.

너무도 편안하고 아무 생각 없이 단잠에 빠져 있는 그들의 모습을 보니 배고프면 구걸을 해서라도 한 끼 때우고, 졸리면 아무 데서나 뒹굴 수 있는 거지 팔자가 정말 상팔자가 아닐런지.

풍류각.

방주의 집무실인 지금 이곳에는 각하인 무대붕을 비롯한 개방의 수뇌급들이 긴 탁자에 앉아서 심각한 표정으로 회의를 하고 있었다.

"음, 좋아! 다음은 천만이 보고해 봐."

무대붕은 하나하나씩 올라오는 사업 보고에 흐뭇한 표정을 지으며 목이 전혀 안 보이며 머리통이 기형적으로 큰 어떤 사내를 쳐다보았다.

대두개(大頭丐) 상천만(常賤漫)!

개방에서 운영하는 사업 중의 하나인 임대 사업단의 단장이다.

거지 문파인 개방에서 임대 사업을 한다는 게 말이 안 된다고 생각하는 사람들이 있을지도 모르나, 임대업은 전임 방주였던 무천승이 거대 방파를 운영해 나가려면 구걸 이외의 고정 수입이 있어야만 한다는 생각에 처음으로 시작한 사업이었다.

일반 주택보다는 주로 상가의 건물을 사서 월세를 받았는데 그게 생각보다 짭짤했고, 소리 소문 없이 동가로(東街路)에 있는 큰 규모의 시전상가(市廛商家)까지 자신의 건물로 매입해 둔 입장이었다.

"만경서점(萬經書店)과 천당포(千當鋪)만 빼고는 모두 제 날짜에 맞춰 월세를 냈습니다."

"아니? 만경서점 그 자식은 이번 달도 또 못 냈단 말야?"

"예. 요즘 책 읽는 사람이 너무 없어 계속 적자라고 합니다."

무대붕은 한심하다는 듯 혀를 챘다.

"쯧쯧, 멍청한 놈. 계속 적자가 나는 가게를 뭣 하러 붙들고 있어? 돈 더 까먹기 전에 후딱 팔아먹을 것이지."

"그러게 말입니다."

"그 인간 다음달에도 또 밀리면 보증금에서 다 까고 내쫓아 버려. 알겠냐?"

“예.”

“그런데 만경서점이야 장사가 시원치 못해 그런다고 치고, 천당포 그 영감은 왜 월세를 못 낸 거지? 갈 때마다 늘 손님들이 있는 걸 봤는데?”

“작년 홍수 때 침수됐던 기둥 일부가 썩어가고 있다며 기둥을 교체해 주면 그때 주겠다고 하더군요.”

“뭐가 어째?”

무대붕의 인상이 잔뜩 일그러졌다.

“미친 늙은이, 자기 가게의 기둥이 썩어가고 있으면 자기가 고칠 것이지 누구더러 고쳐 달라는 거야? 그 노인네가 누굴 호구로 봤나?”

“저도 그렇게 생각했는데… 알아보니 원래 월세는 주인 측에서 고쳐 주는 거라고 하더군요.”

“우리가 고쳐 주는 거라고?”

무대붕은 뜨악한 표정을 지었다.

“예. 개봉성주의 령(令)으로 새로 바뀐 상가 임대차 보호법 제6조 8항에 그렇게 나와 있었습니다.”

“젠장~ 장사는 그 영감이 하고 있는데 왜 우리더러 고쳐 주라는 거야?”

“어쨌든 법이 그렇게 되어 있습니다.”

“내참, 조정의 녹을 먹는 놈들이 그런 쓸데없는 법이나 만들고 있으니 나라가 이 지경이지. 홍수에 가뭄에…….”

무대붕은 잔뜩 인상을 찌푸리며 투덜거렸다.

근데 그들이 그런 법을 만든 것과 자연 재해가 무슨 상관이란 말인가? 그리고 그건 상대적으로 약한 세입자를 위해서 의당 만들어져야 할 법이거늘 단지 오늘 이 순간 자신에게 불리하다는 이유 하나로 그들을 욕해도 되는 건가?

다른 사람도 아니고 그래도 한때 무림을 개혁하겠다고 나선 개혁 후보가?

무대붕은 잠시 뭔가 생각을 굴리곤 이내 다시 입을 열었다.

"천만아, 천당포 계약이 언제 끝나냐?"

"8월입니다."

"그럼 두 달밖에 안 남았군."

"예."

"알았다. 내가 천당포 그 영감을 만나보마."

"그렇게 알고 있겠습니다, 각하."

"다음!"

무대붕은 소갈머리가 없는 이십 대 후반의 거지를 쳐다봤다.

그는 어리버리한 표정을 지으며 되물었다.

"나?"

"그래, 임마. 너!"

"그, 그게… 그러니까… 그게……."

소갈머리없는 그 인물은 난처한 표정으로 비어 있는 자신의 머리를 긁적거리며 더듬거렸다.

단설개(短舌丐) 환규(乞九)!

무림맹주 선출 때 열 명의 선거인단 중 일인으로 참석했던 혀가 유난히 짧은 바로 그 인물이었다. 그는 개방의 대외 사업 중 하나인 해결단(解決團)의 단장이기도 했다.

해결단이란 인간 세상의 복잡한 민사, 형사상의 문제를 금전적으로 해결하고자 하는 사람들로부터 소정의 수수료를 받고 깔끔하게 문제를 해결해 주는 그런 사업이었다.

세상에 워낙 사람이 많고 채권, 채무를 비롯하여 부부간의 가정사, 불륜 등의 문제 또한 그만큼 많은 법이었던 탓에 매년 매출이 괄목신장하는 성장 산업 중의 하나이기도 했다.

"임마, 뭐 해? 보고하라니까?"

무대붕은 의아한 표정으로 쳐다보며 짜증을 냈다.

"띠발, 금보당(金寶商) 그 인간이… 다긴… 모르는 돈이라며… 덜대… 못 뚜겠대."

"뭣이라? 그래서?"

"그래더는 얼어둑을… 안 두겠따면… 할 두 없는 거디."

환규는 다시 한 번 텅 빈 소갈머리를 긁적이며 혀 짧은 소리로 대답했다.

참고로 이게 어떻게 된 상황인지 설명하자면,

개봉에서 가장 큰 금은보석 가게인 금보상의 주인 만어돈(萬魚豚)의 젊은 첩인 고앵앵(高櫻櫻)이 부족한 노름 자금 때문에 해결단에 와서 무려 은자 백 냥씩이나 빌려간 적이 있었다.

강호인들의 고민을 해결해 주는 게 해결단의 주된 목적이었지만, 가끔 고리로 돈을 빌려주기도 했다. 더욱이 고앵앵처럼 돈 많기로 유명한 만어돈의 젊은 첩이라는 신분만큼 확실한 신원이 어디 있겠는가?

그래서 주저없이 돈을 빌려줬는데, 그런 고앵앵이 돈을 떼먹고 어느 순간에 야반도주를 한 것이었다. 그리고 만어돈은 자기는 모르는 돈이니 절대 갚을 수 없다며 오히려 큰소리치고 있다는 얘기다.

무대붕은 자리에서 벌떡 일어나며 성질을 부렸다.

"이런 한심한 청춘아! 그렇다고 돈을 안 받고 그냥 돌아왔단 말야?"

"그럼 어떠겠떠? 안 둔다고 때려 둑일 수도 없고."

환규는 고개를 저으며 넌덜머리를 쳤다.

"띠발, 디난번… 표가당의 표털보를… 개 패드디 두들겨 팼따가… 관텅까지… 끌려가더 딘나게 깨뎠는데… 그럼 날더러 그 딜 하고 또 깨디고 나오라고? 못해. 딜어. 안 해."

사실 그랬다.

환규는 표가장의 안주인으로부터 바람난 남편이 두 번 다시 바람을 피우지 않도록 따끔하게 혼 좀 내달라는 청탁을 받은 후, 옷을 벗고 어린 여자랑 붙어 있는 표털보를 정말 개 패듯이, 그리고 원없이 팬 적이 있었다. 그것도 비 오는 날.

그런데 이건 웬걸?

정작 고마워해야 할 그 마누라가 서슬 퍼런 모습으로 환규가 자신의 남편을 죽이려 했다며 그를 관청에 고발해 버린 게 아닌가!

환규는 그게 아니라고, 자신은 죽이려 한 게 아니라 그 여자로부터 부탁을 받고 표털보를 손 좀 봐줬을 뿐이라고 그 짧은 혀로 아무리 설명하고 하소연도 해봤지만 전혀 씨알조차 먹히질 않았다. 하여 그는 살인 미수 혐의로 신나게 볼기를 얻어맞고 뇌옥에 갇히는 신세가 됐다.

물론 그렇게 궁지에 몰린 환규를, 무대붕이 표가장의 부부를 어르고 협박하고 하여 결국은 풀려나게 했지만 어쨌든 지난 그 사건은 환규에게 있어 결코 잊을 수 없는 아픈 기억이었다.

"띠벌, 아딕도 그때 마든 엉덩딱에서 딘물이 흐르고 있는데 내가 미텼떠? 또 그 딜하게?"

"쯧쯧, 미련하면 배짱이라도 있어야지. 소심하긴."

"도심하단 도리 들어도 괜탄아. 중요한 건 내 엉덩딱이니까."

환규는 자신의 엉덩이를 만지작거리며 입술을 이죽거렸다.

무대붕은 벌떡 일어나며 소리쳤다.

"환규! 냉큼 일어나!"

"왜? 금포당 만어돈이한테 돈 받아내려고?"

"임마, 두말하면 하품이지. 감히 떼먹을 돈이 없어 거지 돈을 떼먹어? 내 오늘 그놈을 작살내고 말 테다!"

"아무리 끓어도 오늘은 탐아."

"그게 뭔 뚱딴지야?"

"오늘 그 인간 아들이 혼례딕을 올린대. 그러니까 나둥에 받아. 꼭 오늘만 날이 아니단아."

"뭐? 혼례식?"

순간, 무대붕의 눈이 번뜩였다. 그리곤 이내 야릇한 미소를 지으며 키득거렸다.

"그거 더욱 잘됐군. 광한이와 천만이! 너희 둘도 따라와서 수고 좀 해야겠다. 큭큭큭~"

"……?"

광한과 상천만은 물론 환규까지 의아한 표정으로 무대붕을 쳐다보았다.

그러나 무대붕은 그들이 어찌 보든 말든 뭐가 그리 흐뭇한지 혼자 계속 낄낄거렸다.

만가장(萬家莊).

개봉성 내에서 알부자로 소문난 금보상 주인 만어돈의 저택에 하객

들이 구름처럼 몰려들고 있었다. 밀려드는 많은 하객들을 위해 마당에
임시 막사를 세워 하객들을 그 안에 앉도록 했다.

막사를 여섯 개나 지었는데도 부족하여 뒤늦게 온 하객들은 어쩔 수
없이 서서 혼례식을 관람할 수밖에 없는 그런 상황이었다.

"허허허! 하객들이 이렇게 많이 찾아오다니 이거 무척 흐뭇하구먼.
내가 역시 사람들에게 인심을 잃진 않았다니까."

만어돈은 넓은 마당에 꽉 들어찬 하객들의 모습을 바라보며 연신 너
털웃음을 터뜨리고 있었는데…….

"돈 좀 갚으시죠?"

느닷없이 흐뭇한 만어돈의 기분을 잡치게 만드는 잡소리가 옆에서
흘러나오는 게 아닌가?

만어돈을 정색을 하며 옆으로 고개를 돌렸다.

어느새 나타났는지 그의 옆 자리엔 화려한 백의에 목걸이, 귀고리,
팔찌 등의 보석으로 잔뜩 멋을 부린 젊은 청년이 콧구멍 안에 새끼손
가락을 깊숙이 집어넣고 코를 파고 있었다.

두말할 나위 없는 무대붕이었다.

"당신… 뭐야?"

만어돈은 어이없는 표정을 지으며 물었다. 그러자 무대붕을 호위하
듯 뒤에 서 있는 환규가 대신 대답했다.

"우리 개방의 방두이딘… 개방각하님입니다."

"……?"

만어돈은 당혹스러웠다.

초대도 하지 않은 개방의 떨거지들이 신성한 혼례식장에 나타났다
는 자체가 유쾌하지 못했다. 더욱이 환규는 얼마 전까지 도망간 자신

의 젊은 애첩 앵앵이의 노름빚을 달라며 짧은 혀로 징징거렸던 바로
그 인물이 아니던가!

때문에 이들이 나타났다는 건 결코 좋은 일이 아니란 걸 순간적으로
직감할 수 있었다.

더구나 개방각하라는 이 젊은 친구는 가족도 아닌 주제에 자신의 바
로 옆에 싸가지없이 다리를 꼬고 앉아선 코딱지나 파고 있는 게 너무
도 신경에 거슬렸다.

하지만 만어돈이 누군가? 장사로 산전수전에 공중전까지 다 겪은 관
록의 소유자가 아닌가!

만어돈은 찜찜했지만 전혀 내색하지 않았다.

"허허허, 그 얘기는 이미 끝났을 텐데. 어쨌든 이왕 오셨으니 식이
끝나면 식사나 하고 가시구려."

무대붕은 만어돈을 쳐다보지도 않고 열심히 파낸 코딱지를 손으로
돌돌 말고 있었다.

"말로 좋게 얘기할 때 돈을 갚으시는 게 좋을 텐데?"

"난 이미 얘기했소. 내가 알지도 못하는 돈은 절대 갚을 수 없다고.
그리고 정 돈을 받고 싶다면 당신들에게 돈을 빌렸다는 앵앵이를 내
앞에 데려오라고."

"그러니까 말로 해선 절대 갚을 수 없으시겠다?"

"어허, 앵앵이부터 찾아온 후에 얘기하라니까!"

만어돈은 자꾸 말을 반복하게 만들지 말라는 투로 짜증을 내며 인상
을 찌푸렸다.

"그리고 오늘은 내 아들의 혼례식 날이오. 이런 경사스런 날까지 찾
아와 경우 없는 언사는 그 정도로 끝내고 돌아가시오. 더 이상의 무례

는 나도 용서 안 하겠소."

"좋소이다. 날이 날이니만큼 내가 이해해 드리죠."

무대붕은 순순히 화답했다.

그러면서 돌돌 만 코딱지를 손가락으로 톡 튀겼다. 뒤에 서 있던 환규의 눈빛이 순간적으로 번뜩이더니 조용히 뒤로 물러났다. 그는 곧바로 하객들이 가장 많이 모여 있는 곳에 서 있는 상천만의 곁으로 다가갔다.

사람들의 함성이 울려 퍼졌다.

"신랑 입장이오."

"와아아!"

마침내 혼례식이 거행되었고, 멀쑥한 이십 대 초반의 신랑이 어깨를 으쓱거리며 식장 안으로 들어섰다. 그는 구름같이 모여든 하객들을 향해 꾸벅 절을 한 후 보무도 당당하게 안으로 걸어갔다.

"신부 등청이오!"

한껏 신부 단장을 한 아리따운 젊은 여인이 나이 든 두 명의 아줌마들의 부축을 받으며 사뿐사뿐 안으로 들어오기 시작했다. 늘씬한 키에 백옥 같은 피부를 가진 신부를 바라보는 시아버지 만어돈의 입가엔 연신 흐뭇한 미소가 번지고 있었다.

그 반면, 만어돈의 바로 옆에 앉아 있는 무대붕은 뭐가 그리 피곤한지 늘어지게 하품을 하고 있었으니.

"아함~ 왜 이렇게 피곤하지? 어젯밤에 무리한 것도 없는데."

두꺼비처럼 눈까지 끔뻑거리며 혼자 중얼거리고 있는 무대붕을 만어돈은 못마땅한 표정으로 쳐다보았다.

'썩을 놈! 졸리면 거지 소굴로 가서 자빠져 잘 것이지 어쩌자고 악착

같이 자리에 붙어 앉아 있는 거야? 그것도 내 바로 옆에서.'

그런데 바로 그때였다.

"까아악!"

"꺅! 엄마야!"

이곳저곳에서 난데없는 비명이 울려 퍼지며 축하객들이 우왕좌왕, 갈팡질팡하며 허둥대는 게 아닌가!

우당탕! 쿵탕!

갑작스런 소란에 만어돈의 눈이 휘둥그래졌는데…….

그런 그의 눈이 튀어나올 정도로 부릅떠진 건 바로 다음 순간이었다.

"배, 뱀?"

그렇다. 뱀이었다.

그것도 한두 마리가 아닌 수십 마리의 뱀들이 우왕좌왕하며 허둥대는 하객들의 가랑이 사이로 꿈틀꿈틀거리고 있었던 것이다.

갑작스런 뱀들의 출현으로 순조롭게 진행되던 혼례식장이 난장판으로 변했다. 만어돈의 표정이 심하게 일그러졌다.

'어, 어떤 새끼가 뱀을?!'

어떤 새끼에 대한 의문은 곧바로 풀렸다. 그의 뇌리에 그런 짓을 할 만한 딱 한 놈이 떠올랐기 때문이다.

만어돈은 벼락처럼 옆으로 고개를 돌렸다.

"네, 네놈의 짓이냐?"

무대붕은 히죽거렸다.

"에이~ 아저씨도 참. 잘 알면서?"

"이 자식아! 당장 뱀들을 거둬들이지 못해?"

"푸는 거야 쉽지만 거둬들이는 건 좀……."

무대붕은 양손을 옆으로 펼치며 자기도 그건 곤란하다는 시늉을 했다.

"끼아악! 엄마야!"

꽈당탕!

기겁한 하객들은 비명을 지르며 난리를 치고 뒤엉키고 넘어지고 했고, 다른 일부 하객들은 넘어진 사람들을 밟아가며 도망치고 있었다.

졸지에 혈색 좋던 안색이 시꺼멓게 탈색이 돼버린 만어돈은 어느새 돈을 무대붕의 손에 허겁지겁 건네줬다.

"은자 백 냥이다! 이제 네놈 요구대로 해줬으니 뱀 좀 거둬들여라, 어서!"

무대붕은 은자 꾸러미를 품속에 챙겨 넣으며 천연덕스럽게 미소를 지었다.

"거참, 이렇게 있으면서 없는 척을 하시다니. 정말 아저씨는 돈 많은 사람답지 않게 겸손하시다니까."

"겸손이고 나발이고 어서 뱀 좀 거둬들여! 저러다가 하객들 모두 돌아가겠다. 어서!"

만어돈의 얼굴은 점차 난장판이 되어가는 장내의 상황에 식은땀으로 도배를 하고 있었다.

"글쎄요. 뱀을 거둬들이는 건 어렵지 않은데, 그러려면 좀 더 계산해 주시죠?"

"뭐?"

"인상적이면서도 영원히 잊혀지지 않을 그런 혼례식을 만들어 드리기 위해 뱀들이 특별 출연을 한 만큼 출연료가 있었으면 하는데… 돈을 좀 밝히는 뱀들이라서……."

'끄응, 저놈의 혓바닥을 그냥…….'

만어돈은 깐죽거리는 무대붕의 혀를 뽑아버리고 싶었지만 불행하게
도 그에겐 그만한 능력이 없었고, 게다가 무엇보다도 중요한 건 혼례식
이었다.

그는 은자 한 꾸러미를 다시 집어주며 애절하게 사정을 했다.

"은자 오십 냥이네. 그 정도면 출연료로는 충분할 거야. 그러니 뱀
들을 거두던지 치우던지 해주게. 제발."

"쯧~ 오십 냥이라?"

무대붕은 탐탁지 않은 표정으로 잠시 자신의 손에 쥐어져 있는 은자
꾸러미를 쳐다보고는 이내 챙겨 넣었다.

"쟤네(뱀)들이 무척 자존심이 강한 애들이라 원래 이런 정도의 돈에
는 출연을 안 했는데… 뭐, 어쩔 수 없죠. 제가 나중에 쟤들에게 따로
이해를 구하는 수밖에……."

"그래, 제발 어서."

무대붕은 마당 한쪽에 서 있는 상천만과 환규 쪽을 쳐다보며 손으로
동그라미를 그렸다. 일 끝났다는 신호였다.

상천만은 손가락 두 개를 입속에 넣고 삐익 소리를 냈다.

그러자 사방팔방 난장을 까고 다니던 뱀들이 일제히 상천만 쪽으로
방향을 틀며 신속한 속도로 기어들었다. 상천만은 뱀들이 들어오기 편
하게 들고 있던 마대를 활짝 벌려주었다. 뱀들은 단 한 마리의 이탈자(?)
없이 모두 마대 속으로 입실했다.

정말 깔끔하리만치 훈련이 잘된 뱀들이었다.

물론 미천한 뱀들이 이렇게 일사불란한 모습을 보이기까진 상천만

의 눈물겨운 교육과 가문의 영광이 있었기에 가능했다. 상천만의 가문은 한때 강호 십대 땅꾼 집안 중의 하나였을 정도로 그 바닥에선 명가(名家)였다.

어쨌든 뱀들의 원대 복귀 이후 혼례식은 다시 이어졌다.

그러나 행복해야 할 신랑 신부, 그리고 하객들의 표정은 여전히 얼이 빠져 있었다.

특히 신부는 치마까지 축축이 젖어 있었으니…….

"허이고~ 이게 누구십니까?"

전당포의 천 노인은 문을 열고 들어서는 무대붕 일행을 반갑게 맞이했다.

일행은 함께 혼례식장을 난장 친 환규와 상천만, 그리고 광한이었다.

"우리 각하님이 어떤 차를 좋아하시더라? 인삼차 맞죠?"

"차는 필요없으니 좀 앉으시지?"

"……?"

너무도 냉랭한 무대붕의 음성에 천 노인은 의아했다.

이제껏 자신이 아는 무대붕은 특별한 용건이 없어도 그냥 들러선 인삼차 한 잔을 공짜로 얻어 마시곤 했었는데, 그런 그가 지금 아주 무심하고도 싸늘한 표정으로 앉아 있는 것이니.

평소의 천 노인이었다면 나이도 어린 녀석이 어떤 표정을 하든 말든 전혀 관심이 없겠지만 안타깝게도 자신은 약자인 세입자고, 앞에 있는 나이 어린 녀석은 집주인이니 어쩌겠는가? 배알이 비틀려도 비위는 맞춰주는 수밖에.

"각하, 오늘 무슨 안 좋은 일이라도 있으셨나요?"

“얘기 들었어.”

“얘기라뇨? 무슨 얘기?”

“썩은 기둥을 교체해 주지 않는 한 셋돈을 못 내겠다고 했다던데?”

“아하, 난 또 뭐라구? 예, 맞습니다. 그랬습죠.”

천 노인은 그제야 생각이 났다는 듯 전혀 대수롭지 않은 표정으로 편하게 얘기했다. 그런 그의 모습이 무대붕은 더욱 못마땅했다.

“영감, 어째서 가게 수리하는 걸 나한테 고쳐 달라는 거지? 내가 젊고, 인물 좋고, 성격 좋다고 날 만만하게 보는 거야? 뭐야?”

무대붕은 인상을 구기며 상당히 불쾌하다는 투로 말했다. 그에 반하여 천 노인은 지난 세월의 관록을 보이듯 여유가 있었다.

“허허~ 각하님도 참! 아직 젊어서 그런지 몰라도 너무 모르십니다. 셋돈을 받는 점포는 자고로 주인 쪽에서 고쳐 주도록 되어 있습니다. 그리고 무천악 전임 방주님께서도 그렇게 하셨구요.”

“바로 우리 아버지가 그것 때문에 죽었어.”

“예?”

천 노인은 눈을 휘둥그렇게 떴다.

상가 점포 주인이었던 전임 방주가 월세 문제로 죽었다는 얘기는 금시초문이었다. 그리고 그건 곁에 서 있는 환규와 상천만도 마찬가지였다.

‘턴만아! 우리 방두님이… 돌아가던 건… 병 때문 아녔냐?’

‘예, 분명히 병 때문이었는데……’

지척에 있는 수하들까지 의아해하든 말든 무대붕은 계속 말을 이어 나갔다.

“우리 아버지가 제명대로도 못 살고 일찍 저승으로 간 건 바로 속없이 세입자들 요구를 다 들어주다가 염통 끓어서 그렇게 된 거야. 알겠어?"

"그… 무슨 터무니없는 말씀을?"

"터무니없다니? 그러니까 내가 지금 헛소리를 하고 있다는 거야?"

"그, 그건 아니지만……."

"영감! 내가 아무리 나이는 영감의 반 토막도 안 먹었다지만 그래도 소위 한 방파의 총수야! 더욱이 '명예를 목숨보다도 소중히 생각하자' 라는 방훈(幫訓)을 갖고 있는 우리 개방이거늘!"

'우리 개방에 언제 방훈이란 게 생겼지?'

'방훈? 그게… 뭔데?'

상천만과 환규는 고개를 갸웃거렸다.

그러나 눈에 핏발까지 세우며 열변을 토하고 있는 무대붕의 눈에 지금 의아해하는 수하들의 표정이 들어올 리가 없었다.

"근데 영감은 지금 나뿐만 아니라 중원 십팔만 리 전역에 퍼져 있는 우리 십만 개방의 문도들까지 모두 모욕했어! 빠드득! 이 참을 수 없는 수치와 치욕… 난 더 이상 묵과하지 못해!"

"각하, 내가 언제 모욕을 했다고?"

무대붕이 지나치게 광분하자 여유있던 천 노인이 당황하기 시작했다. 그러나 일면으론 조정에서 규정한 상점 임대차 보호법 제6조 8항에 엄연히 나와 있는 것인 만큼 젊은 주인이 아무리 억지를 써도 이 문제만큼은 확실하게 자신이 있었다.

그런데,

"이 모욕! 이 수치! 용서 못해! 안 해! 도저히… 꺼… 꺼어억!"

얼굴을 붉히고 겉옷까지 벗어 젖히며 흥분하던 무대붕의 눈동자가 갑자기 초점없이 돌아가더니 허연 게거품까지 무는 게 아닌가!

"각하!"

그때까지 아무 말 없이 한편에 가만히 서 있던 광한이 번개처럼 달려와 흰 게거품과 함께 통나무처럼 쓰러지고 있는 무대붕을 안으며 부축했다.

"각하! 이게 대체 무슨 일이야? 정신 차려봐. 어서."

광한은 앉은 상태로 부축하며 무대붕의 얼굴을 흔들어본다. 하지만 무대붕의 시선은 여전히 초점이 없었다.

"끄… 어어."

"각하! 왜 이래? 정신 차려봐. 제발!"

광한은 무대붕의 의식을 되찾게 하려고 뺨까지 때려보지만 한번 돌아간 무대붕의 의식은 돌아올 줄을 몰랐다. 광한은 환규와 상천만을 향해 다급히 소리쳤다.

"빨리 약포(藥鋪)에 가서 청심환(淸心丸)과 대정단(大晶丹)을 구해와!"

"아, 알았어."

광한의 지시가 떨어지기 무섭게 환규와 상천만은 밖으로 튀어나갔다.

"……?"

천 노인은 어쩌다가 이런 상황이 생겼는지 황당하면서 불안했다. 광한은 고개를 돌려 천 노인을 쏘아보았다.

"어떻게 할 거요?"

음성은 차갑고도 냉정했다. 그러면서 원망이 서려 있었다.

"어떡하다니? 뭘?"

"천 노인 때문에 우리 각하가 지금 사경을 헤매고 있잖습니까?"

"혼… 혼자 흥분하다가 그렇게 된 걸 왜 나한테?"

천 노인은 억울하다는 표정이었다.

"물론 천 노인께선 황당하고 억울할 수 있소. 하지만 만약 이대로 우리 각하가 제정신으로 돌아오지 못한 채 숨을 거두신다면 단언컨대 천 노인은 살인죄를 면치 못하게 될 겁니다. 아시겠습니까?"

"뭐… 사, 살인죄?"

천 노인은 대경실색을 했다.

얼마나 놀랐는지 오줌까지 지릴 정도였다.

"어, 어째서 살인죄란 말인가? 내가 뭘 어떻게 했다고?"

부들부들.

자신도 모르게 사시나무 떨듯 다리가 후들거리며 음성도 떨렸다. 그러나 광한의 서릿발 같은 추궁엔 일말의 인정도 없었다.

"천 노인께서 썩은 기둥 운운했던 게 발단이었습니다. 그 얘기만 없었어도 우리 각하가 이렇게 비참한 모습으로 쓰러지진 않았을 것 아닙니까?"

"그, 그 정도 얘기에 살인죄라니. 마, 말도 안 돼!"

"안 되다뇨? 뭐가 안 된다는 거죠? 얼마 전 금릉의 관도 위를 빠르게 달려가던 사두마차의 바퀴에서 튕겨 나간 돌이 재수없게도 지나가던 어떤 꼬마의 눈에 맞는 바람에 그 아이가 실명(失明)한 일이 있었는데, 그때 마차를 몰았던 마부에게 떨어진 죄명이 뭔지 아십니까?"

"뭐, 뭔데?"

"살인 미수죄였습니다, 살인 미수죄!"

"흡!"

천 노인은 흠칫하며 자신도 모르게 헛바람을 토했다.

만약 지금의 얘기를 무대붕이나 그 외 다른 개방인들의 입에서 나온 것이라면 그는 반신반의 내지는 헛소리로 취급하며 가볍게 흘렸을 것이다. 하지만 상대는 개방학사인 광한이다. 개방에서 가장 유능하고 지식과 학식이 높기로 유명한 바로 그 사내.

'으, 살인죄라고?'

천 노인은 더욱 불안해졌다.

그 순간 약을 사러 나갔던 환규와 상천만이 황급히 들어왔다. 그들은 약포에서 사 온 약을 광한에게 건네줬고, 광한은 그 약들을 으깬 후 무대붕의 입 안으로 밀어 넣었다.

"……."

그 일련의 과정들을 초조한 표정으로 바라보고 있는 천 노인.

'꼭… 깨어나야만 할 텐데.'

그는 애타는 마음으로 무대붕의 회복을 빌고 또 빌었다.

"으… 으……."

천 노인의 간절한 기도 때문인가?

게거품과 함께 통나무처럼 쓰러졌던 무대붕의 의식이 천천히 돌아오기 시작했다.

"어엇! 왔다. 눈동자가 원상태로 돌아왔어! 보라고!"

무대붕의 상태가 호전되기를 이 세상 그 누구보다도 가장 애타게 기원했던 천 노인이 애들처럼 호들갑스럽게 소리쳤다.

무대붕은 두꺼비처럼 눈을 끔뻑거리고는 자신의 상태를 의아한 표정으로 쳐다보았다.

"내가 왜 이러고 있지?"

"왜라니? 흥분하다가 각하가 쓰러졌잖아?"

광한의 대꾸에 무대붕은 머리를 긁적거렸다. 여전히 의아하다는 표정이었다.

"내가… 왜 흥분했지?"

"기억 안 나? 썩은 기둥 갈아달라는 소리에 염통 끓었던 거."

"아~ 아참! 맞아! 그랬지!"

무대붕은 또다시 흥분하기 시작했다.

그는 벌떡 일어나며 잔뜩 핏대 세운 눈으로 천 노인을 쏘아보았다.

"영감! 다시 얘기해 봐! 뭘 어떻게 해달라고?"

"아, 아닙니다. 아무것도……."

천 노인은 손과 고개를 동시에 저었다.

그는 지금 무대붕이 인상을 쓰든 어쨌든 자신의 앞에 서 있다는 자체가 눈물나게 반가웠고, 그거면 족했다.

"이 늙은이가 잠시 헷갈렸나 봅니다. 제 점포 기둥이 썩은 걸 주인에게 고쳐 달라고 하다니. 헤헤, 그냥 제가 알아서 고칠 테니 괘념치 마십쇼."

"영감, 갑자기 왜 그래? 내가 고쳐 줘야 한다며?"

"헤헤, 아닙니다. 그냥 제가 고치겠습니다. 그러니 각하는 기둥에 관해선 아무 신경 쓰지 말고 몸조리나 잘하십쇼."

"정말 영감이 고친다고 했지? 두말하기 없기다?"

"그럼요. 헤헤."

무대붕은 자신의 비위를 건드리지 않기 위해 연신 억지 웃음을 짓고 있는 천 노인의 어깨에 손을 얹었다. 그러면서 그가 이제껏 사람들에게 보여준 표정 중에서 가장 진지한 표정을 지으며 한마디 읊었다.

"난 우리 아버지랑 달라. 만만하게 보지 마. 알겠어?"

그랬다.

무대붕은 결코 만만한 인간이 아니었다.

수하들이 못 받아낸 돈을 그 어떤 수단을 써서라도 거둬들이는 이 탁월한 수완을 보고 어찌 누가 그를 만만하다고 생각하겠는가?

뱀을 풀든, 게거품을 물고 기절을 하든.

하지만.

단 한 표였다는 고정관념 때문인가? 그것도 눈이 침침한 장백문주의 실수로 얻은 한 표.

여전히 그는 만만하게 보였다.

제3장

어허! 만만한 사람이 아니라니까!

어허! 만만한 사람이 아니라니까!

—거지면 거지답게 세상에서 가장 불쌍하고
처량한 표정으로 구걸을 해야, 인상 쓰며 협박을 해서야
그게 불량배지 어디 거지라고 할 수 있겠냐?

밤[夜]!

달빛이 교교하다.

야래향(夜來香).

개봉성 내에서 가장 번성한 동가로(東佳路) 시전(市廛) 부근
에 위치한 기루(妓樓) 집단촌.

크고 작은 칠십여 호(號)의 기루가 길을 사이에 두고 양쪽으
로 쭉 도열해 있는 초대형 기루촌인 야래향.

이곳에 대한 소문은 이미 개봉만이 아닌 중원 전역에까지
알려져 있었고, 변방의 이방인들까지도 죽기 전에 가장 가보
고 싶은 곳으로 야래향을 주저없이 꼽을 만큼 그 명성은 중원
색향(色鄕)의 대명사, 바로 그 자체였다.

대화루(大嬅樓).

야래향에서도 가장 물이 좋다는 삼층 대형 기루.

대화루의 기녀로 일하고 있다면 그 자체만으로도 화류계에

서는 한 수 접어줄 정도였다.

이곳의 기녀들은 하고 싶다고 해서 그냥 하는 게 아니라 빼어난 신체 조건은 기본이고, 게다가 상당 수준의 가무(歌舞) 실력을 갖춰야만 이 겨우 막내 기녀로서 머리를 올릴 수 있게 된다고 한다.

항간에는 과거(科擧) 못지않게 난이도 높은 필기 시험까지 통과해야만 한다는 소문도 있지만 그건 왠지 너무 부풀려진 얘기 같은 느낌이고.

이렇듯 복잡하고 까다로운 기준을 통과한 백여 명의 선녀 같은 젊은 아가씨들의 시중을 받을 수 있는 꿈같은 이곳 대화루.

때문에 아무리 경기가 안 좋고 강호인들의 주머니에 먼지뿐일지라도 대화루만큼은 결코 불황이 없었다.

"움하하하!"

삼층 기루인 대화루의 이층 어느 한편에서 매우 사나이다운 호방한 웃음소리가 울려 퍼졌다. 무대붕이었다.

그는 지금 늘씬한 두 명의 기녀들을 양 옆에 끼고 오늘 자신과 함께 수고를 했던 수하들을 데리고 술을 마시고 있었다.

근데 여자를 끼고 마시는 건 오로지 무대붕뿐이었다. 환규와 상천만은 몹시 못마땅한 표정으로 자기들끼리 술잔을 주고받으며 연신 술만 퍼마시고 있었다.

'띠발, 기루까지 와더 이게 뭐야?'

'환규 형, 우리가 이해합시다. 우리 각하 인간성이 저런 거 어디 처음 봅니까?'

아무리 각하라지만 자신은 두 명의 기녀를 끼고 술을 마시면서 수하

들에겐 기녀 하나 안 붙여주다니, 인정머리라곤 발가락의 때만치도 없
는 왕초였다.

하긴 사고방식이 이 모양이니 지난 맹주 선거 때 수하들조차 한 표
도 안 찍었겠지만.

무대붕이 호사스럽게 기녀들의 시중을 받고 있는 동안 환규와 상천
만은 '먹는 게 남는 거다' 라는 생활 신조를 갖고 있는 개방인답게 열
심히 마셔댔다.

반면, 광한은 지금의 술자리가 별로 마음에 들지 않는 듯 술상 위에
올려놓은 팔에 턱을 괴고 있었다. 여차하면 그 상태로 그냥 잘 수도 있
는 그런 자세였다.

"각하 오빠, 돈이 엄청 많다는데 정말이에요?"

왼편에 앉은 홍의기녀가 무대붕에게 안주를 먹여주며 묻는다.

"그건 알아서 뭐 하려고?"

무대붕은 홍의기녀가 주는 안주를 넙쭉 먹으며 슬며시 그녀의 품속
으로 손을 집어넣었다.

뭉클!

따끈따끈하고 말랑말랑한 감촉이 손끝에 느껴졌다.

"어머! 오, 오빠?"

홍의기녀는 화들짝 놀라는 척을 했다. 말 그대로 그건 척이다. 그녀
는 내심 무대붕의 그러한 행동을 바랐을 것이다.

무대붕이 누군가?

일단 무림명가 중 하나인 개방 방주라는 지위부터가 탁월하다. 그리
고 탁월한 사업 수단으로 재물까지 빵빵하다.

일반 강호인들은 거지 문파인 개방의 방주가 돈이 많으리라고 전혀

생각조차 못하겠지만 대화루의 기녀들은 모두 알고 있다. 이곳에서 가장 돈 잘 쓰는 손님이 무대붕이었으니까.

뿐만 아니라 무대붕은 현재 총각이다. 지위 높고, 돈 많고, 게다가 총각이니 어느 기녀가 그의 손길을 싫어하겠는가?

"아잉~ 오빠, 왜 이러세요? 사람들도 많은데."

홍의기녀는 코맹맹이 소리까지 내며 싫지 않으면서도 싫은 척 내숭을 부렸다.

"캬~ 좋네, 좋아. 난 가슴 큰 여자만 보면 그냥 좋더라고."

"호호, 그래요?"

"너, 나랑 같이 살래?"

"수련이 언니는 어떡하고요?"

수련이란 대화루의 수석 기녀인 요수련을 가리키는 얘기였다.

"너랑 나랑 사는데 개 이름이 왜 나오느냐? 개가 뭔데?"

"정말 언니랑… 상관없어요?"

"암! 물론이지. 난 수련이보다 네 가슴이 더 커서 좋아."

무대붕은 그녀의 가슴에 고개를 파묻었다. 누군가 무대붕의 뒷덜미를 잡아끌었다. 오른편에 앉아 있던 청의기녀였다.

"왜… 왜 그래?"

무대붕은 의아한 표정으로 청의기녀를 쳐다보았다. 청의기녀는 다짜고짜 무대붕의 손을 잡고 자신의 가슴에 집어넣었다.

"오빠, 비교해 봐. 누구 게 더 큰지를?"

"으헉!"

무대붕은 탄성을 질렀다.

"움하하핫! 그래, 맞아! 네가 더 크고 훌륭하다."

무대붕은 홍의기녀를 뒤로 밀치고 청의기녀의 가슴에 머리를 파묻었다. 홍의기녀는 벌떡 일어나더니만 다짜고짜 청의기녀의 머리채를 잡아당겼다.

"이 계집애야! 싸가지없이 지금 뭐 하자는 거야?"

"아얏! 이, 이거 안 놔?"

"찬물도 위아래가 있고 개똥도 층이 있는 법인데, 감히 기루에 들어온 지 두 달밖에 안 된 까마득한 아랫것이 하늘 같은 선배의 남자를 가로채려 들어?"

"이, 이런 씨! 그래 봤자 너랑 나랑 한 달 차이밖에 더 돼?"

"화류계 한 달이 어딘데! 내가 화류계 한 달 동안 받은 손님으로 계산하면 그 사람들을 만리장성에 일렬로 세우고도 두 명 남아! 알겠어?"

"뻥치지 마! 손님도 제일 없는 게……."

청의기녀는 머리칼이 잡힌 상태에서도 악착같이 말대꾸를 했다. 그것이 홍의기녀로 하여금 더욱 열받게 했고, 머리칼을 잡고 있는 손에 더욱 힘을 주었다.

"이게 정말!"

"아악! 오, 오빠, 살려… 줘!"

청의기녀는 더욱 고통스런 음성으로 무대붕에게 도움을 청했다. 그러나 무대붕은 난데없는 기녀들의 활극(活劇)에 어찌할 바를 모르고 그저 황당하기만 했는데,

"뭣들 하는 짓이냐!"

쾅!

내실 문이 거칠게 열리며 온몸에 찰싹 달라붙은 눈처럼 백의를 입은 여인이 서 있었다.

백합처럼 화사한 피부와 흑진주와 같은 검은 눈, 도톰하면서도 타는 듯한 작고 붉은 입술. 그리고 비단 백상(白裳) 안에 감추어진 육체는 터질 듯이 풍만하면서도 굴곡이 완연하여 사내라면 누구나 군침을 흘릴 만한 미모였다.

백화선자(白花仙子) 요수련(姚穗蓮).

대화루의 수석 기녀이자 야래향 최고의 미녀로 꼽히는 바로 그녀였다.

요수련이 등장하자 머리채를 붙들고 살기등등하게 싸우던 두 기녀의 표정이 딱딱하게 굳어졌다.

"큰언니."

"손님에게 최상의 봉사를 해야 할 의무와 책임이 있는 기녀들이 손님 앞에서 싸움질을 해?"

"그, 그게 아니라……."

"듣기 싫다! 당장 물러나거라!"

서릿발 같은 요수련의 명령이 떨어지자 악다구니를 치며 싸우던 두 기녀는 더 이상의 군소리 없이 나갔다.

'쯧, 역시 요수련의 권위는 절대적이구먼.'

무대붕은 떨떠름한 표정을 지었다.

그는 술을 마시러 올 때마다 자신의 애인이라도 되는 양 다른 손님을 마다하고 자신의 술시중을 드는 요수련이 어느 순간부턴 부담스럽게 느껴졌다.

그도 남잔데 아무리 절세가인이라 할지라도 어찌 한번쯤 상대를 바꾸고 싶지 않겠는가?

그래서 오늘은 요수련이 외상값을 받으러 출타 중이란 얘길 듣고 다른 두 명의 기녀를 한꺼번에 옆에 앉혔던 것인데, 또다시 그녀가 나타나서 기녀들을 내쫓아 버렸으니 당연히 씁쓸할 수밖에.

무대붕의 기분이 어찌 됐든 간에 요수련은 그의 옆에 찰싹 달라붙어 술시중을 들었다.

"자기, 언제 왔어?"

"아, 아까."

"내가 없으면 그냥 좀 기다리고 있지, 다른 애들로 하여금 시중들게 하면 어떡해? 그럼 내가 속상하잖아?"

"그, 그러게."

곱고 하얀 섬섬옥수로 공손히 술도 따라주고 나긋나긋하게 안주까지 먹여주건만 무대붕의 표정은 결코 편치 못했다.

처음엔 그도 야래향, 아니, 개봉 최고의 기녀인 요수련의 미모에 넋을 잃었다.

그래서 단지 요수련 때문에 출근부를 찍듯이 매일 저녁마다 대화루를 찾았고, 그녀의 마음을 얻기 위해서 금은보화는 물론 색목국(色目國)에서 건너온 기이한 물건까지 선물했었다. 그렇게 지극 정성을 바친 결과 요수련의 마음을 얻고 어느 손님보다도 각별하고 융성한 대접을 받았었는데,

묘한 게 사람 심리라더니만, 어느 순간부터 자신의 말이라면 끔뻑 죽는 요수련이 부담스럽게 느껴지기 시작했다.

눈이 멀어버릴 정도로 아름답던 얼굴도 왠지 흔한 것 같고, 감탄사가 절로 나왔던 탄력있는 몸매 역시 그저 그렇게 보이니.

요즘 같아선 요수련 때문에라도 당분간 야래향 쪽에 발을 끊고 싶은 게 그의 솔직한 심정이었다.

하지만 고양이가 생선을 피할 수 없듯, 어디서든 가볍게 한잔이라도 걸치기만 하면 탄력이 붙어 계속 마시게 되고 그러다 보면 최후의 종착지가 꼭 야래향 대화루였다.

오늘도 수하들과 객점에서 기분 좋게 술을 한잔하다가 발동이 걸린 게 결국 이곳까지 오게 된 것이었다.

'젠장~ 내가 술을 끊던가 해야지. 그래야 안 오지.'

무대붕이 속으로 구시렁거리고 있거나 말거나 그를 바라보는 요수련의 눈에는 사랑과 애정으로 충만하다 못해 넘쳐흐르고 있었다.

'어쩜 이렇게 귀엽고 깨물어주고 싶을까?

그녀는 무대붕이 술을 마시는 동작도 멋있었고, 투덜대고 칭얼거리는 소리까지도 매혹적으로 느껴졌고, 심지어는 콧구멍 후비는 모습까지도 사랑스럽게 느껴졌으니.

정말 무대붕에게 빠져도 단단히 빠진 상태였다.

'아, 이 세상에 이처럼 완벽한 사내가 어디 또 있을까? 이런 사람과 사랑에 빠질 수 있다는 건 정말 행운이야.'

요수련은 슬며시 무대붕의 손을 잡으며 한동안 꿈결처럼 아득한 눈길로 그의 얼굴을 바라보고 있었는데.

쾅!

부서질 듯 세차게 문이 열리며 방금 전에 나갔던 홍의기녀가 다급히 들어왔다.

"수련 언니, 내려와 보세요. 큰일났어요!"

"왜 그래? 무슨 일인데?"

요수련은 김새는 표정으로 홍의기녀를 쳐다보았다.

"인상 더럽고 흉측하게 생긴 사람들이 몰려와선 다짜고짜 돈을 요구하고 있어요."

"뭐? 어떤 놈들이 감히 그런 허튼 요구를 한다는 거야?"

"잡방(雜幫)이란 곳에서 나왔다던데요?"

그 순간, 술에 취해 한쪽에서 꾸벅꾸벅 졸던 환규와 상천만이 눈을 번쩍 떴고, 두 기녀의 대화를 대수롭지 않게 생각하며 술잔을 기울이던 무대붕도 인상을 쓰며 벼락처럼 소리쳤다.

"뭣이라? 잡방?"

다섯 사나이.

한결같이 인상이 험악한 다섯 명의 인물이 대화루의 입구를 가로막고 서 있었다.

빛 바랜 백포 장삼에 메기처럼 큰 입을 갖고 있는 삼십 대 후반의 인물과 다른 네 명은 똑같이 붉은 띠를 머리에 동여매고 너덜너덜한 누더기를 입고 있는 이십 대 초반의 청년들이었다.

행색은 영락없는 거지꼴들이었는데, 특이한 것은 청년들 모두 등허리에 한 자루의 검(劍)을 메고 있었고, 모두가 한결같이 비장한 표정이었다.

그들의 발 아래에는 세 명의 건장한 장한들이 늘씬하게 얻어터진 몰골로 쭉 뻗어 있었다.

"끙."

"끄응."

장한들은 술 먹고 행패 부리는 손님들을 상대하는 임무를 가진 대화루의 식구들이었는데, 얼마나 제대로 얻어터졌는지 힘겨운 신음 소리를 내면서도 계속 일어날 줄을 몰랐다.

더러운 인상으로 비장미까지 풍기는 다섯 사나이가 나타나 장한들을 박살 내자 입구 쪽에서 잡일을 하던 점원과 호객 행위를 하던 기녀들은 그 기세에 눌려 뒤로 주춤주춤 물러나고 있었다.

일순, 백포 장삼의 메기 같은 사나이가 그렇지 않아도 좋지 않은 인상을 더욱 찌푸리며 짜증을 내기 시작했다.

"젠장, 사람을 언제까지 기다리게 할 거야?"

쉰 듯한 쉿소리, 목소리도 얼굴만큼이나 더러웠다.

게다가 큰 입에서 발산되는 구취(口臭) 또한 가공했다. 때문에 그가 입을 열 때마다 긴장된 모습으로 서 있던 점원과 기녀들은 기겁하며 호흡을 잠시 멈추곤 했다. 그건 그 악취를 그대로 들이마셨다간 질식사할지도 모른다는 생존에 대한 본능이었다.

"우리에게 돈을 내놓으라고 하였소?"

긴장하고 있는 점원과 기녀들 사이로 여인의 굴곡이 완연히 드러날 정도로 몸에 착 달라붙는 백의를 입고 있는 기녀가 등장했다. 요수련이었다.

"꿀꺽!"

메기 같은 사내는 눈이 휘둥그레지더니 마른침까지 삼켰다. 그로서는 삼십팔 년을 살아오는 동안 맹세컨대 이처럼 아름다운 여자는 처음이었다.

'세상은 넓고 계집은 많다더니만, 이처럼 눈이 멀어버릴 정도로 예쁘고 늘씬한 계집은 정말 처음 보는군. 꿀꺽~'

그는 계속 주책없이 흐르는 침을 닦으며 이내 다시 정색을 했다.

"그, 그렇다! 앞으로 우리가 동가로 일대 상가들과 야래향의 기루들이 활발하게 영업을 할 수 있도록 물심양면으로 도와줄 테니까 그쪽에서도 우리에게 그만한 대가를 지불해 주길 바란다."

'크~ 냄새. 망할 자식, 도대체 이를 얼마나 안 닦았기에 이런 악취를 풍기는 거야? 도저히 숨을 못 쉬겠잖아?'

요수련은 메기 같은 사내의 환상적인 구취에 잠시 숨이 막히고 정신이 어찔했으나 이내 자세를 가다듬으며 그를 빤히 응시했다.

"영업을 어떻게 도와주겠다는 거죠?"

"그거야 잘되도록 도와주겠다는 거지."

"어떤 식으로 말인가요?"

"그거야 많지. 술값 안 내고 도망치는 놈이 있으면 잡아주고, 행패 부리는 놈이 있으면 대신 두들겨 패주고, 영업 방해하는 놈들이 있으면 박살을 내버리고… 아무튼 우리가 도와줄 방법은 여러 가지지."

"그러니까 우리 기루를 보호해 줄 테니까 보호비를 내라 이 말이로군요?"

"보호비? 그래, 그런 셈이지. 이런 한심한 놈들에게 나갈 급여로 우리 같은 고급 인력을 쓰라는 거지."

메기 같은 사내는 바닥에 뻗어 있는 장한들을 발로 툭툭 건드렸다.

"끙~"

장한들은 그제야 정신이 드는 듯 꿈틀거리며 일어났다.

요수련은 못마땅한 표정으로 그들을 노려봤다.

"한심한 놈들."

"죄, 죄송합니다, 수석 기녀님."

장한들은 고개를 푹 숙이곤 알아서 한편으로 물러났다. 지금 이런 상황에 괜히 요수련의 눈앞에 있어봐야 좋은 소리를 들을 리 없으니 눈에 잘 안 띄는 곳에 찌그러져 있는 게 최선일 수밖에.

메기는 흡족한 미소를 지으며 말을 이어 나갔다.

"기루를 운영하려면 무엇보다도 술 먹고 진상을 떠는 인간들을 잘 다뤄야만 돼. 그래야만 물이 흐려지지 않을 테니까."

"……."

"웬만한 진상들이야 덩치 좋은 젊은 친구들이 제압할 수 있겠지만 간혹 무술깨나 익힌 놈이 난장을 까면 그땐 어쩌지? 영업을 하려면 그 런 위기의 순간까지도 다 대비를 해야 하는 거라고."

어울리지 않게 사업 강의까지 하고 있는 메기 같은 사내.

그는 자신의 입에서 발산되고 있는 악취에 주변 사람들이 숨을 막고 진저리치고 있다는 것도 모르고 계속 떠벌여 댔다.

"그래서 내가 우리의 사업 취지를 상인들에게 얘기해 줬더니만 어떤 사람은 왜 이제야 그런 훌륭한 일을 할 생각을 했냐며 석 달치를 미리 선불로 낸 곳도 있지 뭔가. 히히힛!"

"얼마나 내면 되죠?"

"그거야 영업장의 규모에 따라 다르지. 이 옆에 있는 청왈루(青日樓) 나 공가루(空歌樓) 같은 소형 기루는 한 달에 은자 열 냥 정도면 되지만 이곳 대화루 같은 대형 기루는 대충 은자 오십 냥은 받아야 우리가 수 지타산을 맞출 수가 있거든."

은자 오십 냥?

보호비 명분으로 다달이 은자 오십 냥을 내놓으라는 메기의 얘기에 주변에 있는 점원과 기녀들의 표정이 모두 황당해졌다.

'은자 두 푼이 쌀 한 가마. 고로 한 냥이면 다섯 가마인데. 뭐? 오십 냥을 내놓으라고?'

‘이것들이 진짜 세상을 너무 쉽게 살려고 하네? 날강도 놈들 같으니라고!’

모두 메기의 얘기가 기가 막히고 괘씸했지만 그렇다고 해서 나서는 사람은 아무도 없었다. 아니, 나설 수가 없었다. 세 명의 장한이 찍소리조차 못하고 일방적으로 얻어터지는 걸 대다수가 직접 목격했으니까.

“만약 그 제안을 거절하면 어떻게 할 건가요?”

요수련은 별로 대수롭지 않은 표정으로 물었다. 정말 무덤덤한 음성이었다. 메기의 송충이 같은 눈썹이 꿈틀거렸다.

“거절?”

“예, 그랬을 땐 어떻게 할 건지 듣고 싶네요.”

“그걸 몰라서 묻나? 만약 거절하면 그날로 이곳은 영업 끝이야. 난 자네의 예쁜 몸과 얼굴을 봐서라도 봐주고 싶지만, 애네들은 그렇지가 않거든.”

메기는 뒤에 서 있는 네 명의 누더기 청년을 손가락으로 가리켰다. 정말 그들은 명령만 떨어지면 당장이라도 대화루를 박살 내버릴 것처럼 여전히 비장한 표정들이었다.

“후후, 은자 오십 냥 때문에 야래향에서 가장 잘 나가는 기루의 영업을 끝낼 만큼 바보는 아니겠지?”

메기는 여유있게 썩은 미소를 지었다.

그가 어울리지도 않는 미소까지 지으며 여유를 잡을 수 있는 건 대화루의 입장에선 선택의 여지가 없다는 자신감 때문이었다. 하지만 상대는 요수련이었다.

“좋아요. 오늘 바보가 한번 돼보고 싶으니 어디 당신들 맘대로 해보시죠?"

"……!"

메기의 눈이 휘둥그레졌다. 너무도 예상치 못한 대답이었다.

너희들 맘대로 하라니?

"이, 이봐? 내, 내가 지금 농담하는 줄 알아?"

예상치 못한 충격 때문인가? 메기가 말까지 더듬거렸다.

"그러니까 어디 능력있으면 해보라고."

요수련이 빈정거리며 말을 놨다.

"해, 해보라고? 얼래? 이 계집이 말까지 까네?"

"미친놈, 그럼 계속 헛소리나 해대고 있는 놈한테 경어(敬語)를 쓸 줄 알았냐?"

"이, 이게 정말?!"

메기의 얼굴이 폭발할 것처럼 붉게 충혈되었다.

요수련으로부터 이런 반응이 있을 줄은 정녕 예상치 못했다. 그리고 거절도 그냥 거절이 아니고 욕까지 섞어서 해대고 있으니 이런 상황을 어찌 감당할 수 있겠는가.

"날 협박한다고 '아이고, 무서워' 하며 넙쭉 돈을 바칠 거라고 생각했다면 넌 정말 미친놈이다. 이 인간 요수련, 열다섯에 이 바닥에 들어와서 산전수전에 공중전은 물론이고 지상전, 시가전까지 다 겪은 사람이다. 알겠어?"

"으으, 이게 계속 미친놈이라네?"

"그러니까 미친놈 소리 듣기 싫으면 그만 꺼지고 정신 차린 후에 다시 와. 그땐 내가 공짜로 술 한잔 대접해 줄 테니까."

너무도 기죽지 않고 당당한 요수련.

역시 대화루의 수석 기녀다웠다. 하지만 이미 제어가 안 될 만큼 흥분하고 있는 메기의 분노를 과연 어떻게 감당하려고?

"으아아아! 도저히 못 참겠다! 얘들아, 인정사정 보지 말고 이곳을 완전 묵사발을 내버려라!"

결국 흥분한 메기의 명령이 떨어졌다.

네 명의 누더기 청년이 제대로 난장을 부리기 위해 사방으로 흩어지려는 순간,

"마구리! 너네 잡방 새끼들은 이제 구걸 안 하고 상인들 등쳐 먹기로 했냐?"

난데없는 음성에 메기와 네 명의 누더기 청년들이 흠칫했다.

마구리(馬九狸)!

그건 바로 메기의 이름이었다

마구리는 소리가 나온 쪽으로 고개를 홱! 돌렸다.

'허걱!'

그는 눈이 튀어나올 것처럼 경악을 했다.

안쪽에서 불안한 표정으로 상황을 지켜보며 서 있는 기녀들 사이로 그가 너무도 잘 아는 인물이 천천히 나타나고 있었던 것이다.

"무, 무대붕?"

그렇다!

그의 시선이 멈춘 곳에 어느새 나타났는지 무대붕과 그 일행이 서 있었다. 이미 거나하게 취해 있는 무대붕은 늘어지게 하품부터 했다.

"아함~ 거지면 거지답게 세상에서 가장 불쌍하고 처량한 표정으로 구걸을 해야지, 인상 쓰며 협박을 해서야 그게 불량배지 어디 거지라고 할 수 있겠냐? 끄윽~"

하품과 트림을 하면서도 절묘하게 말을 하고 있는 무대붕이었다.

"거지의 본분도 모르고 막나가려는 꼴을 보니 요즘 피죽도 못 먹을 정도로 배를 곯은 모양인데. 끅~ 그렇게 배고프면 개방으로 돌아와라, 식은 개밥이라도 먹여줄 테니까."

"흥! 거지의 본분?"

마구리가 냉소를 쳤다.

"그렇게 본분을 잘 아는 놈이 기루에서 기녀들을 끼고 술을 처먹는 건 무슨 개 같은 경우냐? 그리고 거지 주제에 목걸이에, 팔찌, 게다가 귀고리는 또 뭐고?"

"끅~ 더, 더 다딕(자식)이?"

무대붕보다도 그의 옆에서 술에 취해 흔들흔들거리던 환규가 인상을 썼다.

"나원, 꼴 같지 않아서… 값비싼 보석 장신구를 몸에 처바른다고 거지가 귀족이라도 되는 줄 착각하나 본데. 정신 차려라, 무식하고 한심한 대붕아!"

"꺼억~ 더놈이 감히 우리 각하한테!"

누가 말릴 틈도 없이 환규가 흥분하며 달려나갔다.

마구리의 면상을 한 방 날릴 기세였다. 그런데,

털푸덕!

느닷없이 대청 마루 바닥에 걸레짝 집어 던질 때 나는 소리와 매우 흡사한 소리가 울려 퍼지는 게 아닌가!

"……?"

"……?"

무대붕은 물론 마구리를 비롯하여 주변에 있는 모든 사람들의 눈이 휘둥그레졌다.

그 이유는 바로 사나운 기세로 달려나갔던 환규의 다리가 두세 걸음
만에 다리가 꼬이며 어이없게도 그냥 뻗어버렸기 때문이었다.

"끄으응, 바닥이… 갑다기 바닥이… 돋아오르네?"

환규는 자신의 다리가 풀려 넘어졌다는 생각은 전혀 못하고 있는 듯
쭉 뻗은 상태에서 해롱거렸다.

'망할 자식! 어쩐지 쉬지 않고 퍼마시더라니만 완전 맛이 갔군.'

무대붕의 얼굴이 휴지처럼 구겨졌다. 자신을 대신하여 마구리를 응
징하고자 했던 수하가 지금 볼썽사나운 꼴로 뻗어서 해롱거리고 있으
니.

그는 자신의 품위가 무참히 손상된 것 같아 심(心)이 상당히 불편해
졌다.

"우히히히힛!"

마구리는 신이 났다.

무대붕의 패거리 중 한 명이 알아서 스스로 맨바닥에 박치기를 하는
데 어찌 신나지 않겠는가. 한번 터진 마구리의 쉿소리 썩은 웃음은 쉽
게 그치지 않았는데,

'크~ 냄새. 정말 돌아버리겠다.'

'망할 인간, 제발 그만 웃고 입 좀 닫아라! 우릴 구취로 질식시킬 생
각이냐?'

주변의 기녀들은 코를 틀어막고 진저리를 쳤다.

이윽고 길고 긴 마구리의 냄새나는 웃음소리가 그쳤다.

능력이 되면 계속 이어서 웃고 싶었지만 불행하게도 그의 호흡량은
거기가 한계였다.

"히히힛, 대붕아! 괜히 술 취한 수하들 내보낼 것 없이 덤비고 싶으면 네가 직접 덤비시지?"

"내가 아무리 술 한잔 걸쳤기로서니 마구리, 네놈 능력으로 날 상대할 수 있다고 생각하는 건 아니겠지? 내가 나서면 넌 즉사야."

"히힛, 물론 그 정도는 알고 있지. 아무리 무식하고 몰상식한 놈이라도 한 가지 재주는 갖고 태어난다고, 네놈이 타고난 무골(武骨)이라는 얘기는 네 애비로부터 익히 들어 알고 있다."

"네 애비라고 했냐? 마구리, 네놈이 정말 뒈지려고 제대로 절차를 밟는군."

무대붕의 두꺼운 입술이 묘하게 비틀렸다. 심기가 매우 불편해질 때마다 나타나는 습관이다.

하긴, 어찌 무덤덤할 수 있을 텐가?

그의 부친 무천승이 방주로 재임하던 시절 마구리는 내당총관(內堂總管)으로 여느 개방 문도들에 비해 비교적 많은 혜택과 신임을 받은 입장이거늘, 그럼에도 불구하고 네 아비가 어쩌고저쩌고하고 있으니 당연히 괘씸할 수밖에.

그러나 무대붕의 심기가 어떻든 말든 마구리는 계속 썩은 악취를 내뿜으며 이죽거렸다.

"히히힛, 누가 뒈질지는 한번 겨뤄보면 알겠지. 네놈을 상대할 사람은 내가 아니라 바로 여기에 있는 잔갈사괴(殘蝎四傀)거든."

마구리는 엄지손가락으로 자신의 바로 뒤에 비장한 얼굴을 하고 있는 네 명의 누더기 청년을 가리켰다.

"잔갈사괴는 전능하고 위대하신 우리 잡방의 방주님인 잔수일존 비무기 대협께서 우연한 기회에 고서점(古書店)에서 발견한 다라니사귀(多羅泥四鬼)의 비급을 바탕으로 지난 삼 년 동안 우리 잡방의 연무동에서 뼈를 깎는 혹독한 지옥 훈련을 통해 탄생시킨 천하무적의 사인조 검투사들이다. 우히히힛!"

마구리는 득의만만하게 웃어 젖혔다. 그의 웃음 속에는 잔갈사괴라는 청년들에 대한 뿌듯한 자부심이 내포되어 있었다.

"다라니사귀가 뭐 하는 것들인데?"

무대붕은 대수롭지 않게 물었다.

"무식한 놈, 소위 일파의 방주라는 물건이 어찌 한때 천하를 위진시켰던 전대 무림고수의 외호도 모를 수가 있냐?"

"무식해서 미안하다. 어디 견문이나 넓혀줘 봐라."

"잘 들어라. 다라니사귀님은 삼백 년 전 천축무림(天竺武林)의 최강자로 군림했던 공포의 무사님들로서 그분들이 펼치는 합공(合攻)은 대라신선도 피할 수 없을 만큼 절대적이셨다고 한다. 따라서 다라니사귀의 비전절예로 삼 년간 지옥 수련을 거친 우리의 자랑스런 잔갈사괴는 이제부터 당금무림의 최고수 반열에 올려지게 될 것이다. 푸하핫!"

"……?"

무대붕은 아무리 생각을 해봐도 다라니사귀란 이름은 처음이었다. 무대붕이 비록 무식하긴 했지만 그 정도로 유명했던 전대 무림고수의 외호가 생소할 만큼 견문이 없지는 않았다.

"광한아, 넌 들어봤냐? 다라닌지 뭔지 하는 개네들?"

무대붕은 여전히 의아한 표정으로 옆에 있는 광한을 쳐다보았다.

"각하도 모르는 걸 내가 어찌 알겠어?"

광한은 관심없다는 투로 대답했다.

"암~ 그럼. 네가 아무리 아는 게 많아도 무림의 견문은 내가 더 넓
지."

무대붕은 모처럼 자신이 광한보다 나은 게 있다는 걸 발견했다는 사
실이 매우 기분이 좋은 듯 흡족한 미소를 지었다.

"광한아! 백문이 불여일견이라고, 대체 얼마나 잘난 무학을 계승했
는지 확인해 봐라."

"왜 그걸 나한테 시켜?"

"임마! 다른 녀석들은 지금 상태가 불량하잖아?"

무대붕은 바닥에 뻗어 있는 환규와 한쪽에서 끄덕끄덕 졸고 있는 상
천만을 향해 턱짓을 했다.

"각하는?"

"나야 품위를 지켜야지. 그리고 이렇게 시키는 맛에 각하를 하는 거
고."

무대붕은 지극히 당연한 걸 왜 묻느냐는 듯 건성으로 대답했다.

'재미없고 성가신 일은 모두 부하들 차지군. 좋은 건 몽땅 자기 몫
이고.'

광한은 못마땅했지만 어쩔 수 없었다.

권위 같은 건 눈 씻고 찾아볼 수 없어도 어찌 됐든 그는 주군이었고
자신은 수하였으니까.

광한은 잔갈사귀 쪽을 보며 손가락을 까딱거렸다.

"나가자. 우리 각하께서 네놈들의 뭘 믿고 날뛰는지 확인해 보라고
하신다."

말과 함께 광한은 출입구 밖으로 나갔다.

"얼씨구? 그놈들 의심 더럽게 많네."

마구리는 매우 불쾌한 표정을 지으며 고개를 돌렸다.

"얘들아! 나가서 너희들이 어째서 당금무림의 최고수인지를 확실하게 깨우쳐 줘라."

때아닌 구경꾼들이 야래향 입구의 비교적 넓은 공지를 가득 메웠다.

대화루를 비롯하여 아래향의 크고 작은 기루에서 근무하는 기녀들은 물론, 술을 마시던 손님들까지 한밤의 혈투를 관람하기 위해 모두 몰려나왔다.

이 세상에서 가장 재미있는 것이 불 구경과 싸움 구경이라더니만 술을 마시러 온 취객조차도 마시던 술을 중간에서 접고 편한 자세로 앉아 일 대 사의 대결을 흥미진진한 표정으로 지켜보고 있었다.

취객들이야 누가 이기든 그냥 흥미있는 한판의 싸움이겠고 그런 탓에 굳이 누굴 응원할 이유가 없겠지만, 대화루를 비롯한 야래향의 기녀들은 무조건 광한이 이겨주길 간절히 기도했다.

일단 광한이 이겨야만 잡방 패거리들의 보호비 요구가 사그라진다는 게 첫 번째 이유고, 그보다 더 큰 이유는 꾀죄죄한 누더기 사 인조와는 비교조차 할 수 없을 만큼 광한이 너무도 눈부시도록 멋지고 잘생겼기 때문이었다.

단언컨대 이 순간 이 장소에서 잔갈사괴를 응원하는 사람은 마구리 단 한 명뿐일 것이다.

광한을 중심으로 잔갈사괴는 천천히 동, 서, 남, 북에 한 명씩 위치를 잡았다.

스르릉!

잔갈사괴가 예의 비장한 표정으로 천천히 등 뒤에서 검을 뽑아 들었다.

광한도 천천히 자세를 잡았다. 동네 막싸움꾼들의 폼인 아주 평범한 일격호세(一擊虎勢)의 자세였다.

'어머~ 저 오빠 어떡하려고? 못생긴 놈들을 모두 검을 들고 있는데.'

'아, 떨려라! 잘생긴 오빠가 꼭 이겨야 되는데.'

'우리 오빠가 과연 이길 수 있을까? 상대는 무서운 비급으로 삼 년 동안 지옥 훈련을 받은 놈들이라는데.'

기녀들은 광한이 마치 자신의 친오빠라도 되는 양 오금이 저릴 만큼 긴장하였다.

바로 그때였다.

북의 방위에 있던 한 명이 광한을 향하여 검과 함께 짓쳐 들어갔다.

나머지 잔갈사괴 역시 그동안의 지옥 훈련이 허언이 아니라는 것을 보여주듯 동, 남, 서의 순서로 조직적이면서도 파상적인 공격을 시전했다.

파츠츳! 츄츄츄웃!

날카로운 파공성이 허공을 찢으며 각기 다른 방위에서 쏟아지는 현란한 검기(劍氣)가 순차적으로 중앙의 한 점을 향해 몰려오고 있었다.

잡방의 방주인 비무기가 '천하제일잡방'을 위해 각별한 관심과 애정으로 훈련시킨 잔갈사괴의 검진(劍陣)이 드디어 천하를 향해 화려한 첫 선을 보이는 순간이었다. 그런데,

우직!

"크아악!"

뻐억—!

"캐액!"

광한을 향해 순차적이며 조직적으로 짓쳐들던 잔갈사괴의 몸뚱어리가 각기 다른 비명과 함께 순차적으로 나가떨어지는 게 아닌가!

"……?!"

시종일관 팔짱을 끼고 썩은 미소까지 지으며 여유있게 서 있던 마구리의 동공이 튀어나올 것처럼 불거졌다.

하나 그렇게 놀란 건 비단 마구리뿐만이 아니었다. 한밤의 혈투를 구경하고 있던 모든 사람들이 입까지 쩍 벌리며 경악을 했다.

정말이지 그들은 어째서 기세등등하게 덤벼들던 잔갈사괴가 보기 흉한 모습으로 나가떨어져 있는지 그 영문을 알 수가 없었다. 단 한 사람만 빼고는.

'무격권(無擊拳)이라 했던가? 위력도 위력이려니와 정말 놀라울 정도의 빠름이군. 내력(內力)이 약한 범인들의 눈으로는 도저히 볼 수가 없을 만큼.'

무대붕은 중앙에 우뚝 서서 손바닥을 툭툭 털고 있는 광한을 흐뭇한 표정으로 바라보았다.

'광한이, 저 녀석은 대체 무술을 어디서 배웠을까? 간혹 가끔씩 사용하는 것들을 보면 일반 무림방파의 무술과는 달리 저놈의 것은 왠지 고급스럽고 품격이 있다니까.'

무술에도 품격이 있다?

보통의 무림인들은 무술의 강약(强弱)만을 따지며 그걸 갖고 고수, 하수로 구분하는 반면, 무대붕은 품격까지도 구별하고 있다. 역시 일파의 방주는 뭐가 달라도 다른 모양이다.

"이, 이런 머저리 같은 새끼들! 엄살떨지 말고 어서 일어나!"

마구리는 신경질을 내며 쓰러져 신음을 흘리고 있는 잔갈사괴를 발로 걷어찼다. 그 순간 그의 어깨에 툭! 하고 손 하나가 얹혀졌다. 무대풍의 손이었다.

"으어어어! 왜… 왜 이래?"

마구리는 기겁을 하며 뒤로 주춤거렸다.

무대붕은 씨익 하고 미소를 짓는 동시에,

쾅!

마구리의 면상을 정통으로 내갈겼다.

우당탕!

격렬하게 나가떨어지는 마구리.

그는 그로부터 정확히 한 시진 동안 그렇게 뻗어 있게 된다.

"와아아!"

구경하던 기녀들이 광한을 향해 일제히 몰려나오기 시작하더니만 그의 팔과 다리를 들어 헹가래를 치기 시작했다.

"어어."

졸지에 광한의 몸은 기녀들에 의해 허공에 떴다 가라앉았다를 반복하였다.

"오빠! 멋쟁이!"

"잘생긴 오빠! 만세!"

기녀들의 영웅이 된 광한을 비켜서서 바라보는 무대붕의 얼굴엔 짙은 아쉬움이 서렸다.

"쯧, 애들한테 저렇게 영웅 대접을 받을 줄 알았다면 내가 직접 나서는 거였는데."

그게 무대붕의 아쉬움이었다. 수많은 기녀들의 폭발적인 인기가 광한이 아닌 자신이었으면 하는 아쉬움.

그러한 무대봉의 쓰린 심정을 알기라도 하듯 요수련이 다가와 씽긋 미소 지었다.

"자기야, 속상할 것 없어. 자기한텐 내가 있잖아. 오늘 잘해줄게."

자시(子時)가 넘으면 어둠이 찾아온다.

저녁 무렵 성시(盛市)를 이루던 기루들이 하나둘 차례로 문을 닫고 나면 야래향의 거리는 칙칙한 어둠과 싸늘한 적막만이 자리를 잡는다.

간혹 음식물 쓰레기통을 뒤지다가 생선 대가리라도 입에 물게 된 고양이의 행복한 '야옹' 소리 정도가 있을 뿐, 자시가 넘은 야래향의 밤은 여느 상가들과 다를 바 없었는데… 어찌 된 일인지 오늘 밤의 야래향엔 어둠은 있어도 적막은 없었다.

"아… 아… 아…….."

때론 뽀족했고, 때론 간드러졌으며, 때론 숨이 넘어갈 듯한 바로 이 소리.

문득, 대화루와 붙어 있는 홍가루의 문이 삐꺽 열리며 한 사내가 나타났다.

"아함~"

그는 눈곱을 떼며 늘어지게 하품을 했다.

그는 유등(油燈) 불빛 음영이 희미한 대화루의 삼층 어느 창 쪽을 매우 짜증스런 표정으로 올려다보았다.

"젠장, 돌아버리겠네. 끝났다 싶으면 또다시 시작하고… 사람 피를 말리는군. 대체 이게 몇 시진째야?"

그랬다.

자시(子時)부터 인시(寅時)인 지금까지.

무려 네 시진 이상을 희미한 유등이 켜져 있는 대화루의 삼층, 그 방에서 자지러질 듯한 여인의 교성이 터져 나오고 있었던 것이다.

대체 무슨 짓들을 하기에 그 여인은 저렇게 밤을 세워 흐느끼는 것인가?

*　　　*　　　*

"뭐, 뭐가 어째!"

잡방의 방주 비무기는 흥분하며 버럭 소리를 질렀다.

이곳은 잡방의 방주전.

비무기는 침실에서 편히 자던 도중 급보(急報)라는 소리에 잠에서 깼더니만 사업차 야래향에 나갔던 마구리와 잔갈사괴가 매우 심하게 망가진 몰골로 돌아온 것이었다.

더구나 그들을 그 꼴로 만든 인물이 다른 사람도 아닌 무대붕과 그의 수하라는 보고를 듣는 순간 비무기는 피가 거꾸로 치솟고, 얼굴은 극도의 흥분과 분노로 붉게 충혈되었다.

"크흑~ 방주님, 죽여주시옵소서."

"오냐, 이 멍청한 놈아! 네 소원대로 죽여주마!"

우직!

꽈당탕탕!

마구리의 면상에 솥뚜껑 같은 비무기의 주먹이 작렬하자 그의 몸이 격렬하게 나가떨어졌다. 그러나 그 정도로 끝낼 비무기가 결코 아니었다. 그는 쓰러진 마구리의 몸 위에 올라타고는 계속 무차별 공격을 가

했다.

퍼퍼퍼퍼퍼퍽!

“으, 으아악! 방주님, 잘못했습니다! 제발… 한 번만……!”

“닥쳐! 이 자식아! 사나이가 한 입으로 말을 내뱉었으면 그걸로 끝이야.”

뻐뻐뻐뻐뻑!

“끄왁! 아악! 사… 살려주십쇼! 제발… 으와왁!”

언제나 말보다 주먹이 앞서는 비무기.

그런 비무기의 밑에 깔린 마구리의 얼굴은 처참하게 뭉개지고 있었다.

“이 바보 같은 놈아! 내가 무대붕이라면 변소에서 용무를 보다가도 괄약근이 막힐 정도로 이가 갈리는 놈인데, 그런 놈에게 깨지고 돌아와서 살려달라는 소리가 나와?”

퍼퍼퍽!

“끅! 아악! 무대붕이 아니라… 놈의 부하에게… 당했습니다! 으악!”

“뭐?”

무대붕이 아닌 그의 부하였다는 말이 나오자 비무기는 행동을 멈추며 의아한 표정을 지었다.

“잔갈사괴를 꺾은 놈이 무대붕이 아니라고?”

“끄으으, 그… 렇습니다. 좀 더 정확하게 보고드리자면 잔갈사괴는 개방학사인가 뭔가 하는 놈에게 당했고, 전 아무런 이유 없이 무대붕, 그 자식한테 얻어맞았습니다.”

“개방학사라면 개방 거지들에게 글 나부랭이나 가르치는 광한인지 뭔지 하는 그놈이잖아?”

천천히 일어나던 비무기의 눈이 휘둥그레졌다.

"예, 바로 그… 자식입니다!"

"그놈이 그렇게 엄청난 고수란 말야? 우리 잡방의 비밀 병기인 잔갈사괴를 한 방에 보내 버릴 정도로?"

비무기는 황당했다.

그를 비롯한 잡방 패거리들이 개방에서 독립해 나온 만큼 개방 식구들에 대해선 빠삭하게 잘 알고 있었지만 광한에 대해서만큼은 아는 게 거의 없었다. 그들이 독립했던 시기는 삼 년 전이었고, 광한이 개방 가족이 된 것은 불과 이 년 전이었기 때문이다.

"그, 그렇습니다. 학식 높고 얼굴도 잘생긴 놈이 무공까지 높을 줄은 정말이지 꿈에도 몰랐습니다."

마구리는 선혈이 낭자한 피를 닦으며 열심히 보고했다.

얻어터진 건 터진 거고, 보고는 보고라는 게 그가 생각하는 부방주로서의 행동 강령이었기에 언제나 말보다 주먹이 빠른 비무기에게 숱하게 얻어맞으면서도 보고만큼은 충실했다.

그렇지만 오늘만큼은 보고하면서 가슴이 찢어질 정도로 속이 상했다. 그건 비무기가 아닌 광한 때문이었다.

자고로 아무리 완벽한 사람이라도 한 가지쯤 결함이 있는 법인데 어떻게 된 일인지 광한이란 놈은 자신에 비해 모든 게 완벽하지 않은가?

자신이 광한에 비해 나은 게 있다면 그건 나이 하나 확실히 더 먹었다는 것뿐인데, 그렇다고 그놈이 나이 대접해 주는 것도 아니니 그저 괘심하고 속상할 수밖에.

"아무리 무공이 강해도 그렇지, 우리 잡방의 기대주이자 내가 특별히 온갖 신경을 써서 키운 잔갈사괴가 정말 그놈의 단 한 방에 뻗어버렸단 말이냐?"

"예, 정말 딱 한 방에 한 명씩이었습니다. 그리고 어찌나 주먹이 빠른지 미처 볼 수도 없었습니다."

"빌어먹을."

보고를 듣다 보니 비무기는 더욱 염장이 뒤집혔다.

'무대붕, 그 망할 새끼는 무슨 복이 그렇게도 많은지. 아비 잘 만나 새파란 나이에 방주가 되고 게다가 우연히 굴러 들어온 부하 녀석까지 그런 복덩이라니.'

뒤집힐 만했다. 무대붕은 뭘 해도 일이 절로 풀리는 반면 자신은 가뜩이나 없는 복에 하는 일마다 지지리 꼬이기만 하니 말이다.

"근데 방주님?"

마구리는 아까부터 궁금한 것이 있었는데 분위기상 차마 묻지 못하고 꾸욱 참고 있다가 조심스럽게 물었다. 혹시 비무기의 심기를 더욱 헤치는 게 되지 않을까 최대한 눈치를 살피며.

"저, 이해가 안 되는 게 있는데……."

"뭔데, 임마."

"어째서 삼백 년 전 천축 최강의 고수로 군림했다는 다라니사귀의 비전절예를 수련한 우리 잔갈사괴가 그렇게 허망하게 당할 수 있는 거죠?"

"……!"

비무기는 순간적으로 흠칫했다.

"방주님께서 분명 그러지 않으셨습니까? 그 무공만 익히면 우리의 잔갈사괴는 당금무림에 가히 무적이 될 거라고 말입니다. 근데 어떻게 첫 출전에 그처럼 묵사발이 날 수 있는지, 저의 머리로는 아직도 이해가 안 되고 있습니다."

"그, 그건……."

비무기는 당혹스러웠다. 거기엔 그만한 이유가 있었다.

비무기가 우연히 고서점에서 발견했다는 그 무공 비급은 각 장(章)마다 검법(劍法)에 관한 그림과 함께 천축의 범어(梵語)로 주석(註釋)이 달려 있었다.

때문에 비급을 정확히 해독하기 위해선 범어를 알고 있는 사람에게 번역을 부탁했어야 했는데 불행하게도 비무기의 주변엔 범어를 알고 있는 인간들이 단 한 명도 없었고, 더욱 불행한 것은 그가 아주 어린 시절에 천축에 유학을 다녀왔다는 사이비 땡초를 따라다니며 어깨 너머로 아주 살짝 익힌 범어에 대한 어설픈 기초 지식이 조금 있었다는 것이다.

그런 어설프고 짧은 범어 실력으로 무공 비급을 번역했으니 그게 어디 제대로 될 리가 있었겠는가?

설령 제대로 번역했다고 하더라도 다라니사귀가 남긴 그 비급은 결코 강호에서 무적고수가 될 정도의 엄청난 무공 비급은 못 되었다.

왜냐하면 그 당시 천축에서 다라니사귀의 이름은 화가로서 좀 알려진 편이었지 무술 실력은 삼류에 불과할 뿐이었다. 그런 그들이 멋진 그림 솜씨로 자신들의 무술에 관해 남긴 비급을 보니 그 그림으로 인해 괜히 무학이 멋있고 강해 보였던 것이지 실상은 별게 아니었기 때문이다.

비무기는 별것도 아닌 삼류무학을 어설픈 범어 실력으로 제멋대로 번역해 놓고 쓸 만한 네 명의 젊은 거지에게 삼 년의 지옥 훈련까지 시켰으니……

그들이 첫 출전에 박살이 난 건 당연해도 너무 당연한 결과였다.

"흠, 그때 내가 그 비급을 번역할 때 몇 장이 찢어져 있었는데, 그것을 미처 번역하지 못한 게 패인(敗因)이 아닌가 한다."

비무기는 이렇게 둘러쳤다. 자신이 그림만 보고 엉망으로 번역한 게 아니라 찢어진 것 때문에 그렇게 됐다고.

분명 책은 온전하였건만!

"그리고 생각해 보니 역시 무술의 중심은 변방이 아니라 중원이다. 변방에서 아무리 날고 기는 고수라 할지라도 중원에선 삼류밖에 될 수 없을 만큼 우리 중원 무학은 층이 두껍다."

"하면… 지난 삼 년 동안 잔갈사괴는 괜한 헛수고만 했단 말씀입니까?"

마구리는 황당했다.

그건 잔갈사괴도 마찬가지였다. 계속 예의 비장한 표정으로 무릎을 꿇고 있던 잔갈사괴였지만 이 순간만큼은 어이없다는 표정으로 비무기를 바라보았다.

삼 년의 지옥 훈련이면 천하제일의 고수가 될 줄 알았는데, 중원 무술이 변방 무술보다 더 강하기 때문에 익혀봤자 소용없다는 얘기라니.

"사람이 정상(頂上)에 오르기 위해선 수많은 오류와 시행착오를 거쳐야 하는 법."

"……."

"잔갈사괴, 비록 지옥 훈련에 대한 만족한 결과를 얻지 못했지만 너희는 성공보다도 소중한 실패의 교훈과 경험을 얻었다. 그리고 오늘의 교훈은 분명 내일을 위한 도약의 밑거름이 될 것이다. 반드시!"

비무기는 잔갈사괴의 실패를 함께 아파하듯 눈물까지 글썽이며 비장한 표정으로 열변을 토했다. 그리곤 탁자 서랍에서 낡은 고서 한 권을 꺼냈다.

"받아라."

비무기는 그 고서를 잔갈사괴의 앞에 내밀었다.

"무, 무엇이옵니까?"

잔갈사괴 중 맏형뻘인 공일(孔一)이가 의아한 표정을 지으며 조심스럽게 물었다.

"반성삼마(反省三魔)라고 들어보았느냐?"

"그, 글쎄요."

"쯧쯧, 무식한 놈들."

비무기는 혀를 차더니만 마구리 쪽으로 시선을 돌렸다.

"넌 알겠지?"

"혹시 이백 년 전 귀주성(貴州省) 제일의 무림세가인 귀주황보세가(貴州皇甫世家)를 무림에서 사라지게 만들었다는 반성삼마를 말씀하시는 겁니까?"

"그렇다. 바로 그 반성삼마가 남긴 비급이다."

"그, 그들은 그날의 사건 이후 무림에서 사라졌다고 하던데?"

"역시 부방주답게 마구리의 식견이 높구먼. 맞다. 반성삼마는 귀주황보세가의 식솔들을 씨몰살시킨 후 그때 자신들이 너무도 많은 사람을 헤쳤다는 자괴감에 빠졌다. 하여 그들은 무림을 떠나 금정산(金頂山)으로 들어가서 남은 세월을 참회하고 반성하다가 눈을 감았다고 한다. 그때 그들이 금정산에다 남긴 무공 비급이 바로 이것이다."

"그, 그게 사실입니까?"

마구리와 잔갈사괴는 동시에 되물었다.

비무기는 방주인 자신의 말에 반신반의하는 그들의 표정이 괘씸했지만 이번은 인내했다. 그도 그럴 것이 자신의 실수로 수하들이 괜히 삼 년의 지옥 훈련만 거치지 않았던가!

비무기는 억지로 너그러운 미소를 지었다.

"난… 잔갈사괴에게 다시 한 번의 기회를 주겠다."

"……."

"너희들은 지난 삼 년간의 혹독한 수련을 거치면서 이미 몸은 단련될 만큼 단련이 되어 있을 것이다. 게다가 반성삼마의 무공은 마공(魔功)인만큼 속성이 가능할 것이다."

"……."

"기한은 일 년, 다시 일 년 동안만 지옥동(地獄洞)으로 들어가서 반성삼마가 남긴 지상 최강의 마공을 연마토록 하라! 그 마공만 익히면 너희들은 진짜 당금무림의 최강자가 될 것이다. 알겠느냐?"

"……."

"가라. 지옥동으로! 지금 즉시!"

"존명!"

잔갈사괴는 비장한 표정으로 대답했다. 그들은 방주전 문을 열고는 화살 같은 경신술로 어둠 속을 달려나갔다.

비무기는 어둠에 묻혀 버린 잔살사괴의 뒷모습을 바라보며 입술을 질끈 깨물었다.

"무대붕, 기다려라. 한번 실수는 병가지상사라 했다."

어둠 속에서 무대붕의 빈정거리는 얼굴이 떠오르자 비무기는 입술을 질끈 깨물었다. 악문 그의 두꺼운 입술에 선혈이 맺혔다.

"더 이상 실수는 없다! 진짜 일 년이다. 일 년 후 우리 잔살사괴가
반성삼마의 마공을 모두 연마하고 지옥동에서 나오는 날, 네놈부터 박
살을 내버릴 테다! 빠드드득!"

제4장

만금천부의 장보도

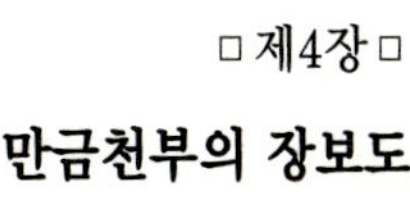

만금천부의 장보도

"와아아!"

"오환족(契丹族)의 토벌군(討伐軍)은 무적(無敵)이다!"

"와아—! 우리의 철갑 기병대(鐵甲騎兵隊) 앞에서는 그 어떤
세력도 오합지졸에 불과할 뿐이다!"

굉렬한 함성.

그것은 중원에서 수만 리나 떨어진 이국(異國)에서 터지고
있었다.

보라! 움터오는 아침 여명과 함께 드넓은 대지를 뒤덮고 있
는 수만 명의 군사를……

그들은 오직 한 사람을 위해서 목숨을 초개처럼 버리는 오
환족의 용사들이었다. 그동안 크고 작은 침략 전쟁에서 그들
은 단 한 번의 패배도 용납치 않은 채 거침없이 남의 영지(領
地)를 삼키고 또 삼켜왔는데……

차차창!

"크와악!"

파파파팟!

"캐액!"

피와 살이 튄다.

그리고 수백 수천의 군사들이 이곳저곳에서 생의 마지막을 알리는 단말마의 비명과 함께 썩은 통나무처럼 쓰러져 간다.

삶과 죽음이 창졸간에 결정되고 지금은 살아 있어도 결코 살아 있다고 말할 수 없는 이곳은 중원의 동쪽 관문인 산해관(山海關)에서도 삼만 리 이상이나 떨어진 아훼국(亞卉國)의 심장부.

아훼국의 군사들은 지난 삼 년간 중원 동북 변황(邊荒)의 여러 부족국(部族國)과 소국(小國)들을 차례로 정벌해 온 무적의 오환족 용사들의 칼과 창에 의해 추풍낙엽처럼 쓰러져 가고 있었다.

야율노극(耶栗魯克)!

남다른 야망과 패기로 뭉친 무적 오환족 용사들의 하늘[天]!

"와와와!"

그는 지축을 뒤흔드는 함성 속에 금관(金冠)과 금갑(金甲)을 입은 모습으로 우뚝 서 있었다.

그의 나이 올해로 정확히 사십 세. 용모는 극히 위맹하며 근엄했다.

또한 그의 패기를 대변하듯 검은 수염이 가슴으로 길게 드리워져 바람에 나부꼈다. 숱처럼 굵고 검은 눈썹과 불타는 두 눈은 대지를 삼킬 듯한 야망을 뿜어내고 있었다.

변황의 신흥 강자로 등장한 오환족의 하늘인 철패왕(鐵覇王) 야율노극.

그런 야율노극이 직접 지휘하는 십만 명의 거란 용사는 지금 파죽지

세로 아훼국을 무참하게 쓸어버리고 있었다.

이제 아훼국을 자신의 속국으로 만든다면 그는 크고 작은 중원 동북의 여덟 영지(領地)들을 그의 발 아래 놓여지도록 만들게 되지만 그 정도로 만족하기에는 그의 야망이 너무도 컸다.

"전하, 아훼국은 이제 반 시진 안에 무너집니다. 다음은 어디이옵니까?"

사자 갈기 같은 구레나룻과 수염을 한 오십 대 중반의 장군이 야율노극의 앞에 한쪽 무릎을 꿇으며 보고를 한다.

기병대장군(騎兵大將軍) 오록호리(烏祿豪里).

침략의 최첨병이자 오환족의 무적신화를 가능케 만든 철갑 기병대의 수장(首長)이자 야율노극의 절대 신임을 받고 있는 인물.

순간 야율노극의 눈빛이 가볍게 일렁였다.

"……!"

기병대장군은 예전에도 야율노극의 그런 눈빛을 본 적이 있었다.

그것은 만족할 줄 모르는 정벌자의 독특한 눈빛이었다. 또한 새로운 야망을 나타내는 의미이기도 했다.

"다음 목표는 모용족(慕容族)이다."

그의 음성은 아주 나직했으나 특이한 울림을 띠고 있었다. 조용하면서도 듣는 이에게 두려운 전율을 일으키도록 만드는 그런 음성이었다.

"모, 모용족이라 말씀하셨습니까?"

기병대장군이 크게 당황했다.

모용족!

요동(遼東) 지역의 실질적 패자(覇者)인 모용족.

중화인들은 그들을 오랑캐라고 천시하지만 모용족은 진시황에 의해 통일되기 이전의 칠 개 국 중에서 연나라 왕족이었다.

비록 변방과도 같은 요동 땅에 뿌리를 내리고 살고 있는 모용족이지만 요동의 모용세가(慕容世家)는 중원 무림에서도 막강한 영향력을 행사했다.

때문에 무림맹 내의 진보적 성향을 갖고 있는 젊은 무림인들은 무림 사대세가에 모용세가를 포함하여 오대세가로 불려져야 마땅하다고 주장할 정도로 모용세가의 전통과 위세는 정말 대단했다.

게다가 본가(本家)에서 신호만 보내면 즉시 달려올 수 있는 요동성 내 지부(支部)들의 숫자가 무려 열여덟 곳이나 된다고 했다. 요동에 있는 모용족은 거의가 무림인이라고 봐도 과언이 아닐 것이다.

야율노극은 지금 그런 모용족을 치겠다고 선언한 것이었다.

기병대장군은 식은땀을 흘렸다.

"그것은……."

그는 이제껏 야율노극의 말에 이의를 제기해 본 적이 없는 사람이었다.

그러나 모용족이라면 문제가 달랐다.

부족인들 거의가 무림인인 모용족과의 싸움도 결코 만만한 것이 아닌 데다가 더욱이 요동의 모용족을 친다는 건 곧 중원 침공을 선언하는 의미가 된다.

대륙과의 전쟁!

물론 야율노극의 원대한 야망의 끝에는 그와 같은 밑그림이 그려져 있다는 것을 모르는 바는 아니다. 하지만 벌써 침공이라니…….

순간 야율노극의 눈썹이 꿈틀, 역팔자로 꺾였다.

"……!"

대장군 오록호리는 흠칫하며 목구멍까지 치민 말을 꿀꺽 삼켜야만 했다. 그것은 더 이상 자신의 심기를 건드리지 말라는 야율노극의 암시라는 걸 누구보다 잘 알기 때문이었다.

야율노극은 용맹한 오환의 무적 용사들에게 손 한 번 제대로 써보지 못한 채 죽어가는 아훼국 군사들을 주시하며 미소를 지었다. 머리 속으론 원대한 야망을 그려가면서…….

"후후훗, 대륙의 주인이 바뀌는 그날까지, 어느 누구도 나의 야망을 막을 수는 없을 것이다. 그 어느 누구도……."

*   *   *

오시(午時).

그림자가 가장 짧은 시간이다.

하늘엔 구름 한 점 없다. 태양은 뜨겁게 그 기세를 떨치는 탓에 유월 초이건만 벌써부터 후끈한 더위가 느껴지고 있었다.

들녘의 농부들은 거북이 등처럼 갈라져 있는 농지를 보며 그저 안타까운 한숨만 푹푹! 내쉬고 있건만 양심없게도 이제야 늘어지게 하품을 하며 일어나는 인간이 있었으니.

"아하암!"

무대붕이었다.

그는 무려 다섯 차례나 치러야 했던 간밤의 격전(?)이 힘들었는지 아직도 피로가 안 풀린 표정으로 침상에 앉아 연신 하품만 해대고 있었다.

"끄응, 자기… 일어났어?"

힘겨운 여인의 음성, 무대붕은 고개를 돌렸다. 요수련이었다.

그녀는 무대붕을 상대로 한 지난 다섯 차례의 전투에서 더 깊고 심한 상처를 입은 듯 해파리처럼 퍼진 모습으로 여전히 침상에 누워 있었다.

무대붕은 침상에서 나와 아무렇게나 널브러져 있는 옷을 걸쳐 입기 시작했다.

"자기, 뭐 하는 거야?"

요수련은 그제야 천천히 몸을 일으켰다. 지난밤의 격전이 얼마나 치열했던지 그토록 팽팽하던 육체의 탄력도 흐물흐물하게 변한 것 같았다.

"뭐 하긴. 해가 벌써 중천이야. 이제 그만 가봐야지."

요수련은 알몸인 상태로 옷을 걸쳐 입고 있는 무대붕을 뒤에서 꼬옥 안으며 애교 섞인 코맹맹이 소리를 냈다.

"아이, 그냥 가면 내가 너무 섭하지. 잠시만 기다려 봐. 식사라도 하고 가. 알았지?"

헤아릴 수 없는 많은 요리들이 한상 가득 차려져 나왔다.

상어 지느러미 요리에서부터 해삼, 해파리, 제비집 요리는 기본으로 갖춰진 상태에서 이른바 팔진요리(八珍料理)로 일컬어지는 오리 혓바닥, 사슴 힘줄, 곰 발바닥, 잉어 꼬리 등등의 각종 진귀한 요리가 화려하게 펼쳐져 있었다.

요수련은 지난밤 격전을 치르기 직전, 경력 삼십 년의 초일류 주방장인 황노삼(黃老三)에게 자신이 일어날 시간에 맞춰 최대로 신경 써서 한상 가득 요리해 달라고 당부했다.

“후루룩! 쩝쩝!”

무대붕은 맛있는 요리는 잘 먹어주는 게 성의라며 걸신들린 사람처럼 먹어대고 있었다. 겸상을 하고 있는 요수련은 숨도 안 쉬고 먹어대는 무대붕의 모습을 애정 어린 시선으로 바라보고 있었다.

“자기야, 체하겠다. 물도 좀 마셔가면서 먹어.”

“괜찮아. 쩝쩝, 먹는 것도 탄력이 붙었을 때 다 먹어치워야 돼. 그렇지 않으면 집중력이 떨어져서 다 못 먹어.”

“호호, 자기는 먹을 때도 정신을 집중해?”

“쩝쩝, 그럼. 난 매순간이 다 최선이고 집중이야.”

요수련이 아무리 사랑 가득한 음색으로 말을 걸어도 고개조차 들지 않고 쉬임없이 먹어대고 있는 무대붕.

그는 혹시 누가 자신의 음식을 뺏어 먹기라도 할까 봐 웬만한 건 자연산에 반영구적인 휴대 젓가락(손)으로 해결하고 있었다.

이윽고.

“꺼윽~ 자알 먹었다.”

다리가 휘어질 듯 한상 가득했던 진귀한 산해진미는 연기처럼 사라지고 남은 건 빈 접시들뿐이었다. 정말 부스러기 한 톨 남김없이 알뜰하고 깔끔하게 다 비어버렸다.

무대붕은 빵빵해진 배를 만지며 길게 트림을 토했다.

“먹긴 잘 먹었는데, 근데 웬일로 이런 환대를?”

상이 들어온 이후 무대붕은 처음으로 요수련을 쳐다보았다. 그것도 좀 의아하다는 표정으로.

“웬일은? 그냥 자기한테 제대로 한 번 대접하고 싶었는데, 마침 어제 싱싱한 생선과 특산물들이 많이 들어왔기에 주방장 황씨에게 부탁한 거야."

"그래? 그럼 난 이만 돌아가 볼 테니 나중에 황씨에게 잘 먹었다고 얘기나 대신해 줘."

무대붕은 쉴 새 없이 쑤셔 넣은 그 많은 음식이 벌써 소화가 다 된 듯 자리에서 일어섰다. 순간 요수련이 그의 손을 잡는다.

"왜 그래?"

"자기야, 할 얘기가 있어서 그러니까 잠시만 앉아봐."

"나… 바쁜데? 명색이 일파의 총수인데 온종일 집무실을 비워두고 여기서 노닥거릴 수만은 없잖아? 보고받아야 할 것들도 많고……."

즐길 것 다 즐겼고, 먹을 것도 넘치게 먹었으니 오늘은 그만 헤어지고 나중에 놀자는 상당히 이기적이면서도 싹수없는 말투였다. 그러나 요수련은 개의치 않고 그의 손을 잡아끌어 결국 다시 앉게 만들었다.

"어어? 정말 왜 그래? 나 무지하게 바쁜 사람이라구."

"잠시면 돼."

"도대체 뭔데?"

"……."

요수련의 얼굴이 잠시 심각해졌다.

무대붕은 평소와 다른 요수련의 행동이 약간 의아했다. 평소의 요수련은 단 한 번도 가겠다는 그를 잡은 적이 없었다. 아무리 수많은 밤을 함께 지새웠어도.

"왜 그래? 무슨 얘긴데. 심각한 거야?"

"우리 아버지가… 자기를 한번 만나재."

"뭐?"

무대붕은 눈을 휘둥그렇게 떴다.

"당신 아버지가 나를 왜?"

"자기가 어떤 사람인지 직접 한번 보고 싶으시데."

"글쎄, 왜?"

"왜겠어? 딸년의 배우자감으로 어떤지 본인 눈으로 직접 확인해 보고 싶은 거겠지."

꽝!

무대붕의 머리 속에서 일천 근의 화약이 일시에 폭발하는 것 같았다. 그만큼 요수련이 던진 말은 그에게 충격이었다.

"배, 배우자?"

"내 나이 어느덧 스물일곱이야. 이젠 나도 화류계 생활 정리하고 한 남자의 아내로 살고 싶어."

요수련의 눈가에 촉촉한 이슬이 맺혔다. 그 이슬은 한 남자의 아내가 되기 위해 자신의 화려한 화류계 생활을 마감하는 것에 대한 아쉬움이었다.

"결혼해서 자기 닮은 아들도 낳고, 자기를 위해 맛있는 요리도 많이 만들어줄게. 물론 가끔 술친구도 돼주고."

요수련은 전업 주부로서의 계획까지도 상세히 설명해 주었다. 그러나 무대붕은 여전히 어안이 벙벙한 표정이었다.

"당신이 결혼하는 건 좋은데 그 상대가 왜 하필 나지? 이 세상에 지천인 게 바로 남잔데."

"……?"

이번엔 요수련의 표정이 황당해졌다.

"생각해 봐. 당신 주변에 남자 많잖아? 당신한테 미쳐 부모로부터 물려받은 전답(田畓)을 술값으로 다 날렸다는 표가장의 외아들을 비롯하여 만년 낙방서생인 위(魏) 진사 영감의 큰아들, 그리고 대흥로(大興路) 최고의 부자인 홀아비 서씨 등등. 주변에 깔린 게 남자잖아?”

“자기… 지금 무슨 말을 하는 거야? 그럼 자기는 나랑 결혼하기 싫어?”

“당연하지. 내가 왜 벌써 결혼을 해? 이제 겨우 스물넷인데.”

“자, 자기야?”

요수련은 울상을 지었다.

자신은 결혼을 위해 화류계 은퇴라는 비장한 결심까지 했건만, 정작 무대붕의 입에서 나오는 소리는 비수처럼 자신의 심장을 도려내는 것들뿐이었으니.

“그리고 난 연상은 싫어. 남자보다 나이 많은 여자들은 괜히 어른 행세를 하기나 하고.”

“연상이래 봐야 우린 겨우 세 살 차이밖에 안 나.”

“세 살은 차이가 아닌가?”

“하지만 난 좀 어려 보이잖아? 누구도 날 스물일곱으론 안 본다는 거 자기가 잘 알잖아? 자기도 처음엔 내가 자기보다 어린 줄 알았다고 했으면서.”

“어쨌든 많은 건 사실이잖아. 그리고 당신 얼굴이 어려 보이는 건 다 화장발이야. 화장 안 한 맨 얼굴은 오히려 나이보다 족히 다섯은 더 먹어 보인다구.”

무대붕은 요수련이 착각하는 부분까지 상세하게 콕 꼬집어주었다.

부르르.

요수련의 얼굴에 경련이 일기 시작했다.

“그, 그러니까 나이 먹은 나하고는 절대 결혼할 수 없다는 얘기냐?”

그녀는 치미는 분노를 억누르며 무대붕을 무섭게 노려보았다.

"거봐. 싫다고 했더니만 금세 동생 대하듯 말투가 바뀌잖아? 이래서 연상이 싫다니까."

"좋다 싫다는 것만 얘기해, 잡다한 사설 집어치우고!"

"내참, 이거 대체 몇 번을 얘기해야 돼? 연상은 내 취향이 아니라니까."

찰싹!

무대붕의 뺨에 손바닥 도장이 찍혔다.

"이런 씨!"

무대붕은 발끈하려 했으나 행동으론 이어지지 못했다.

눈물.

충혈된 요수련의 눈에서 소리없이 흐르는 눈물을 보았기 때문이다.

"나쁜 새끼."

"수, 수련."

"꺼져! 이 나쁜 새꺄! 그리곤 앞으로 두 번 다시 여기 오지 마. 오면 죽여 버릴 거야!"

표독스러운 악다구니와 함께 그녀는 방바닥에 엎어져 통곡을 했다.

"으허엉."

관도(官道) 위.

오랜 가뭄의 탓에 미미한 바람에도 먼지가 날리는 오후의 관도 위를 무대붕은 터덜터덜 걷고 있었다.

"감히 앉아서 볼일을 보는 계집이 지엄한 사나이의 얼굴에 파리채를 날리다니."

요수련에게 얻어맞은 따귀가 아직도 얼얼한 듯 뺨을 어루만지며 잔뜩 인상을 구겼다.

"내참, 희한한 물건이라니까. 자기 혼자 결혼이니 뭐니 어쩌고 해놓고 울기는 왜 우는 거야? 내가 뭘 어쨌다고? 틀린 말 한 것도 없는데."

그랬다.

무대붕은 지금 요수련이 어째서 대성통곡을 하고 있는지 이해도 되지 않았고 관심도 없었다. 다만 자신의 얼굴에 따귀를 갈긴 그녀의 행동이 그저 괘씸하기만 할 뿐이었다.

"아무리 착각은 자유라지만 어떻게 감히 나랑 결혼하겠다는 그런 터무니없고도 광오한 생각을 할 수가 있지? 내가 어디 보통 남자야? 중원 십팔만 리 전역에 퍼져 있는 육만 개방 문도의 총수이자 늙고 썩어 빠진 강호에 이십 대 기수론을 외치며 무림맹주 선거에도 출마했던 개혁 후본데……"

출마만 했지 어느 정도의 표를 얻었는지에 대해선 망각하고 있는 무대붕.

웬만한 사람 같으면 단 한 표의 수모를 생각해서라도 그때의 기억을 머리 속에서 깔끔히 지워내려 했을 테지만 무대붕은 절대 그러질 않았다. 그는 아직도 자신이 떨어진 것은 부정 선거 내지는, 무림맹 내에서 감투를 쓰고 있는 늙은 기득권 층의 음모라고 신앙처럼 굳게 믿고 있었기 때문이다.

게다가 더욱 엄밀히 따지면 개방 방주라는 지위도 그렇다.

그의 부친 무천승이 장로회의도 거치지 않고 우격다짐으로 물려주는 바람에 쓰게 된 감투가 아닌가? 그런데도 무대붕은 마치 자신이 무척 잘나서 그 자리에 앉은 것처럼 얘기하고 있으니.

누구의 착각이 더 심하고 중세가 심각한지 아는 사람은 다 알리라.

"결혼만큼은 나와 수준이 꼭 맞는 그런 여자와 할 것이다. 일단 얼굴과 몸매는 기본이고, 성격도 무조건 남자 말이라면 꾸뻑 죽을 만큼 순종적이어야 되겠지. 그리고 남편이 바람을 펴도 다 이해해 줄 정도로 이해심 많아야 하고, 이세(二世)를 위해서라도 머리는 당연히 좋아야 하고, 무좀이 없어야 하고, 아기를 낳아도 몸매만큼은 신속히 처녀 때의 몸매로 돌아올 수 있는 체질이어야 하고, 속 썩이는 처남이나 처제들이 없을 것이며, 집안도 당연히 뼈대가 있어야 되고… 음, 또……."

더 이상 들을 가치가 없었다.

무대붕은 그 뒤로도 자신과 매우 잘 어울리는 짝에 대해서 마흔여덟 가지나 더 나열했지만 그런 조건을 갖춘 여자는 단언컨대 이 세상에 존재하지 않을 것이고, 설령 존재한다 하더라도 그건 누가 봐도 무대붕과는 전혀 어울릴 수 없는 그런 여자였다.

눈이 높아도 어느 정도지 자신의 분수는 전혀 고려치 않고 턱없이 눈만 높다니.

저 정도 증상이라면 여자 보는 안목에 관한 한 무대붕의 눈은 눈썹 위에 붙었다고 해야 할 것이리라.

그때였다.

"각하, 걸으면서 뭘 그렇게 혼자 중얼거려?"

무대붕은 자신이 나열한 배우자의 조건 중에서 혹시 뭐가 빠진 게 없나 심각하게 되짚어보고 있었는데, 그의 등 뒤로부터 매우 귀에 익숙한 음성이 들려왔다.

흑의 장삼에 한성(寒星)과 같은 빛을 발하고 있는 눈을 가진 사내,

광한이었다. 광한은 대형 양동이들이 여러 개가 실어져 있는 소달구지를 타고 있었다.

"이 시간에 어디 다녀오냐? 그리고 달구지는 또 뭐고?"

무대붕은 의아한 표정으로 물었다. 개방이란 장소가 아닌 이런 길거리에서 그를 만나는 일은 극히 드문 일인데 게다가 달구지까지 몰고 있다니.

"마균촌(魔菌村)의 아이들이 마실 물이 없어 고통스러워한다길래 물 좀 갖다 주고 왔어."

"뭐? 어딜 갔다 왔다구?"

무대붕은 뜨악한 표정을 지었다.

마균촌.

개봉성 외곽, 노개산(勞介山) 언덕에 위치한 나병 환자들의 집단촌이었다.

하여 사람들이 혹시라도 자신에게 병균이 옮을까 봐 그 근처에 볼 일이 있어도 돌아가곤 할 정도로 기피하고 혐오스럽게 생각하는 게 그곳 사람들이었다. 그런데도 광한은 가뭄에 마실 물이 없어 고생하는 그들을 위해 달구지에 물까지 실어서 갖다 주고 왔다니 무대붕이 놀라고 당황하는 건 지극히 당연한 일이었다.

"너, 미쳤어? 네가 거긴 왜 가? 그러다가 병이라도 옮으면 어떡하려고?"

무대붕은 기겁하며 자신도 모르게 달구지로부터 한 걸음 뒤로 물러섰다.

"하하, 기껏 잘못돼 봐야 죽기밖에 더 하겠수."

광한은 껄껄 웃으며 달구지에서 내렸다.

"뭐?"

"사람은 누구나 한 번은 죽는 거야. 어차피 그렇게 유한(有限)한 게 우리네 삶이니 살아 있는 동안 자신보다 어렵고 불행한 사람들을 도울 수 있다면 그보다 좋은 일이 또 어디 있겠어?"

"얼어죽을~ 나랑 상관없는 사람을 돕다가 내가 죽을 수도 있는 게 어째서 좋은 일이냐, 한심한 일이지. 쯧쯧, 공부도 많이 하고 머리통에 든 것도 많은 녀석 수준이 왜 그 모양이냐?"

무대붕은 혀까지 차며 딱한 표정을 지었다.

"광한아, 이 각하가 진짜 인간적으로 충고하는데, 제발 그놈의 쓸데없는 오지랖 좀 떨지 마라. 오지랖 넓은 인간치고 잘난 인간 없다니까."

"상관없어. 난 잘나지도 못했고, 잘난 인간이 되고 싶은 생각도 없으니까."

"어허~ 임마. 네가 정말 세상을 몰라도 한참 모르는 모양인데, 네가 그자들을 도와줬다고 해서 남들이 알아줄 것 같냐? 아니, 그건 그 사람들도 모를걸? 도움받을 때나 잠시 고마워할 뿐이지 시간이 지나고 그 사람들에게 또 곤란하고 고통스러운 일이 생겼을 때 만약 네가 안 나타나면 그땐 오히려 원망을 듣게 되는 게 세상 이치라구. 하여 이런 말도 있잖냐? 아홉 번 도와주다가 한 번 안 도와준 놈보단 아홉 번 안 도와주다가 한 번 도와준 놈이 더 고맙게 느껴지고 인상에 남는다고."

피식!

광한은 소리없이 씁쓸한 미소를 지었다.

무대붕의 말처럼 그게 세상 인심이라는 것을 그 역시 누구보다도 잘 알고 있었다. 그리고 그런 연유 때문에 한땐 그도 크게 좌절해야 했고 이 땅에 환멸까지 느낀 적도 있었으니까.

하지만 그가 식수조차 없어 고통받고 있는 마균촌에 물을 갖다 준 것은 조삼모사(朝三暮四)와 같은 세상 인심과 무관한 일이다. 마균촌의 환자들이 그와 같은 천형병(天刑病)에 걸린 것은 그들의 의지가 아니잖은가?

나쁜 짓을 해서 벌을 받은 것도, 남다른 욕심을 부리다가 그렇게 된 것도 아니다. 얼굴이 썩어가고 있는 그들과 멀쩡한 자신이 다른 건 별것 아닌 종이 한 장 차이에 불과한 그저 재수일 뿐이다.

물론 자신도 크게 재수있는 놈은 못 되지만 마균촌의 사람들에 비해 상대적으로 재수있는 자신이 그들을 위해 이 더운 날 비지땀을 흘리며 식수를 갖다 준 것은 서로 주고받는 세상 인심과는 무관한 것이며 무관해야만 한다는 것이 그의 지론이다.

고통과 불행을 숙명처럼 평생을 등에 지고 살아가고 있는 마균촌 사람들에게 무슨 보상을 바라겠는가? 그저 그들을 위해 자신이 도울 수 있는 일이 있다는 자체가 기쁨이리라!

"근데… 여기 있는 빈 통들을 보니 물을 갖다 줘도 엄청 갖다 준 모양인데, 대체 물은 어디서 구했냐, 이런 가뭄에?"

무대붕은 의아한 표정으로 달구지 위에 실려 있는 여러 개의 대형 물통들을 쳐다보았다.

"풍류각 수장고(水藏庫)에서……."

광한은 히죽거리며 머리를 긁적거렸다.

"뭐, 뭐가 어드래?"

무대붕은 순간적으로 거품을 물며 까무라칠 뻔했다.

수장고란 물을 보관하는 창고였는데, 문도의 수가 워낙 많은 개방인지라 부처마다 각각의 수장고를 갖고 있었고, 웬만한 가뭄에도 식수 걱정은 안 할 정도로 물은 늘 풍족한 편이었다.

하지만 지금은 웬만하질 못한 지독한 가뭄이다.

때문에 늘 풍족했던 개방의 수장고도 서서히 바닥이 드러나고 있었는데, 그것도 일반 수장고가 아닌 고귀하신 개방각하께서 기거하는 풍류각의 수장고에서 물을 퍼서 마균촌 환자들에게 갖다 줬다니 이 어찌 기합이 빠질 소리가 아니겠는가!

"이, 임마! 미쳤어? 전국이 물 때문에 대란(大亂)인 판에 내 수장고에 있는 물을 퍼 갖다 주면, 그럼 난?"

"내가 설마 각하 마실 물까지 다 퍼 날랐겠어? 당연히 마실 물 정도는 남겨둬야지. 안 그래?"

"이 정신 나간 놈아! 이 후텁지근한 날에 마실 물만 있다고 돼? 씻는 건 어쩌라구? 내가 아무리 추운 한겨울에도 목욕을 할 만큼 깔끔한 성격이라는 거 몰라?"

"알지. 내가 그걸 왜 모르겠어? 각하와 함께 지낸 지가 어언 이 년인데."

"아는 놈이 그런 짓을 해?"

"목욕 며칠 안 한다고 무슨 일 생기는 거 아니잖아? 근데 그 사람들은 마실 물이 없어 죽어가고 있어. 생각을 해봐. 그 물이 지금 어느 누구에게 절박한지 말야."

"임마, 내가 그걸 왜 생각해? 그 인간들이랑 내가 무슨 상관이 있다고!"

무대붕은 신경질에 짜증, 핏대 등을 있는 대로 섞어서 소리쳤다.

"헛소리 말고 냉큼 가서 내 물 찾아와! 어서!"

"이미 다 마셨지 그 물이 아직까지 남아 있겠어? 남아봐야 겨우 오늘 저녁 마실 정도밖에 안 될 거야."

"그거라도 찾아와, 당장!"

"마균촌 사람들이 마시던 걸 찾아오란 말야?"

움찔!

무대붕은 기겁했다.

'이런 씨.'

광한은 무대붕의 구겨지는 표정을 보며 미소를 짓는다. 물에 대한 얘기는 그걸로 이제 끝이다.

광한이 그들에게 물을 갖다 준 것만으로도 전염병이 옮느니 마느니 하는 무대붕인데 그들이 마시던 물을 어찌 도로 찾아와서 자신이 쓸 수 있겠는가?

무대붕의 성격상 식수는커녕 목욕물로도 쓰지 못할 것이다.

'이 자식, 이걸 정리해? 말어?

무대붕은 잔뜩 인상을 구기며 못마땅해했다.

'평소엔 정말 더 이상 완벽할 수 없을 만큼 훌륭한 오른팔인데, 잊어버릴 만하면 이런 식으로 한 번씩 내 염장을 지른다니까.'

가끔씩 전혀 상의나 예고없이 저지르는 광한의 사고, 그것이 무대붕의 유일한 불만이었다.

그때였다.

"……!"

광한과 무대붕은 동시에 흠칫했다. 어디선가 여인의 뾰족한 비명 소리가 그들의 고막을 파고들었기 때문이다.

광한은 반사적으로 소리가 나는 쪽으로 몸을 돌리고는 신형을 날리

려 했다. 그러나 그의 그런 행동을 예상이라도 했다는 듯 무대붕이 그
의 어깨를 잡았다.

"왜 또?"

"왜라니? 각하도 비명 소리 들었잖아? 누군가 지금 매우 위급한 상
황이라구."

"그래서 뭘 어쩌겠다는 건데?"

"어쩌긴 뭘 어째? 도와줄 상황이면 가서 도와줘야지."

"광한아, 내가 얘기했지? 제발 쓸데없는 오지랖 좀 떨지 말라고. 왜
자꾸 넌 인건비도 안 나오는 한심한 짓거리만 골라서 하려는 거냐? 제
발, 너네 각하 편하게 좀 살자."

무대붕은 울상까지 지어가며 짜증 섞인 하소연을 했다. 그러나 광한
은 전혀 개의치 않고 자신의 어깨에 걸쳐 있는 무대붕의 손을 걷어냈
다.

"우리가 가만히 있는다면 그 사람은 분명 죽고 말 거야. 근데 어떻
게 날더러 모른 척을 하라는 거야?"

"괜찮아. 모른 척해도 돼. 그래도 널 욕하는 사람은 아무도 없어. 아
니, 난 잘했다고 머리 쓰다듬어 줄게."

"각하, 미안! 난 강아지가 아니라서."

파앗!

그와 동시에 광한은 지면을 박차고 조금 전 소리가 들린 방향으로
비스듬히 날아갔다. 실로 기쾌무비한 신법이었다.

"저, 저 자식이 또?"

무대붕은 창졸간에 눈앞에서 사라져 가고 있는 광한의 뒷모습을 멍
하니 쳐다보았다.

"대, 대체 저게 부하야, 상전야? 어쩌자고 저렇게 악착같이 말을 안 듣는 거야?"

음메~

그 순간 멈춰 선 달구지의 누렁이 황소가 소리를 냈다.

"뭐라구?"

무대붕은 짜증을 내며 누렁이를 쳐다보았다.

음메~ 음메~

누렁이는 무슨 말을 하려는 듯 눈을 끔벅거리며 연이어 소리를 냈다. 무대붕은 괜히 누렁이를 개 패듯이 두들겨 패고 싶을 만치 미치도록 짜증스러웠다.

"젠장, 염통 끓는 판에 이 자식은 또 뭐라고 지껄이는 거야? 시끄러우니까 입 닥치고 있어, 이 소새꺄!"

그랬다.

무대붕은 지금 육만 개방 문도의 총수인 자신의 권위를 한없이 추락시키고 있는 잘난 부하 때문에 머리 뚜껑이 열리기 일보 직전이었다.

광한의 신형이 언덕을 넘자 분지를 이룬 공지가 나타났다. 광한은 공지가 보이는 커다란 나무 위로 소리없이 올라갔다. 그의 눈에 한창 싸움을 벌이고 있는 세 개의 인영이 들어왔다.

한쪽은 나이가 육순(六旬)가량으로 보이는 마의(麻衣)노인과 혈의(血衣)노인이었다. 마의노인은 기골이 장대하고 위맹한 모습을 하고 있는 반면, 혈의노인은 피처럼 붉은 얼굴에 머리카락과 눈썹마저 적색이었다.

그와 마주 서 있는 인물은 사십 대 초반의 중년 여인이었다.

옷은 회색 승복을 입고 있었는데 비구니는 아닌 듯 머리가 길었다. 그녀 역시 무림인(武林人)인 듯 오른손에 검을 쥐고 있었는데 불행하게도 이미 가슴에 상당한 상처를 입고 있었다.

"으으, 쿨럭."

한 덩이 검붉은 피를 토해내며 고통스러워하는 중년의 여인.

마의노인은 그녀를 바라보며 음산한 미소를 지었다.

"흐흐. 계집, 아미(峨嵋)에서 몇 가지 재주를 배웠던 모양인데, 설마 그런 알량한 솜씨로 우리 청해쌍마(靑海雙魔)를 어찌할 수 있다고 생각했던 건 아니겠지?"

청해쌍마!

이십 년 전까지 청해성(靑海省) 내에서 다섯 손가락 안에 꼽힐 만큼 알아줄 만한 족보를 가진 마두(魔頭)들이었다. 청해쌍마는 각기 다른 상이한 무공 상대를 잔악하게 제압해 왔는데, 특히 그들의 독문절기인 장법(掌法)과 부식(斧式)은 사파(邪派)의 백대무공 안에 꼽힐 정도로 엄청난 위력을 지니고 있다고 한다.

그런데 지난 이십 년간 별다른 활동이 없어 무림에서 은퇴한 줄 알았던 그들이 이렇게 다시 출현하다니, 그것도 청해가 아닌 지리적으로도 거의 반대인 하남의 개봉에.

순간, 나무 위에서 장내의 상황을 지켜보던 광한이 흠칫했다. 그러나 광한이 그보다 더욱 놀란 건 다른 이유 때문이었다.

"뭐? 저 노인네들이 청해쌍마라고?"

바로 이 목소리.

어느새 무대붕이 자신의 옆으로 올라와 자리를 잡고 있었던 것이다.

"각하?"

광한은 의아한 눈길로 쳐다보았다.

"그냥 간 줄 알았는데… 인건비 안 나오는 일엔 관심없다고 했잖아?"

"임마, 육만 개방 문도의 총수 체면이 있지, 그럼 나더러 달구지를 끌고 가라는 거야?"

그랬다.

바로 그런 이유 때문에 무대붕은 광한을 쫓아온 것이었다.

체면을 목숨만큼이나 중요하게 생각하는 자신이 달구지를 직접 끌 수는 없고, 그냥 내버려 두고 가자니 그렇게 되면 다른 사람이 가져갈 게 분명하고, 그렇다고 광한이 돌아올 때까지 기다리자니 자신의 꼴이 너무 처량하고.

이런 저런 연유로 광한의 뒷덜미라도 잡아끌고 오려 했다가 본의 아니게 청해쌍마의 출현을 보게 된 것이었다.

"흐흐. 계집, 마지막으로 기회를 주겠다. 어서 장보도(藏寶圖)를 내 놔라. 목숨만은 살려주마."

마의노인은 천천히 다가가며 앞으로 손을 내밀었다.

'장보도?'

마의노인의 얘기가 떨어지는 순간 나무 위에 편히 앉아 장내의 상황을 지켜보던 무대붕의 눈빛이 너무도 생기있게 반짝거렸다.

'숨겨져 있는 보물을 찾을 수 있는 지도를 그럼 저 여인이 갖고 있다는 얘긴가?'

반짝할 만했다.

중년 여인이 장보도를 갖고 있다지 않은가? 무대붕이 환장할 정도로 좋아하는 보물이 숨겨져 있다는 지도.

"흥! 헛소리 집어쳐라! 내가 지옥으로 갖고 갈지언정 절대 네놈들에 겐 넘겨줄 수 없다!"

중년 여인은 앙칼지게 소리치며 내상(內傷)을 입은 사람답지 않은 맹렬한 검공(劍功)을 펼쳐 나갔다.

파츠츠춫!

대기를 찢는 강렬한 검기와 마의노인을 향해 쏟아져 갔다.

"이번엔 아미파 비구니들이 쓰는 검식 중 포옥검식(抱玉劍式)을 택 했군. 쯧쯧, 분명히 얘기했을 텐데, 이깟 밑천으론 우리의 털끝 하나 건드릴 수 없다고."

마의노인은 허공으로 빙글 선회하며 자신을 향해 짓쳐드는 검기를 가볍게 피해냈다. 그와 동시에 그의 오른손 불처럼 빨갛게 달아오르더 니만 이내 강맹하고 붉은 기류가 폭사되었다.

퍼펑!

"으악!"

마의노인의 오른손에서 뻗쳐 나온 장력을 미쳐 피하지 못하고 가슴 에 격중당하고 마는 중년 여인.

그녀는 폐부를 쥐어뜯는 듯한 비명과 함께 격렬하게 나가떨어졌다.

'이, 이런!'

나무 위에서 바라보고 있던 광한은 낭패스런 표정을 지었다.

좀 더 상황을 자세히 알기 위해 잠시 방관했던 것이었는데, 불행하 게도 여인은 제대로 급소를 격중당했는지 널브러진 상태로 검붉은 핏 덩이를 꾸륵꾸륵 토해내고 있는 게 아닌가!

광한은 더 이상 지체할 수 없다는 판단에 나무에서 뛰어내리려 했으 나 무대붕이 제지를 했다.

"임마, 이왕 지켜본 거 조금만 더 지켜보자구."

"뭔 소리야? 저 중년 여인이 일방적으로 당했는데."

"장보도라잖아? 진짜 있는지 없는지 확인한 다음에 끼어들어도 늦지 않아."

무대붕의 관심사는 오로지 장보도였다.

하긴 그게 아니었다면 그의 성격상 분명 광한의 뒷덜미를 잡아끌어서라도 관도 위에 주인 없이 팽개쳐져 있는 달구지 쪽으로 끌고 갔을 것이다. 요즘 황소 한 마리 값이 얼만데, 누구 좋은 일 시키려고 마냥 그렇게 내버려 둔단 말인가.

하지만 무대붕의 머리 속엔 이미 황소 값에 대한 계산이 증발했다. 황소와 장보도라는 두 가지 명제를 함께 다루기에는 무대붕의 머리 용량이 부족한 탓에. 그는 언제나 비교해서 좀 더 중요한 것만을 우선 순위로 남고 그 외의 것은 깔끔하게 잊어버리곤 했다.

그 순간, 팔짱을 끼고 중년 여인과 동료인 마의노인과의 드잡이질을 무표정한 얼굴로 묵묵히 지켜보던 혈의노인의 붉은 눈썹이 꿈틀거렸다.

"웬 놈들이냐!"

그와 동시에 몸을 팽이처럼 돌리며 무대붕과 광한이 있는 곳으로 두 개의 비도(飛刀)를 날렸다.

패애액!

"이크!"

무대붕과 광한은 더 이상 나뭇가지 위에 앉아 있을 수가 없었다. 두 개의 비도는 정확히 그들의 심장을 향해 쏘아져 왔던 것이다.

파라락!

　무대붕과 광한은 신속히 나뭇가지에서 도약하며 비도를 피했다. 그리곤 허공에서 마치 깃털처럼 천천히 떨어져 내렸다.

　무대붕의 입장으로 보면 장보도의 진위 여부를 눈으로 확인하지 않은 상태에서 끼어들고 싶진 않았지만, 이젠 어쩔 수 없이 격전의 현장에 끼어들 수밖에 없는 상황이 되고 말았다.

　갑작스런 무대붕과 광한의 출현으로 몸수색을 하기 위해 쓰러진 중년 여인에게 다가갔던 마의노인의 고개까지 그들에게로 돌려졌다.

　"뭐, 뭐냐, 네놈들은?"

　마의노인은 난데없는 젊은 출연자들을 바라보며 의아한 표정을 지었다.

　"흠흠, 글쎄올시다. 내가 누군지에 대해선 미안하게도 당신들한텐 별로 얘기해 주고 싶지가 않구려."

　무대붕의 대답이었다. 평소 육만 개방 문도의 총수라는 자신의 권위를 무척 내세우길 좋아하는 그였지만 이 순간만큼은 절대 그 잘난 족보를 팔지 않았다.

　내세워 봐야 대접해 줄 청해쌍마가 아니라는 게 두 번째 이유였고, 그보다 더 중요한 첫 번째 이유는 따로 있었는데……

　그건 분명 이후에 무겁지 못한 그의 입을 통해 나올 테니 여기선 잠시 보류하기로 하자.

　아무튼 그의 싹수없는 말투에 마의노인의 표정이 일그러졌다.

　"이런 싸가지없는 놈! 노부들이 누군지 알고 함부로 주둥아릴 나불거리는 게냐? 노부들로 말할 것 같으면……"

　"알고 있소. 청해쌍마라는 썩은 노마두들이라는걸. 그러니 굳이 입 아프게 반복할 것은 없소."

“뭐? 썩은… 노, 노마두?!”

말허리를 자른 것만 해도 괘씸해서 미칠 판인데 거기에다가 자신들을 썩은 마두들이라고 이죽거리기까지 하는 것이니 마의노인뿐만 아니라 혈의노인까지도 노기(怒氣)가 머리끝까지 치솟아올랐다.

하나, 무림의 배분으로도 그렇고 나이로도 까마득한 손자뻘인 무대붕을 상대로 씩씩거린다면 그것 또한 체면상 말이 아니다.

마의노인은 억지로 흥분된 표정을 가라앉혔다.

“허헛, 감히 노부들을 상대로 주둥이를 놀리다니! 네놈은 심장이 두 개라도 되는 모양이구나.”

“나 말이오?”

“오냐, 이 천둥 벌거숭이 같은 녀석아.”

“내가 병신이오? 심장이 두 개씩 되게?”

“윽! 이, 이 자식이… 정말… 계속 농을 치려고 드네?”

또다시 마의노인의 얼굴이 달아오르기 시작했다. 그러나 무대붕은 오히려 자신이 불쾌하다는 듯 계속 이죽거렸다.

“내참, 농이라니? 나잇값 못하고 너무 함부로 막말하시네. 내가 지금 병신 소릴 듣는데 농담할 기분이겠소? 말하기 전에 생각 좀 하쇼.”

“으아아아!”

도저히… 도저히 더 이상은 참을 수가 없었다.

마의노인에겐 이제 나이나 무림에서의 배분과 체통 따윈 존재하지 않았다. 그는 마치 정신이 헤까닥 해버린 성성이처럼 아무 상관 없는 자신의 가슴을 쾅쾅 치더니만 이내 그의 오른손에 붉은 진기를 끌어모았다.

“이 육시랄 놈! 박살을 내버릴 테다.”

후우웅!

노기에 찬 음성과 함께 그의 오른손에서 엄청난 장력이 쏟아져 나왔다.

"광한아, 네가 해결해라."

무대붕은 광한을 자신 쪽으로 잡아끌고는 이내 허공으로 솟구치며 멀찍이 튀어버렸다.

'내참! 실컷 노인네들을 약 올려놓고 뒤처리는 날더러 하라니? 각하란 자리가 좋긴 좋군.'

광한은 못마땅했으나 꾸물거릴 시간이 없었다. 자칫하다간 마의노인의 장력에 의해 자신의 머리가 박살날 수 있는 급박한 순간이었다.

광한은 품속에서 신속히 섭선(攝扇:부채)을 꺼내 들었다. 그리곤 공력을 끌어올리며 짓쳐드는 장력을 향해 힘차게 섭선을 펼쳤다.

펑! 콰우우웅!

이럴 수가!

거대한 통나무도 한 방에 박살 낼 것처럼 맹렬한 기세로 몰아쳐 오던 마의노인의 장력이 광한의 섭선 앞에서 더 이상 진격을 못하는 게 아닌가!

하나 놀라운 것은 그것만이 아니었다.

더 이상 진격하지 못한 마의노인의 장력은 마치 용수철의 탄력에 튕겨 나가듯 광한의 섭선 앞에서 반대로 방향을 틀며 마의노인을 향해 되돌아가는 것이었다. 그의 손을 떠나올 때보다도 몇 배나 더 강맹한 속도로.

"으헉!"

마의노인은 헛바람을 삼키며 대경(大驚)했다. 그러나 그가 할 수 있는 건 그것뿐이었다.

쾅!

"크와악!"

미처 피하지 못한 마의노인은 되돌아온 장력에 가슴을 격중당하며 사정없이 뒤로 곤두박질을 쳤다.

멀찌감치 떨어진 곳, 좀 더 상세히 말하자면 중년 여인이 쓰러져 있는 바로 그 옆에서 상황을 지켜보던 무대붕의 얼굴엔 흐뭇한 미소가 번졌다.

"확실히 광한이, 저 녀석의 무공은 고급스럽다니까. 부채로 장력을 되돌려 보내다니. 그것도 정확히 일곱 배나 더 빠른 속도에 아홉 배나 더 강맹한 위력으로……"

일곱 배의 속도와 아홉 배의 위력?

그것을 어떻게 구별할 수 있었는지 모르지만 아무튼 무대붕은 마치 무공 전문 평론가처럼 뇌까렸다. 물론 혹시라도 듣고 따지는 사람이 없도록 혼자만 듣게끔 아주 작게.

"……!"

혈의노인의 동공이 서서히, 그러면서 더할 수 없이 크게 확대되었다. 예상치 못한 반격에 그의 동료가 혼절했다는 사실도 경악할 일이었지만, 더욱 놀라운 것은 눈앞에 있는 젊은 청년이 사용한 무공 때문이었다.

'이, 이럴 수가! 당금 무림에 섭회반력신공(攝廻返力神功)을 펼치는 놈이 존재하다니!'

섭회반력신공.

그게 대체 무슨 무공이기에 혈의노인이 이렇게 놀라는 것인가?

'섭회반력신공을 시전하기 위해선 일단 상대보다 훨씬 강한 내공이 있어야만 한다. 그래야만 상대의 무공을 되돌려 보낼 수 있을 테니까. 하면 저토록 새파란 애송이의 내공이 일 갑자(一甲子)의 내공을 지니고 있는 마인귀(麻蚓鬼)보다도 높단 말인가?'

일 갑자의 내공!

그 자체만으로도 당금 무림에선 일류 소리를 들을 수 있는 엄청난 공력이다. 한데 그보다 훨씬 더 높다면 대체 광한의 내공은 어느 정도의 수준이라는 것인가?

'게다가 섭회반력신공은 강호의 무공이 아니다. 내가 아는 한 이와 같은 무공을 사용하는 방파가 있다는 얘긴 어디에서도 듣지 못했다. 그렇다면?'

혈의노인은 천천히 광한의 얼굴을 바라보았다.

한참 동안 광한의 얼굴을 직시한 후, 그는 자못 심각한 표정으로 입을 떼었다.

"말투나 얼굴을 보아하니 변황 출신으론 안 보이는군. 그렇다면 자넨 황궁 출신인가?"

황궁?

무슨 얘기를 하는 것인가? 광한이 황궁 출신이라니?

"……!"

순간, 창졸간이었지만 광한의 눈빛이 흔들렸다. 그러나 그것뿐, 그의 표정엔 그 어떤 변화도 없었다. 늘 그래 왔듯이 무덤덤하면서도 항상 여유가 있는 그 상태였다.

"무슨 얘길 하고 싶은 거요?"

"내 식견으론 그런 무학을 사용하는 문파를 강호에서 본 적이 없다."

"후훗! 나이가 있으니 경험도 그만큼 많겠지만, 당신의 알량한 경험만으로 단정을 짓는다는 건 너무 섣부른 판단이 아닐런지."

입가에 가벼운 미소를 지으며 광한이 빈정거렸다.

"강호는 넓고, 전혀 알려지지 않은 무림 방파와 무학들이 알려진 것들보다 더 많다는 것을 아셔야 할 거요."

"그렇다면 네놈의 사문(師門)은 어디냐?"

"지옥(地獄)."

광한은 단호하면서도 차갑게 내뱉었다.

혈의노인은 다시 한 번 광한을 뚫어지게 직시했다.

"지옥이라 했나?"

"그렇소."

"크큭, 매우 유명한 곳을 사문으로 두었군."

싸늘한 냉소(冷笑)를 뿌리며 혈의노인은 슬며시 품속으로 손을 넣었다. 그리곤 핏빛의 도끼와 세 개의 짧은 쇠봉을 꺼내 들었다.

끼릭. 끼릭.

혈의노인, 혈인귀(血蚓鬼)는 도끼에 쇠봉 세 개를 하나하나씩 맞추며 끼워 나갔다. 갖고 다니기 편리하게끔 도끼와 자루를 분리시켰던 그만의 조립식 독문병기(獨門兵器)였다.

이십 년 전 그를 청해 제일의 살인마로 만들었던 아수라망부(阿修羅邙斧)가 그렇게 해서 그의 손에 쥐어졌다.

"젊은 친구, 마인귀를 쓰러뜨렸다고 나까지 똑같이 취급하면 곤란할 게야. 마인귀는 자네의 수준조차 모르고 방심하다가 어처구니없게 당했지만 난 그렇지가 않거든."

"……"

"조심하라구, 특히 두개골 쪽을! 나의 아수라망부가 가장 좋아하는 부위가 그곳이거든."

"훗! 역시 강호의 노선배답게 매우 친절하시구려. 한데 어쩌죠? 난 그쪽 부위가 매우 잘 단련이 되어 거의 도검불침(刀劍不侵)의 수준이라서."

"크큭! 애송이, 그렇게 이승에서 이죽거리는 것도 그게 마지막이 될 것이다."

혈인귀는 양손으로 도끼를 번쩍 쳐들었다.

우우웅!

기를 모으자 도끼 주변으로 핏빛 강기(罡氣)가 소용돌이치기 시작했다.

"크하하하! 이노옴~ 보내주마, 네놈이 왔다는 지옥으로!"

파팟!

고막을 파열시킬 것만 같은 엄청난 광소성(狂笑聲)과 함께 피를 부르는 혈인귀의 아수라망부가 엄청난 핏빛 광휘를 뿌리며 광한을 향해 짓쳐들기 시작했다.

광한은 두 눈을 무섭게 번뜩이며 섭선을 힘차게 움켜잡았다. 동시에 몸을 빙글 돌리며 맹렬한 기세로 공간을 가르는 아수라망부를 향해 부딪쳐 나갔다.

깡! 까앙!

광한의 섭선과 혈인귀의 아수라망부가 부딪칠 때마다 불꽃이 튀며 뾰족하면서도 육중한 금속성의 마찰음이 울려 퍼졌다.

'일개 평범한 나무 부채에 불과한 섭선으로 노도(怒濤)처럼 무섭게 몰아치는 아수라망부의 공세를 막아낼 수 있다는 건, 섭선에 자신의 공

력이 전달되어 강기(罡氣)를 형성했기에 가능한 것이다.'

광한과 혈인귀의 혈투를 지켜보고 있는 무대붕은 비교적 평온했다.

그는 자신의 오른팔과 같은 광한이 부채 하나로, 그것도 전대 마두인 혈인귀의 도끼를 상대하고 있건만 그의 얼굴 어디에도 걱정 따윈 찾아볼 수가 없었다. 아니, 걱정보다는 오히려 문득문득 감탄할 때가 많았다.

'저렇듯 쥐고 있는 것이 아무리 허접한 것일지라도 그것에 공력을 전달시켜 강기를 형성할 수 있다는 건 곧 광한의 무공 수준이 이미 신검합일(身劍合一)의 경지에 이르렀음을 의미한다.'

신검합일!

천하의 수많은 무사들 가운데 그와 같은 경지에 오른 무사가 과연 얼마나 있겠는가! 단언컨대 거의 손가락에 꼽을 정도라 해도 과언이 아닐 만큼 그것은 초절정(超絶頂)의 무림고수만이 가능한 엄청난 경지였다.

'나보다는 훨씬 못하지만, 그래도 저 정도 수준이라면 어디 가서 내 오른팔이라고 소개해도 얼굴 팔리진 않을 거야. 그리고 사용하는 무술마다 품위도 있으니까.'

무대붕은 자신의 입으로 광한을 초절정 고수로 만들어놓고는 기껏 한다는 소리가 자기보단 훨씬 못하다는 것이었다.

초절정 고수가 자기보다 훨씬 못하다면 그럼 자신은 천하제일인(天下第一人) 내지는 고금제일인(古今第一人)의 경지란 말인가?

지난번 대화루에서 잡방에서 총력을 기울여서 키웠다는 잔갈사괴를 맞이할 때도 자신보다는 광한이 나서 해결하는 걸 그냥 빤히 지켜보기만 했고, 이번에도 실컷 깐죽거리기만 하고 정작 싸움이 붙을 땐 광한에게 맡기고 자신은 뒤로 슬쩍 피하는 등 별로 용기롭지 못한 행동을 보여줘 놓고도 어떻게 뻔뻔스럽게 이런 생각을 가질 수 있는 것일까?

기회만 있으면 듣는 사람이 있든 없든 잘난 척을 해대는 저 병은 도저히 치유가 불가능한 불치병이 아닐런지.

그때였다.

파츳!

광한의 섭선이 백광(白光)을 뿌리며 대기를 갈랐다.

"헉!"

혈인귀는 헛바람을 삼키며 낯빛이 창백하게 변한 채 다급히 뒤로 물러났다.

츄루룩.

혈인귀의 가슴팍이 길게 찢겨지며 그 사이로 시뻘건 선혈이 뿜어져 나왔다. 하나 광한은 멈추지 않고 바짝 그의 앞쪽으로 뛰어들었다.

"……!"

피를 뿌리며 뒤로 주춤주춤 물러서던 혈인귀의 얼굴에 잔독(殘毒)한 빛이 서렸다. 그는 광한의 섭선과 부딪치며 날이 깨지고 쇠봉 자루까지 휘어진 아수라망부를 미련없이 집어 던졌다. 그리고는 자신을 향해 달려드는 광한을 향해 양손을 풍차처럼 휘둘렀다.

끼이이이—

마치 귀신의 호곡성과 같은 끔찍한 음향이 터지며 주위의 공기가 상상할 수 없는 압력으로 압축되는 것 같았다.

광한은 전신이 서늘해지는 느낌을 받자 순간적으로 흠칫했다. 그러나 그것뿐, 그는 결코 동작을 멈추지 않은 채 굳게 쥐고 있던 섭선을 힘차게 펼쳤다.

번쩍!

한줄기 눈부신 섬광이 공간을 수직으로 갈랐다.

"……."

잠시 숨 막힐 듯한 정적이 흘렀다.

무대붕은 팔짱을 끼고 언제나 그렇듯 느긋한 표정으로 장내의 상황을 바라보고 있었다.

광한은 여전히 섭선을 펼친 자세로 서 있었던 반면, 혈인귀는 양손을 반쯤 든 채로 석상처럼 서 있었다. 얼굴 가득 극도의 당혹감이 서려 있는 상태로.

이윽고 혈인귀의 입술이 천천히 열리며 미미하게 떨리는 음성이 새어 나왔다.

"나의… 음마장(陰魔掌)이… 네놈에겐… 무용(無用)한… 무공이라니……."

"무용하다기보단 제대로 위력을 펼치기엔 노선배와 나 사이의 공간이 너무 짧았소. 장력이란 출수하면서 중간에 가속과 탄력이 붙는 법인데, 노선배는 당황한 나머지 그러하질 못하였소."

광한은 무덤덤하게 응답했다.

"만약… 공간이 확보되었다면… 달라졌을까?"

"몇 합 더 진행되긴 했겠지만… 아마도 결과는 마찬가지였을 거요."

"흐흐, 그래?"

혈인귀는 희미하게 미소를 지었다.

"네 말이 옳은 것 같군. 노부는 녹이 슬었고… 네놈은 상상보다도… 훨씬 강하고 빨랐으니까……."

중얼거리던 혈인귀의 눈빛이 갑자기 흐려졌다. 그와 동시에 그의 몸이 흔들거렸다.

주루룩.

혈인귀의 이마에서 가느다란 핏줄기가 보이며 한 방울의 선혈이 콧등을 타고 아래로 흘렀다.

뒤이어,

쿠웅!

고목이 쓰러지듯 요란한 소리를 내며 혈인귀는 그렇게 바닥으로 쓰러졌다. 부릅떠진 그의 미간 사이로 한줄기 가는 상흔이 보였고, 어느새 그의 몸은 차갑게 식어가고 있었다.

"……."

광한은 씁쓸한 표정으로 쓰러져 있는 혈인귀를 내려다보았다.

늘 그래 왔듯이 싸움의 뒤끝은 늘 착잡하고 허망했다. 그는 펼쳐진 섭선을 천천히 접었다.

툭툭.

그 순간 격려하듯 그의 어깨를 다독여 주는 손길이 있었다. 두말할 나위 없는 무대붕의 손이었다.

히죽!

무대붕은 일단 한 번 웃어주었다. 그는 자신의 이러한 미소가 부하들에겐 상대한 위로가 된다고 생각했다.

"녀석, 수고했다."

"……."

"역시… 넌 내가 가장 신뢰하는 내 수하다."

"그 딴 거 필요없으니까 다음부턴 각하가 직접 해결해. 자기가 실컷 약 올려놓고 싸움은 왜 날더러 하라는 거야?"

광한은 이제야 히죽 웃으며 나타난 무대붕이 심히 못마땅했다. 하나 무대붕은 당당했다.

"얼래? 이 녀석 말하는 게 왜 이 모양야? 그게 꼽냐? 그럼 네가 각하를 하든가."

'젠장, 왜 또 그 소리 안 나오나 했다.'

광한은 무대붕의 십팔번과도 같은 그 소리에 넌덜머리를 치며 입을 꽉 다물었다. 그러나 한 번 터진 무대붕의 입은 닫히질 않았다.

"그리고 임마! 네 말대로 난 각하잖아? 육만 개방 문도의 총수인 개방각하! 그와 같은 사회적 권위와 명예를 갖고 있는 저명인사가 함부로 싸움질이나 하고 다니면 남들이 뭐라고 하겠냐?"

무대붕에겐 늘 사회적 체면이 부담이었다. 그래서 그는 그 체면 때문에 싸울 일이 있어도 결코 싸우지 않았다.

웬만하면 부하들더러 대신 싸우라고 시키던가 아니면 적당히 정치적(?)으로 타협을 하든가 했지 자신이 직접 싸우는 일만큼은 거의 하지 않았다.

"또한 부하가 왕초를 위해서 대신 싸우는 건 고대부터 이어 내려온 강호의 법도야. 유비를 위해서 관우와 장비가 싸웠고, 조조를 위해서 조자룡이 대신 싸웠잖아. 그래서 후세의 사람들이 그들을 충신이라며 존경하는 거고."

"누굴 위해서 조자룡이 싸웠다고?"

광한은 더 이상 상대하기가 싫어 입을 다물고 있으려 했건만 이 순간만큼은 자신도 모르게 말이 새어 나왔다.

"조조 몰라? 삼국 시대의 조조."

무대붕은 그것도 모르느냐며 한심하다는 투로 혀까지 찼다.

"쯧쯧, 많이 배운 놈들이라고 다 아는 게 아니구만. 아무리 그래도
그렇지 조조도 모르다니, 엄청 유명한 사람인데."

광한은 유비의 충신인 조자룡을 졸지에 조조의 부하로 둔갑시킨 무
대붕의 놀라운 역사 지식이 그저 기가 막힐 정도로 존경스러울 뿐이었
다.

하긴, 언젠가는 술집에서 기녀들을 앉혀놓고 유방과 유비가 이복 형
제였는데 유비가 서자라서 형인 유방을 형이라 부르지 못하고, 아버지
를 아버지라 부르지 못하는 자신의 처지를 비관한 나머지 집을 나갔다
가 만난 게 관우와 장비였다며 말도 안 되는 소설을 쓴 적도 있는 무대
붕이었으니 무슨 말을 못하랴!

"아참!"

순간 무대붕은 뭔가 생각난 듯 소리를 쳤다. 그는 벼락같이 고개를
돌리며 의식을 잃고 쓰러져 있는 중년 여인 쪽으로 신속히 달려갔다.

"이봐요, 아주머니, 아주머니."

무대붕은 여인의 얼굴을 흔들었다. 상당히 심한 내상을 입은 탓인지
그녀의 의식은 쉽게 돌아오지 못했다. 그러자 무대붕의 손은 자연스럽
게 그녀의 품으로 들어갔다.

"지금 뭐 하는 거야?"

광한이 황당한 표정으로 소리를 질렀다.

"뭐 하긴 임마! 사회 저명인사인 내가 나이 든 아줌마한테 설마 딴
짓을 하겠냐?"

무대붕은 자기를 뭘로 보냐는 식으로 고개를 돌리며 인상을 썼다.

"그게 아니면 가슴엔 왜 손을 집어넣는 거야?"

"아까 못 들었어? 이 아줌마한테 장……."

그 순간이었다.

"으……."

여인의 입술이 달싹거리며 얼굴에 화색이 돌아왔다.

'회광반조(廻光返照).'

광한은 순간적으로 그것이 회광반조의 현상이라는 것임을 느꼈다.

모닥불이 타다가 꺼질 때 한순간 더욱 밝아지는 것처럼 사람의 생명 또한 죽기 직전에 마지막 불꽃과도 같은 모습을 보인다. 그러한 현상을 회광반조라고 부른다.

"으으, 소협들……."

"움하하~ 우리가 청해쌍마를 이미 박살 내버렸으니까 편하게 말씀하십쇼, 아주머니."

사람이 지금 눈앞에서 마지막 순간을 맞이하고 있건만 무대붕은 자신들이 청해쌍마를 해결했다는 걸 공치사라도 하고 싶은 양 껄껄거렸다.

"내… 오른쪽 바지춤에 손을 넣으면… 지도가 한 장 있을… 거예요……."

'품이 아니라 바지 쪽이었습니까?'

하마터면 무대붕은 자신도 모르게 이렇게 말할 뻔했다.

"그… 그것은 만금천부가 숨긴… 보물이 있는… 장소를… 가리키는… 지도예요……."

쾅!

무대붕과 광한은 똑같이 경악을 했다.

만금천부(萬金天父) 금노황(琴老黃)!

오호십육국 시대 때의 전설적인 거부. 천하의 패권을 차지하려는 다

섯의 오랑캐족과 열여섯의 한인(漢人) 나라들이 서로 물고 물며 흥망을
되풀이하던 그런 난세 때 그들은 부족한 전쟁 자금을 보완하고자 당시
천하제일의 거부인 만금천부의 재산을 자기들 쪽으로 끌어들이려 혈안
이었다고 한다.

그러나 그 어느 나라도 만금천부를 자기 쪽으로 끌어들이지 못했고,
만금천부는 그의 막대한 재산과 함께 연기처럼 사라졌다고 했는데, 눈
앞에서 죽어가고 있는 중년 여인이 바로 그러한 만금천부가 남긴 보물
지도를 갖고 있다니.

아무리 돈에 욕심이 없는 인간이라 할지라도 이 어찌 경악하지 않을
수 있겠는가!

'마, 만금천부라고라?!'

무대붕은 열려진 입을 아직도 닫지 못하고 있었다.

"하아, 하아."

잠시 붉게 떠올랐던 여인의 화색이 다시 어두워지며 호흡 또한 가빠
지고 있었다.

"저에게… 그 지도를 건네준 사람은… 죽어가던… 어떤 신투(迅偸:소
매치기)였어요."

"……."

"하아… 그는… 자신을 쫓는 청해쌍마의… 흉수에 당해… 얼마 살
지 못한다며… 제게 그 지도를 넘겨주고는… 하아… 만약… 보물을 찾
는다면… 그 보물을… 불우한 이웃을… 위해… 써달라고… 부탁했어
요……. 불우한 환경 때문에… 신투가 될 수밖에… 없었던… 자신의
처지를… 원망하며… 하아……."

"움하하! 그러니까 아주머니가 부탁하고 싶으신 것도 그거죠? 만약

우리가 보물을 찾으면 어려운 사람을 위해 써달라는 그 얘기."

여인이 고통스럽게 가쁜 숨을 몰아쉬어도 무대붕의 눈과 입은 지금 생기가 넘치고 있었다.

보물이란 단어만 나와도 눈빛이 반짝이는 무대붕이었는데 다른 사람도 아닌 만금천부의 보물 지도가 지금 손에 들어온 거나 다름없는 판이니 어찌 입이 다물어지겠는가!

지금 이 순간 그에게 입 좀 다물고 있으라는 건 아마도 고문일 것이다.

"하아… 예. 그렇게… 하아… 하아… 해주세요. 꼭……."

여인의 숨소리는 더욱 거칠어졌고, 동공의 초점이 크게 흔들렸다. 그리고는……

스르륵!

더 이상 말을 잇지 못하고 옆으로 고개를 떨궜다.

"그 부분은 걱정 마시고… 부디 좋은 곳에 가십쇼."

무대붕은 눈을 미처 감지 못한 채 삶을 마감한 그녀의 눈을 감겨주었다. 그리곤 그녀가 얘기해 준 바지춤에서 사각형으로 반듯반듯하게 접혀져 있는 낡고 얇은 가죽 종이를 꺼냈다.

장보도!

바로 만금천부 금노황의 보물이 숨겨져 있다는 장보도였다.

무대붕은 장보도를 두 손으로 가슴에 꼬옥 품으며 눈물을 글썽거렸다.

"암요, 당연히 불우한 이웃들을 위해서 써야죠. 그럼요."

글쎄, 과연 그럴 수 있을까? 다른 사람도 아니고 돈과 보물에 환장한 무대붕인데.

'행여나.'

광한은 너무도 감격한 나머지 눈물을 훌쩍거리는 무대봉을 쳐다보며 입술을 비쭉거렸다.

어쨌든 이렇게 해서 장보도는 그의 손에 들어왔다.

그리고 그녀의 유지가 받들어질지는 두고 볼 일이다.

무대붕의 고민과 광한의 묘수

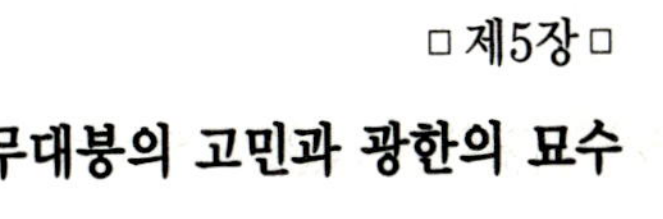

—부자 거지라. 이거 부자 거지는 어떤 식으로
살아야 하는지 벌써부터 고민되는걸

여인(女人).

여인이 그림을 그리고 있었다.

붓을 쥐고 있는 그녀의 손은 옥(玉)보다도 더 희고 고왔다. 손마디는 뼈가 없는 듯 부드러웠고, 솜털 하나 없이 매끈했다. 게다가 크지도 작지도 않은 알맞은 크기에 흠잡을 곳 하나 없이 그야말로 완벽했다. 마치 백옥(白玉)으로 정교하게 조각된 것과 같은 손이었다.

그녀는 금박 문양이 수 놓여진 눈부신 백의를 입고 있었고, 비단결 같은 긴 생머리엔 날아갈 듯한 나비 모양의 노리개가 꽂혀져 있어 일견하기에도 고귀한 기품이 절로 느껴지는 그런 여인이었다.

특히 그녀의 두 눈은 수정처럼 맑고 깨끗했다. 두 눈은 초 승달 모양의 곡선을 이루고 있는 흑갈색의 눈썹에 감싸여 있 었는데, 길고 촉촉한 속눈썹이 그늘을 이루고 있었다. 그 눈을 들여다보고 있자니 왠지 모르게 추하고 더러운 생각이 씻은 듯이 사라지고 편안하고 아늑한 기분이 드는 것 같았다.

타고난 기품과 범접할 수 없는 고귀함으로 전신을 감싸고 있는 여인, 황궁제일미(皇宮第一美), 혹은 천하제일미(天下第一美)라고도 불리는 여인.

이 여인은 바로 당금 황제인 영중제의 단 하나뿐인 친동생, 벽하 공주(碧霞公主)였다.

물론 황제에겐 여러 형제가 있다. 그러나 모친인 주태후(周太后)의 배를 빌어 세상에 나온 형제는 오로지 벽하뿐이었다.

게다가 그와 나이 차이도 무려 열다섯이나 되니 여동생에 대한 황제의 각별한 애정은 굳이 말 안 해도 충분히 미루어 짐작할 수 있을 것이다.

문득 붓을 쥐고 그림을 그려 나가던 벽하의 섬섬옥수가 잠시 허공에서 멈췄다. 자신이 그리고 있는 그림을 향하고 있는 두 눈엔 이슬이 서렸다.

사내!

그녀는 지금 사내의 초상화를 그리고 있었다. 짙고 굵은 눈썹에 빛나는 눈빛을 가진 사내, 넉넉하면서도 신비로운 미소를 지니고 있는 어떤 사내를.

"월랑(月郞)."

그녀는 자신도 모르게 눈물을 떨구며 작고 붉은 입술 사이로 그 사내의 이름을 나직이 읊었다.

북궁월(北宮月).

그림 속 사내의 이름이었다. 어느 날 운명처럼 나타나 그녀의 마음을 온통 지배하고 운명처럼 떠난 사내였다.

"공주님, 폐하께서 납시었습니다."

시녀인 애향이가 문을 열고 들어와서 보고를 했다.

"뭐? 폐하가?"

벽하는 순간적으로 흠칫했다. 그녀는 신속히 화구(畵具)와 그림을 치우려 했다.

"허허, 괜찮다. 계속 그리려무나."

근엄하면서도 자애로운 음성.

그렇다. 하늘의 아들이자 벽하의 친오라버니인 영중제였다.

"폐, 폐하."

미처 그림을 치우기도 전에 들어선 영중제를 보자 벽하는 어찌할 바를 모를 만큼 당황했다.

"어허, 폐하라니? 내가 얘기했잖느냐, 그냥 오라버니라고 부르라고."

"하, 하지만……."

"괜찮다. 넌 나의 단 하나뿐인 친형제야. 굳이 격식 같은 거 차리지 않아도 돼. 난 네가 그러면 그게 오히려 불편하다니까. 하하."

영중제는 가볍게 웃음을 터뜨렸다.

그는 문득 벽하가 미처 숨기지 못한 상태로 놓여져 있는 그림을 쳐다보았다.

"초상화 같은데… 누굴 그리고 있었느냐?"

"아, 아닙니다."

벽하는 당황하며 그림을 자신의 등 뒤로 감추려 했다. 순간 영중제의 얼굴이 차갑게 굳어졌다.

“설마?”

“…….”

벽하는 아무 말도 하지 못했다. 그런 벽하의 행동을 짐작이라도 하듯 영중제는 달라는 얘기 없이 자신의 손으로 직접 벽하가 감추려 했던 그 초상화를 잡았다.

“……!”

영중제의 예상대로 그 사내였다.

북궁월.

어사대부였던 북궁장천(北宮長天)의 하나뿐인 아들이자, 약관의 나이에 서융국(西融國)과의 전쟁에 참여하여 혁혁한 전과를 세우고 돌아온 전쟁 영웅.

영중제는 어린 시절부터 문무(文武)를 겸비한 탁월한 그의 재능을 높이 샀다. 그에게만큼은 황족들만 출입할 수 있는 황궁의 서고(書庫)와 무고(武庫)에도 항시 출입할 수 있는 혜택을 주었고, 그것을 계기로 북궁월은 황무제일인(皇武第一人)이라는 칭호를 들을 만큼 무(武)에 탁월한 성취를 이루게 된다.

그런 북궁월로 인해 별다른 성과 없이 국력만 낭비하고 있던 서융과의 칠 년 전쟁도 승리로 장식하게 됐으니 그에 대한 영중제의 총애는 너무도 각별할 수밖에 없었다.

그리하여 본인이 직접 나서서 자신의 혈육인 벽하와 북궁월을 맺어주려고까지 했지만, 전혀 상상조차 할 수 없었던 변수가 그들의 결혼을 가로막았으니.

역모(逆謀)였다.

그의 부친인 어사대부 북궁장천이 황위 찬탈이라는 역모의 수괴로

지목되어 효수(梟首)에 처해지고 그의 가족은 물론 가문의 식솔까지 삼족(三族)이 멸하게 되는 참변을 당하게 되었지만, 단 한 사람, 북궁월만큼은 그냥 모든 관직을 삭탈하고 야인(野人)이 되는 정도로만 만들었다.

법규에 의할 것 같으면 역적의 자식인 북궁월도 효수에 처해져야 마땅했으나 그가 전쟁 영웅이었다는 공헌도도 그렇거니와 무엇보다도 결정적이었던 건 그의 죽음만은 막아보고자 오빠인 영중제에게 애절하게 읍소를 했던 벽하의 피눈물 때문에 목숨만은 부지할 수 있게 된 것이었다.

그런 북궁월을 여동생인 벽하가 아직도 잊지 못하고 있다는 사실에 영중제는 울컥 치솟는 분노를 느꼈다.

그러나 어떤 변명도 못한 채 고개만 떨구고 있는 벽하의 모습을 보자 분노보다는 착잡하고도 측은한 감정에 사로잡히게 되었다.

"벌써 이 년 하고도 여러 달이나 지났다."

"……."

"그렇게 잊기가 힘들더냐?"

"……."

"그놈은 너의 정혼자이기 전에 역적의 아들이다. 이 오라버니를 내쫓고 자기가 황제가 되려 했던 역적 북궁장천의 아들! 그런데도 그놈을 네 머리에서 깨끗이 지울 수가 없단 말이냐! 그토록……."

"흑."

벽하는 대답 대신 오열을 하고 말았다.

그녀 역시 잊을 수만 있다면 어떻게든 잊었을 것이다. 눈에서 멀어지면 잊혀질 거라고, 시간이 흐르면 잊을 수 있을 거라고, 그렇게… 그렇게 믿었었는데.

이 년이란 세월이 흐른 뒤 그녀가 깨달은 것은 자신이 눈을 감기 전에는 정녕코 그를 잊지 못한다는 단 한 가지 사실뿐이었다.

"에잇!"

영중제는 버럭 신경질을 내며 몸을 돌렸다. 그렇게 소리는 쳤지만 그의 마음도 고통스러웠다. 이 세상 그 누구보다도 소중한 여동생 벽하였기에.

"흑흑……."

영중제가 떠나고 벽하 홀로 남은 빈 공간,

한번 흐르기 시작한 벽하의 눈물은 좀처럼 그칠 줄을 몰랐다.

*　　　*　　　*

개방.

무대붕이라는 젊은 각하를 모시고 있는 매우 무료하고 따분한 거지들의 왕국에 무슨 일이 생겼는지 감투를 쓰고 있는 간부급들이 종종걸음으로 바쁘게 움직이고 있었다.

방주전.

일명 풍류각이라고도 불리는 방주의 집무실에 지금 무대붕의 소집 명령을 받은 열여섯 명의 개방 간부가 긴급 비상 회의를 벌이고 있었다.

모두의 표정이 긴장되고 심각했다.

삼 년 전 부방주인 비무기가 일부 식구들을 데리고 나갔을 때도 안

열린 비상 회의가 열렸으니 어찌 긴장되지 않겠는가?

무슨 안건으로 자신들을 집합시킨 것인지 영문은 모르지만 아무튼 그들은 일단 심각한 표정을 짓고 한 사내의 얘기를 경청하고 있었다.

"그러니까 제가… 은밀하게 각하님의 명을 받은 후 지형 조사반을 데리고 나가서 확인을 해봤더니… 지도 속의 위치와 이곳, 막부산(莫阜山) 추마봉(追磨峰)의 지형이 일치한다는 것을 모든 조사원들의 만장일치로 결론을 내렸습니다."

다 떨어진 누더기 건(巾)을 쓴 사십 대 사내가 벽면에 걸려 있는 대형 지도 속의 지형을 지휘봉으로 가리키며 뭔가 설명해 나가고 있었다. 그러자 해결단의 단장이자 궁금증 많은 환규가 의아한 표정으로 질문을 던졌다.

"이보듀, 주부래 뎡(형). 뭐가… 일티하다는 건데? 그, 그게… 무든(무슨)… 지돈데?"

그러자 주부래라고 불리는 그 사내가 의아한 표정을 지었다.

"내가 아직 말 안 했던가? 허허, 이런."

그는 껄껄거리며 주독에 전 듯한 딸기코를 만지작거렸다.

"이 지도가 뭐냐 하면 장보도야, 장보도. 그것도 만금천부의 보물이 숨겨져 있다는 장보도."

순간,

"뭣이라고라?"

"누구의 보물?"

한동안 긴장한 표정으로 입을 다물고 있던 개방 간부들이 일제히 놀라며 웅성거리기 시작했다.

그렇다. 벽면에 그 지도는 무대붕이 죽어가는 중년 여인으로부터 취득한 장보도를 손으로 크게 옮긴 대형 도면이었다.

"각하! 그럼 이제 우리도 부자 되는 겁니까?"

"낄낄~ 두말하면 하품이지. 만금천부가 남긴 보물이라면 그게 어디 한두 푼이겠어?"

"우헤헤헷! 부자 거지라. 이거 부자 거지는 어떤 식으로 살아야 하는지 벌써부터 고민되는걸?"

간부 거지들은 마치 벌써 엄청난 보물을 손에 쥐기라도 한 양 행복한 고민까지도 하고 있었다.

"갈!"

무대붕이 자리에서 벌떡 일어나며 소리를 내질렀다.

"이런 젠장! 이제 회의 시작야. 모두 입 닥치고 조용히 못해? 조용히 하기 싫은 놈 있으면 나와. 내가 떠들기 좋게끔 주둥이를 귀밑에까지 확 찢어줄 테니까!"

"……."

그걸로 간부 거지들의 입은 어설픈 열쇠엔 열리지 않을 확실한 자물통이 되었다. 역시 육만 거지들의 총수다운 화끈한 통솔력이었다.

"계속해."

무대붕은 주부래에게 나직이 한마디를 던지며 다시 자리에 앉았다.

"예, 그럼 계속 하겠습니다. 여기 보시는 이 동그라미 표시가 만금천부의 보물이 숨겨진 곳으로 추정되는데……."

"……."

"우리가 이곳의 보물을 취득하기 위해선 먼저 해결해야 할 선결 과제가 하나 있습니다, 그것도 상당히 만만치 않은 과제가."

주부래는 얘기를 꺼내면서 매우 낭패스런 표정으로 무대붕을 쳐다보았다.

"왜? 그게 뭔데?"

무대붕은 끊지 말고 어서 계속하라는 투로 말했다.

"각하, 실은 보물이 숨겨져 있는 그 지역이……."

"어허, 뜸 들이지 말라니까."

"글쎄, 그 지역이 녹림흑맹단(綠林黑猛團)의 본거지입니다."

쿵!

무대붕의 눈이 휘둥그렇게 확대되었다. 그리고 그러한 증상은 간부 거지들도 마찬가지였다.

녹림흑맹단!

주로 산속에 근거지를 마련한 후 강호의 질서를 어지럽히는 비적(匪賊) 패거리들 가운데 하나인 단체였다.

하나, 비적 단체 중에서도 이들 녹림흑맹단이 그중 악명이 높은 이유는 추접하고 잔인하기 때문이었다.

이들은 운송 중인 표국의 짐수레를 강탈하거나 마을을 습격할 때 결코 물건만 취하질 않고 꼭 인명까지도 전부 살생했다. 여자는 추행한 후 죽였고, 남자는 그냥 죽이는 게 그들의 사후 처리 방식이었다.

하여 강호 사람들은 녹림 패거리라면 치를 떨었고, 그중에서도 녹림흑맹단 패거리라면 치를 치다 못해 거품까지 물었다.

그렇듯 대책없이 잔혹한 녹림흑맹단의 본거지에 만금천부의 보물이 숨겨져 있다니.

"그럼, 혹시 놈들이 먼저 그 보물을 발견했을지도 모르잖아?"

무대붕은 불안한 표정으로 주부래를 응시했다.

"글쎄요. 그거야 저도……."

주부래는 자신이 없는 듯 또다시 딸기코를 만지작거렸다.

그러자 그때까지 가만히 앉아 있던 광한이 한마디 끼어들었다.

"각하! 그 부분은 걱정하지 않아도 될 거야."

"왜?"

"장보도의 밑쪽을 보면 거기에 칠석진(七石陣)이라고 써 있잖아."

"칠석진?"

"아이구~ 이런 미안. 각하는 글을 모르지 참."

광한은 자신이 잠시 실언을 했다는 투로 자신의 머리를 쳤다.

"이 녀석이? 칠석진이 뭐냐고 물으면 그냥 대답이나 할 것이지 그런 국가 기밀(?)은 뭣 하러 까발리는 거야!"

무대붕은 수하인 광한이 자신을 까막눈이라고 얘기하는데도 그리 불쾌한 표정을 짓진 않았다.

왕초는 굳이 많이 알 필요가 없다. 필요하면 많이 아는 놈을 수하로 데리고 있으면 되는 것이다. 왕초에게 있어 가장 필요한 요소는 중요한 결정을 내릴 때 어느 쪽이 나와 우리 패거리들한테 유리한지 그것을 누구보다도 잘 판단할 수 있는 직관이 발달되어 있느냐 하는 점이다. 그런 면에서 난 타고난 왕초감이지. 움하하하하!

바로 이것이 자칭 타고난 왕초인 무대붕의 사고방식이었다.

"칠석진이란 기문진식의 일종이지. 때문에 파해법을 알지 못하면 절대 입구를 찾을 수가 없어."

많이 아는 수하, 광한의 답변이었다.

"그럼 넌 그 파해법을 안다는 얘기냐?"

"모른다면 굳이 얘기를 꺼낼 필요가 없잖아? 안 그래?"

광한은 빙긋 미소를 지었다.

"망할 놈, 잘난 척은."

무대붕은 못마땅한 표정을 지었다.

'광한이, 더놈이… 터음엔 더렇딜 않았는데… 어때 갈수록 각하와 등당이 비듣해디네.'

혀 짧은 환규도 다소 떨떠름한 얼굴이었다.

잘난 척! 그것도 전염병은 아닐는지.

아무튼 일단 보물찾기의 한 고비를 넘긴 무대붕은 또다시 심각하게 골머리를 앓았다.

'끄응, 그나저나 하필이면 왜 거기에 숨긴 거람?

*　　　　*　　　　*

쐐아아아.

비가 내린다. 온종일 후텁지근하더니만 결국 날이 어두워지는 것과 동시에 빗줄기가 내려치기 시작한 것이었다.

정말 오랜 가뭄 끝에 내리는 달콤한 비였다. 이 비는 거북이 등처럼 갈라진 농지에 생명을 불어넣어 줄 것이며, 마실 물이 없어 고통스러워 하던 마균촌의 환자들에겐 생명의 젖줄이 될 것이다.

쐐아아.

비는 구질구질한 개방의 전각 지붕 위에도 내리고 있었다. 그러나 일찍 자고 늦게 일어나는 것이 몸에 밴 개방의 거지들에겐 오늘의 이 비가 주는 의미 따윈 전혀 관심 밖의 것이다.

생각이 많으면 그만큼 골치가 아픈 법이니 웬만한 세상사는 최대로 단순화시키는 게 거지로 장수하는 비결이라고 그들은 단정 지어버렸으므로.

비로 인해 더욱 칠흑 같은 어둠 속 어딘가에서 빛이 새어 나오고 있었다.

개방각하의 집무실인 풍류각, 바로 그곳이었다.

쪼르륵.

빈 잔에 술이 채워진다. 채워진 술잔은 이내 어느 사내의 입 안으로 넘어간다.

"크으."

야심한 시각에 잠을 이루지 못하고 홀로 술을 마시는 사내.

그러면서 잔뜩 인상을 찌푸리는 이 사내. 두말할 필요 없는 개방의 지존이자 각하인 무대붕이었다.

'젠장, 왜 하필이면 녹림흑맹단 새끼들이 진을 치고 있는 그곳이란 말인가? 왜 하필……'

천하의 무대붕이 이 야심한 시각까지 잠을 이루지 못하고 홀로 술잔을 기울이는 것은 바로 그런 이유 때문이었다.

그때였다.

"각하."

문밖에서 광한의 음성이 들렸다.

"들어와."

드르륵!

미닫이문이 열리며 광한이 들어섰다.

“앉아라.”

무대붕이 다시 한 잔의 술을 들이키며 말했다.

“어쩐 일야? 이 밤에 혼자 술을 다 마시고? 각하는 원래 여자가 따라 주는 술이 아니면 안 마신다고 했잖아? 그것도 젊고 예쁜 여자.”

광한은 무대붕의 앞에 앉으며 의아한 표정을 지었다.

“여자? 예전엔 그랬지. 한데 그 생각 이제 바뀌었다. 여자란 물건들, 결코 오랫동안 가까이 할 게 못 돼.”

“왜?”

“걔네들은 어떻게 된 게 내가 조금만 허점을 보이면 결혼하자느니, 당신 없으면 못살겠다느니, 오빠를 꼭 닮은 아들을 낳고 싶다느니… 좌우지간 별의별 소리 다 지껄이며 진드기처럼 달라붙는데 환장하겠더라구.”

‘쳇, 또 시작이군.’

“너도 알다시피 내가 어디 보통 남자냐? 중원 전역에 퍼져 있는 육만 개방 문도들의 총수라는 막중한 직책, 그리고 낡고 무기력한 정파 무림을 개혁해 나갈 청년 기수에, 게다가 강호의 유행을 선도해 나갈 강호 제일의 풍류남아가 바로 난데. 아무리 착각은 자유라지만 그런 나를 제까짓 것들이 감히 함부로 넘볼 수 있냐고?”

‘끙, 도저히 술을 안 마실래야 안 마실 수가 없군.’

광한은 몹시 떨떠름한 표정으로 술잔을 들이켰다.

“그러니까… 기껏 그 딴 얘기나 하려고 사람을 호출했어? 그것도 자는 사람을?”

“어째 말투가 공손치 못하고 상당히 도전적으로 느껴지는데?”

광한의 짜증 섞인 투덜거림에 무대붕의 눈썹이 역팔 자로 꿈틀거렸다.

흠칫!

광한은 당황했다. 오랜만에 듣는 무대붕의 냉막한 음성이었다.

무대붕의 입에서 그와 같은 음성이 흘러나올 땐 무척 심기가 불편한 상태라는 걸 광한은 익히 잘 알고 있었다.

"각하, 그건……."

"한 가지만 묻겠다. 내가 누구와 동격이냐?"

무대붕의 음성이 더욱 차가워졌다.

"시, 신(神)."

광한은 조심스럽게 그의 표정을 살피며 대답했다.

"그럼 나는 신과 어떤 관계냐?"

"말을 놓을 수 있고… 마음에 드는 여자가 있으면 서로 소개도 시켜 줄 수 있는 그런 막역한 사이."

"음, 좋아! 다행히 잊지는 않고 있었군. 자, 한잔 받아라."

무대붕은 약간 누그러진 표정으로 술을 따라주었다.

'휴우.'

광한은 내심 안도의 한숨을 쉬었다.

평소 권위라곤 눈을 씻고 찾아볼 수 없는 무대붕이었지만 가끔 잊어버릴 만하면 한 번씩 이런 식으로 자신의 존재를 각인시켜 주곤 했다.

만약 그래도 기분이 안 풀릴 땐 가차없는 응징이 뒤따랐는데,

무대붕이 마음에 안 드는 부하들에게 취하는 응징은 주로 전신을 꼿꼿이 세운 상태로 땅에 묻고 숨만 쉴 수 있게 얼굴만 내놓게 하는 것이었다.

그런 상태로 이틀 동안 물도 안 주고 버티라고 하는 것만 해도 끔찍

한데, 움직일 수 없는 사람 근처에다가 쥐들이 좋아하는 먹이들을 갖다 놓고 쥐새끼들만 우글우글 모이게 만드니 세상에 지옥도 그런 지옥은 아마 없으리라.

생각해 보라. 몸은 전혀 움직일 수 없는 상태이거늘 수많은 쥐들이 찍찍거리며 자신의 얼굴을 먹잇감으로 취급하고 아가리 벌린 그 모습을.

'으이그~ 생각만 해도 끔찍하다니까.'

광한은 진저리를 치며 무대붕이 따라준 술잔을 들이켰다.

육 개월 전인가? 해결단주인 환규가 어릴 때부터 무대붕과 격의없이 자란 친구라는 이유로 잠시 그의 현재 위치를 착각하고 술 주정을 했다가 그와 같은 끔찍한 응징을 당했던 과거를 광한 역시 목격한 바가 있었다.

'그때 이틀 동안 쥐들에게 단단히 혼난 탓에 가뜩이나 짧은 환규의 혀가 더 짧아졌지 아마?'

그랬다. 그것은 사실이었다.

그전만 해도 환규의 혀가 지금처럼 짧지는 않았는데 그때의 경기(驚氣)로 인해 짧은 혀가 더욱 수축되고, 호랑이나 저승사자보다도 쥐새끼를 더 무서워하는 그런 인간이 돼버린 것이다.

"젠장, 만금천부는 대체 생각이 있는 거야 없는 거야? 녹림흑맹단의 본거지에다가 보물을 숨겨놓으면 후세의 사람들이 무슨 재주로 그걸 찾아갈 수 있겠냐?"

무대붕은 비상 대책 회의 이후 줄곧 그 생각만 하면 짜증이 치솟아 올랐다. 왜 하필이면 숨겨진 장소가 그곳이란 말인가!

"그거야 그 당시 만금천부의 입장에선 전혀 예견 못했던 일이잖아?"

"못하다니? 왜?"

"생각해 봐. 만금천부가 그곳에 보물을 숨겨놓은 것은 오호십육국 시대인 반면, 녹림흑맹단 놈들이 그곳에 터를 잡은 건 불과 십 년밖에 안 됐잖아? 그러니 만금천부가 수백 년이 지난 훗날 그 장소에 비적 놈들이 본거지를 삼으리라고 어찌 상상을 했겠어? 안 그래?"

"그런가?"

무대붕은 머리를 긁적거리며 광한의 얘기를 수긍했다.

그러나 그것도 잠시일 뿐, 그는 새롭게 깨달은 사실에 또다시 광분하기 시작했다.

"녹림흑맹단 새끼들은 왜 하필 거기를 본거지로 삼은 거야? 강호에 산이 어디 막부산 추마봉뿐인가? 널린 게 모두 산이잖아!"

"각하, 무슨 생각이 그렇게 많아? 정말 그 보물을 취하고 싶으면 이 생각 저 생각할 것 없이 그 자식들과 한판 붙으면 되잖아?"

"뭐?"

"각하 얘기대로 우리 개방의 머릿수가 얼만데. 그리고 무술 솜씨가 높은 문도들도 상당하고."

"그래서 놈들과 정면으로 붙자는 얘기냐?"

무대붕의 입술이 묘하게 비틀렸다. 뭔가 하고 싶은 말이 있지만 억지로 참고 있다는 표정이었다.

광한은 뇌의 용량이 작은 무대붕인만큼 아직도 자신의 얘기를 제대로 이해하지 못했을지도 모른다는 생각에 수하다운 충성심으로 친절히 보충 설명을 했다.

"놈들이 아무리 사납고 잔혹해도 우리 개방의 청무걸단(靑武乞團) 단원들만 데려가도 충분히 제압할 수 있어. 그런 걸 왜 자꾸 그렇게 복잡하게 생각하는지 이해가 안 된다니까?”

청무걸단이란 개방의 거지들 중 무(武)에 재질이 있는 청년들을 선발하여 개방의 절기인 걸륜봉술(乞輪棒術)과 취력권(醉力拳), 그리고 소림사의 백팔나한진에 버금간다는 삼십육타구진(三十六打狗陣)을 연마하는 개방의 무술 청년단이다.

그런 만큼 그들이 무림에 출현한다면 그 용맹한 무위(武威)는 가히 미루어 짐작할 수 있을 것이다.

“이해가 안 된다?”

“그래. 정말이지 그건 고민하고 말고 할 게 없다니까! 소문만 요란하지 제대로 무술을 수련한 놈이 거의 없는 게 바로 녹림 비적들이라구.”

순간, 무대붕이 자리에서 일어나며 버럭 소리를 질렀다.

“이런 멍청한 놈! 많이 배웠다는 놈 생각이 고작 그 정도밖에 안 돼!”

“……?”

“이 한심한 놈아! 만약 우리가 청무걸단을 끌고 놈들과 한판 드잡이질을 벌여봐라! 그럼 그게 어떻게 되겠냐? 우리 개방과 녹림흑맹단 놈과 한판 벌였다고 강호에 소문이 짜르르 날 것 아냐!”

“나면?”

“임마! 보물 찾는 일인데 소문이 나면 어떻게 되겠어? 그렇게 되면 소림(少林)의 대머리들부터 하오문(下午門)의 잡배들까지 한 푼만 도와 달라고 몰려들 것 아냐! 그래, 안 그래?”

“……!”

광한은 순간적으로 뒷골에 띵한 충격을 느꼈다.

그렇다.

무대붕이 정작 두려워하고 있는 건 바로 소문이었다.

그들이 만금천부의 보물을 취한 후 생길 수 있는 주변의 여건들. 그 중에는 분명 세상에서 가장 측은한 모습으로 도와달라는 사람도 있을 것이고, 무림 선배라는 이유로 온갖 회유와 협박을 해대는 사람도 있을 것이다.

아울러 수많은 강호의 도둑놈들이 개방의 방주전을 노리게 될 게 자명한데 어찌 우리 개방이 녹림흑맹단을 박살 내고 그놈들 본거지에 있는 보물을 취했다고 소문을 낼 수 있겠는가!

"내가 혹시 모를 그놈의 소문 때문에 지난번 청해쌍귀 중 마인귀, 그 늙은이가 나더러 누구냐고 물을 때도 내 정체를 안 가르쳐 줬다."

'그랬나?

광한은 고개를 갸웃거렸지만, 그건 분명한 사실이다.

당시 무대붕은 분명히 그렇게 얘기를 했다. 미안하지만 자신이 누군지에 관해서 당신들한테 대답하고 싶지 않다고.

그래서 나중에 청해쌍마가 자신들에게 깨진 후 어쩔 수 없이 그 자리에서 물러나더라도 자신의 정체를 모르는 한 장보도를 되찾기 위해 그 어떤 수단도 강구할 수 없을 거라고 그는 순간적으로 생각했던 것이다.

그만큼 돈이나 보물에 관한 한 무대붕이란 인간은 용의주도했다.

벌컥!

무대붕은 속이 타는지 다시 한 잔의 술을 들이키고는 심각한 표정으로 입을 열었다.

"어떡하든 소리 소문 없이 녹림흑맹단의 본거지 안에 숨어 있는 보물을 찾아서 갖고 와야만 해."

"……."

"광한아, 무슨 좋은 방법이 없겠냐?"

"글쎄."

광한은 잠시 말을 끊으며 무대붕의 얼굴을 응시했다.

너무도 진지했다. 그리고 심각했다.

광한이 무대붕과 연(緣)을 맺은 지난 이 년 동안 이토록 진지하고 심각한 그의 표정은 처음이었다. 그 얘긴 곧 물욕(物慾)에 관한 그의 집착이 얼마나 강한지 단정적으로 나타내는 것이기도 했다.

"잘 생각해 봐. 넌 많이 배우고 똑똑하고 다른 사람보다 훨씬 지혜롭잖아."

평소 안 하던 칭찬까지?

정말 무대붕이 급하긴 많이 급한 모양이었다.

"방법이 아주 없는 것은 아니긴 한데."

광한이 아주 느긋한 어투로 대답했다. 무대붕의 눈빛이 번쩍이며 생기가 돌았다.

"방법이 있다구? 움하하! 역시 넌 하늘이 보낸 진정한 나의 오른팔이다! 그래, 어떤 방법이냐?"

"그전에 먼저 짚고 넘어갈 게 있어."

"짚다니? 뭘?"

무대붕은 의아했다. 광한의 표정이 자못 심각했기 때문이다.

"왜 그렇게 소문을 두려워하지? 소문 좀 나면 어때서?"

'이 녀석이 귀가 처먹었나? 기껏 얘기했는데 대체 뭘 들은 거야?'

무대붕은 버럭 성질을 부리고 싶었으나 억지로 인내를 했다.

방법이 있다질 않은가!

혼내야 할 때와 참아야 할 때를 구별할 수 있는 무대붕은 그만큼 철저히 현실적이며 합리적인 왕초였다.

"움하하! 얘기했잖나? 어중이떠중이들이 몰려와서 인정에 호소하면 곤란하다고. 그리고 도둑놈들의 표적이 될 수도 있고."

했던 얘기를 반복한다는 게 짜증스러웠지만 무대붕은 억지 미소를 지으며 자상하게 대답해 주었다.

"곤란할 게 없잖아? 어차피 우리 것도 아닌데."

"아니라니? 임마! 그게 무슨 뚱딴지야? 장보도가 우리 손에 있으면 보물도 당연히 우리 거라는 거 몰라?"

"그럼 그 약속은?"

"약속이라니? 무슨 얼어죽을 약속?"

"내참! 장보도를 건네받으면서 각하의 입으로 직접 확답했잖아? 보물을 찾으면 불우하고 어려운 사람들을 위해서 사용하겠노라고!"

땡!

무대붕의 용량이 작은 머리는 순간적으로 활동을 멈추고 쥐가 나기 시작했다.

죽어가는 여인이 그렇게 해달라고 하기에 인정상 차마 그렇게 못하겠다고 할 수 없어 대답한 것을 광한이 악어 이빨처럼 물고 늘어질 줄은 정말이지 꿈에도 몰랐다.

하지만 그게 형식적인 인사치레였다고 광한에게 말할 수는 없었다.

광한이란 위인이 어떤 인간이던가!

마균촌 나병 환자에게 물을 갖다 주고 괜한 싸움에 끼어드는 등, 돈도 안 생기는 일에 온갖 오지랖을 떠는 비상식적인 인간이 바로 광한이 아닌가!

만약 무대붕이 자신의 진심을 까발린다면 광한은 절대 그 방법을 얘기하지 않을 것이다. 하늘이 두 쪽 나도 약속은 지켜야 한다고 오히려 자신을 설득할 것이다.

아무리 자신이 왕초고 광한이 수하라 할지라도 그런 부분에 관한 한 광한은 절대 용납을 하지 않았다. 그렇다고 광한을 두들겨 패서 마음을 돌릴 수도 없다.

다른 사람은 몰라도 이 오지랖 넓고 고지식한 위인은 그깟 물리적인 고통 따위에 마음이 움직이지 않는다는 걸 누구보다도 무대붕이 가장 잘 알고 있었기 때문이다.

아! 눈앞에 보물이 아른아른거리는데 웬 놈의 장애물이 이토록 많은 것인가!

'끄응, 이 고지식한 놈을 어떤 식으로 설득시키나?'

또다시 무대붕의 새로운 고민이 시작되고 있었다.

*   *   *

비는 그 후로도 계속 퍼부었다.

가뭄 끝의 단비인 줄 알았던 그 비는 하루도 그치지 않고 계속 거칠게 쏟아져 내렸다.

조금 전에야 겨우 멈추긴 했지만 하늘에 구멍이라도 뚫린 듯 무려 사흘 동안 미친 듯이 비가 퍼붓는 바람에 곳곳이 침수되었고, 특히 제방이 약한 곳에서는 양자강이 범람하는 수해(水害)로 마을이 온통 물바다가 돼버렸다.

가뭄 뒤에 홍수라니.

이래저래 돈 없고 힘없는 백성들은 꽤나 살기 힘든 시절이었다.

잡방(雜幫).

공돌산(쏜툇山) 언덕에 총단을 두고 있는 잡방은 지형적인 특성상 운 좋게 이번 수난을 피해갈 수 있었다.

방주인 잔수일존 비무기는 앞날을 내다볼 수 있는 자신의 뛰어난 예지력으로 이번과 같은 자연 재해를 피해갈 수 있었다고 잡방의 문도들에게 침을 튀겨가며 설파하였다.

하나 아는 사람은 안다, 삼 년 전 비무기가 무대붕의 방주 승계에 반발하고 자신을 추종하는 몇몇 무리를 이끌고 개방을 뛰쳐나왔던 그때를.

당시 비무기는 전혀 대책 없이 개방을 탈방(脫幫)하는 바람에 그 어디에도 비바람 피할 공간조차 마련하지 못한 상태였다.

하여 어쩔 수 없이 공동묘지였던 공돌산에 터를 잡을 수밖에 없었는데, 뜻밖에도 그 장소가 요즘처럼 가뭄과 홍수가 반복되는 기상 이변 시엔 오히려 천하에 둘도 없는 명당이었다.

공돌산은 뜻밖으로 지하수가 풍족하여 아무리 극심한 가뭄에도 물 걱정을 할 일이 없었고, 또한 지대가 높으니 그 어떤 홍수에도 물난리 겪을 일이 전혀 없으니 이 어찌 명당이 아닐 수 있겠는가!

'푸갈갈! 자고로 하늘은 영웅을 알아본다고 했다.'

비무기는 기분이 좋았다. 특히 남들이 가뭄과 홍수로 쫄딱 망했다는 소리를 들으면 더욱 행복했다.

삶이란 것이 원래 그런 게 아니던가! 남의 불행이 바로 나의 행복.

'비가 사흘만 더 그런 식으로 퍼부었으면 무대붕과 개방 놈들도 쪽박을 찼을 텐데.'

이런 날아갈 듯한 행복감 속에서도 일말의 더러운 감정이 있다면 그건 개방이 멀쩡하다는 것이었다.

잡방처럼 고지대는 아니라도 개방의 총단 역시 지형적으로 약간 높은 언덕에 위치한 탓에 어지간한 홍수와는 무관한 입장이었다. 때문에 비무기의 아쉬움은 바로 그것이었다.

비가 사흘만 더 왔더라면.

지금도 수만 명의 사망자와 실종자가 생기고, 수십만 명의 이재민이 피눈물을 흘리고 있는 판에 만약 비무기의 바람대로 사흘 더 장대비가 퍼부었다면 이 세상이 어찌 되었을까?

단언하건대 아마 거의 모든 중원인들이 물에 휩쓸려 사라지고, 중원의 지도가 바뀌는 유사 이래 최악의 대참변이 되었을 텐데 비무기는 지금 그렇게 되지 못한 걸 못내 아쉬워하고 있었던 것이다.

'망할 놈, 아무튼 더럽게도 운이 좋다니까.'

비무기는 뒷짐을 지고 후원을 거닐며 사흘 더 퍼붓지 못한 홍수에 대한 아쉬움을 되씹고 있었다.

"방주님."

지독한 구취와 함께 한 사내가 비무기의 앞으로 다가와서 정중히 포권했다. 잡방의 부방주이자 이인자(二人者)인 마구리였다.

"어떻게 됐느냐?"

"답사 결과 가릉강(迦凌江) 중사(中沙) 지역도 이번 홍수에 물이 많이 범람했으나 모레까지는 물이 다 빠질 것이며, 나흘 후에는 원래의 모습을 되찾을 것이라 사료됩니다."

"오, 그래?"

보고를 받은 비무기의 표정이 밝아졌다.

가릉강은 개봉의 외곽을 통과하는 비교적 짧고 수심이 깊지 않은 탓에 여름이면 많은 이들이 나와 물놀이를 즐기는 강이었고, 특히 그중 중사 지역은 주변의 아름다운 경치와 백사장의 모래가 곱기로 유명한 개봉인들의 명소였다.

그렇듯 물 좋고 경관 좋은 중사 지역에서 나흘 후 방주 비무기의 역사적인 오십 회 생일 축하연과 동시에 잡방의 창설 삼 주년을 자축하는 잡방인들의 기념 행사를 그들은 계획하고 있었던 것이다.

물론 사정이 허락한다면 잡방의 총단인 이곳 공돌산으로 사람을 초청하여 대대적인 잔치를 벌이고 싶지만 불행하게도 지금의 잡방은 그럴 수가 없었다.

손님을 초대하기엔 공간도 협소하고 방주전 이외엔 모두 누더기 막사인 모양새도 그렇고, 게다가 가장 치명적인 건 들어오는 진입로의 양쪽으로 후손들의 손길이 닿지 않은 채 엉망으로 버려져 있는 무덤들이 즐비하니 어느 누가 좋은 기분으로 참석을 하겠는가!

하여 어쩔 수 없이 비무기는 자신의 오십 회 생일과 잡방 창설 삼 주년이 겹치는 그날만큼은 경치 좋은 가릉강 중사 지역에 많은 하객들을 초청하여 축하 행사를 벌이려 계획했던 것이다.

"개봉의 유지와 실력자들에게 초청장은 모두 보냈겠지?"

"땅 부자로 소문난 대승포목점(大承布木店) 양 두야(梁頭爺)만 빼고는 모두 돌렸습니다."

"양 두야는 왜? 그 친구가 나한테 신세진 게 얼만데? 그 친구 아들이 어떤 처녀 때문에 상사병에 걸렸다고 나한테 누런 콧물까지 흘리며 하소연하길래 강제로 보쌈해서 결국 며느리로 만들어준 게 바로 나야.
때문에 무슨 때마다 그 친구가 보낸 봉투가 가장 짭짤했다는 거 몰라?”

“어찌 제가 그걸 모르겠습니까? 다른 사람도 아닌 부방주인 제가.”

“그런데 왜 안 보냈어, 잘 안다는 놈이?”

“안 보낸 게 아니라 못 보냈습니다. 양 두야가 이번 홍수 때 객사했
다는 바람에…….”

“객사?”

“중화천 변에 젊은 첩이 있었는데, 하천이 범람하는 줄도 모르고 그
녀와 운우지정(雲雨之情)을 나누다가 그만 수장(水葬)되고 말았다고 하
지 뭡니까? 해서…….”

“이런 젠장! 평소 젊은 계집이라면 환장을 하더니만 결국 그렇게 돼
지는군.”

비무기는 지인(知人)의 죽음에 울화가 치밀었다.

그건 그의 죽음이 안타까워서가 아니다. 그가 아쉽고 원통한 건 지
인이 죽음으로써 자신의 잔칫날 의당 들어와야 할 후원금이 허망하게
도 입금될 수 없다는 억울함이었다.

‘아냐, 그놈이 죽었다고 이런 식으로 인간 관계를 정리할 수는 없
어!’

하나 비무기는 집요했다. 한 푼이 아쉬운 게 바로 잡방의 현실이 아
니던가!

“마구리, 다시 내려가서 그 아들에게 대신 초청장을 보내.”

“예?”

“임마, 눈은 왜 휘둥그렇게 떠? 그 아들이라도 대신 올 수 있도록 초
청장을 보내라니까.”

"아들은 지금 상주(喪主)인데요? 아버지가 죽었으니."

"그래도 보내! 만약 정 참석할 수 없는 입장이라면 대신 돈이라도 보
내는 게 인간적 도리고, 참고로 부친은 이럴 때 황금 이십 냥을 봉투에
넣어서 줬다는 귀띔을 해주라구. 알겠어?"

"존명!"

돈에 관한 한 비무기 역시 무대봉 못지않은 집착력을 보였다.

현(現) 개방 방주와 전(前) 개방 부방주!

개방이란 곳이 본시 거지 집단일진대 어찌 최고위급 감투들은 이토
록 돈에 집요한 것인지.

사람이란 게 본시 돈이 있으면 감투를 쓰고 싶고, 감투를 쓰면 돈을
갖고 싶어한다더니만.

그래서 이토록 악랄하게 밝히는 건가? 감투는 썼으니 나머지 부족한
것을 채우기 위해서?

*   *   *

"정말이지?"

"그렇다니까!"

"정말 보물을 찾으면 그 여인 앞에서 약속한 대로 힘들고 불우한 사
람을 위해 모두 사용하겠다는 얘기, 분명한 거지?"

"젠장! 그래, 그래, 그렇다니까! 대체 그렇다는 얘기 몇 번을 해야 되
냐?"

"이상하잖아?"

"임마, 뭐가 또?"

"돈 안 생기는 일에 쓸데없는 노동은 목에 칼이 들어와도 할 수 없다는 게 각하의 좌우명이잖아?"

흠칫!

"그런 각하가 자신은 한 푼도 안 챙기고 전부 남을 위해서 쓰겠다니, 그 얘길 내가 믿어야 돼? 말아야 돼?"

"하하. 광한아, 사람이란 말이다, 가끔씩은 자신의 습성과 다른 일도 하고 싶을 때가 있는 법이란다. 예를 들면 때려 죽여도 소고기만 먹겠다고 결심한 사람이 문득 돼지고기를 먹고 싶을 때가 있는 것처럼 말야."

"……."

"나라고 어디 맨날 그처럼 돈에 환장한 놈처럼 살고 싶겠니? 때론 비록 인건비는 안 나오더라도 나의 행동으로 인해 남들이 기뻐하고 고마워하는 모습을 보고 싶을 때가 있는데, 바로 이번 일이 그런 경우가 아닌가 한다."

"그 얘기… 믿어도 되지?"

"암! 물론이지. 육만 개방 문도의 총수인 내가 사회적인 명예와 체면이 있지, 설마 자신의 수하에게 흰소리를 하겠냐? 믿어, 믿으라구. 움하하하핫!"

*　　　　*　　　　*

사내.

한쪽 눈에 번쩍이는 금빛 안대를 한 애꾸의 사내.

그리고 성성이처럼 양팔이 온통 털로 수북한 그 사내가 서찰을 읽고 있다.

　경애하고 존경하는 단주님!

　본인은 잡방이란 개봉의 삼류 방파에서 중간 간부 직을 맡고 있는 자입니다. 그런 제가 무슨 연유로 녹림계(綠林界)의 거두(巨頭)이신 단주님께 이와 같은 서찰을 보냈냐 하면 이 달 십오일 정오에 개봉 외곽의 가릉강 중사 지역에서 잡방 방주의 오십 회 생일 겸 잡방 창설 삼 주년 기념 행사가 벌어지는데 만약 단주님께서 이 행사에 참석(?)하신다면 단주님은 앞으로 적어도 몇 년은 비적질을 안 해도 괜찮을 만큼 꽤 짭짤한 수익을 올릴 수 있을 겁니다. 그날 개봉의 거의 모든 유지와 사회 명사들이 기념식에 참석하는데… 그들은 잡방 방주에게 크고 작은 한 가지 이상의 약점을 갖고 있는 탓에 그의 생일 축하금으로 최소 황금 다섯 냥 이상은 내놓을 겁니다. 황금 다섯 냥이 어디 보통 돈입니까? 집을 서너 채를 살 수 있는 엄청난 금액입니다. 게다가 아무리 못해도 최소 이십 명의 유지급이 참석하기로 되었다면 그게 전부 얼맙니까? 다섯 냥씩 이십 명이면 황금 일백 냥입니다, 일백 냥!

　…중략…….

　제가 우리 방주를 배신하고 이렇듯 몰래 단주님께 서찰을 보낸 것은 제 뱃속만 차리고 우리는 밥을 굶거나 말거나 도무지 신경조차 안 쓰는 비무기 방주가 너무 야속하고 괘씸하기 때문입니다. 원래 잡방의 식구들은 모두 삼 년 전까지만 해도 개방 출신들이었는데, 그때 비무기 가 우릴 하나하나 꼬드길 때 이런 말을 했습니다. 자길 따라오면 장가도 보내주고, 이틀에 한 번씩 마음껏 술과 고기를 먹여줄 것이며, 일 년에 한 번씩 해외여행을 보내주고, 십 년에 한 번씩 집을 사주겠다고 말입니다. 그래 놓고

제 놈만 잘 먹고 잘살고 우린 굶거나 말거나 관심없으니 이게 말이 됩니까?

…중략…….

존경하는 단주님, 꼭 그날 참석하셔서 돼지 같은 비무기, 그 새끼를 혼내주시고 황금 백 냥도 챙겨가십쇼. 그러시리라 믿고 이 불쌍한 인간, 이만 붓을 놓겠습니다.

단주님을 존경하는 잡방의 어느 놈 배상(拜上).

"……"

서찰을 읽어 내려가는 사내는 입가에 매우 흐뭇한 미소를 지었다.

녹림적룡(綠林荻龍) 갈포악(葛暴惡).

강호 녹림 패거리들 중 가장 잔혹하다는 녹림흑맹단의 단주인 바로 그자였다.

나이는 서른아홉. 열여섯이란 미처 철도 들지 않은 나이에 비적계에 투신하여 결국 일가(一家)를 이룬 인물이었다.

어디서 배웠는지, 아니면 스스로 독창을 했는지 모를 막가팔도법(莫加八刀法)은 특히 물건을 운송하는 표국(鏢局)의 표사(鏢士)들에겐 그야말로 공포와 전율의 대명사로 통할만큼 가공했고 잔악무비했다.

"크크큭. 나를 존경하는 놈들은 거의 녹림계의 인물이라 생각했는데, 이렇게 일반 방파에서도 그리는 녀석들이 있었구만."

갈포악이 태어나서 존경이란 단어를 처음 들어본 사람처럼 한 번 떠오른 미소가 좀처럼 사라지지 않았다.

"뇌명(雷明)! 준비는 다 되었느냐?"

갈포악은 자신의 앞에 부복하고 있는 두 명의 사내 중 검은 무복에

깡마른 체형, 그리고 칼날 같은 인상을 하고 있는 삼십 대 인물을 향해
입을 열었다.

"단주, 정말 출동하실 겁니까?"

뇌명이라 불리는 사내가 조심스럽게 반문을 했다.

"크크. 그럼, 당연히 출동해야지. 황금 백 냥이라는 거금이 생기는
일인데."

"하지만… 어떤 음모인지도 아직 모르지 않습니까?"

"음모라니? 무슨 음모?"

"그거야 저도 정확히는 말씀드릴 수는 없지만 저희와 그 어떤 연관
도 없는 자가 전서구(傳書鳩)를 통해 그와 같은 서찰을 보냈다는 게 왠
지 좀……."

"이런 소심한 놈, 여기 적혀 있잖아? 나를 경애하고 존경하기 때문
이라고!"

갈포악은 서찰을 흔들며 짜증을 냈다.

"……."

뇌명은 영문을 알 수 없는 그런 서찰이 날아온 것에 의구심이 많았
지만 더 이상 그 어떤 말도 할 수 없었다. 단주인 갈포악은 매우 신경
질적인 사람이다. 쓸데없이 그의 신경을 건드려 봐야 그의 신상에 이
로울 게 없다는 걸 너무도 잘 알고 있었기 때문이다.

"호사(虎邪)! 네가 대신 얘기해 봐라. 우리가 출동해서 황금을 취득
하는 게 좋겠느냐, 아니면 이곳에서 그냥 자빠져 자는 게 좋겠느냐?"

갈포악은 호랑이 가죽으로 된 털 조끼에 얼굴 한복판에 세로로 긴
칼자국이 나 있는 이십 대 후반의 사내를 보며 물었다.

"당연히 출동해야 마땅하다고 생각합니다!"

"어째서냐?"

"나흘 전에 그 서찰이 도착한 이후, 저도 몇 가지 의심이 생겨서 나름대로 알아봤더니… 서찰 속의 사내가 얘기한 대로 정말 오늘 정오 가릉강에서 그와 같은 행사가 있다고 하더군요. 아울러 잡방의 방주라는 인물이 주변 사람들에게 꽤 인심을 잃은 것도 사실이었습니다."

"뇌명, 이래도 이의를 달 테냐? 서찰의 내용이 모두 사실이라는데도!"

갈포악은 뇌명의 이의가 계속 불쾌한지 인상을 잔뜩 찌푸리며 공포 분위기를 조성했다.

"이의… 없습니다."

뇌명은 더 이상 험악하게 핏발 선 갈포악의 눈을 바라보지 못하고 고개를 떨궜다.

"됐다. 그럼 지금 즉시 출동할 테니 본단의 모든 식구들에게 태세를 갖추도록 하달하라!"

"존명!"

뇌명과 호사는 예를 갖춘 후 단주전에서 신속히 물러났다.

"……."

갈포악의 시선이 또다시 서찰로 향했다.

'크크, 나를 존경하는 놈이라고 했나? 그동안 물건 강탈 후 무조건 죽이는 걸 원칙으로 삼았는데, 오늘만큼은 예외를 두고 싶군.'

그랬다.

갈포악은 잡방의 패거리들 중 자신을 존경한다는 서찰의 주인공만큼은 살려줄 생각이다.

그를 찾아내어 살려주는 것은 물론, 그에 상응하는 포상도 계획하고

있었다. 정보도 정보지만 생전 처음 듣는 존경이라는 단어에 그는 정
체 모를 그 사내가 한없이 예뻐 보였던 것이다.

"크켓켓켓! 이 세상에 나를 존경하는 놈도 다 있단 말이지? 비적 두
목이라고 남들이 손가락질하는 나를!"

갈포악은 또다시 단주전이 떠나갈 듯한 앙천광소를 터뜨렸다.

역시 제아무리 사악한 인간이라 할지라도 칭송을 들으면 입이 찢어
지는 건 만고의 진리인가 보다.

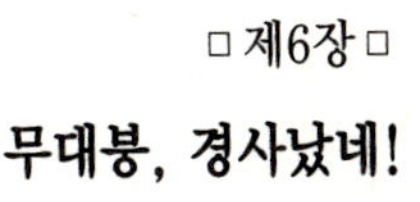

무대봉, 경사났네!

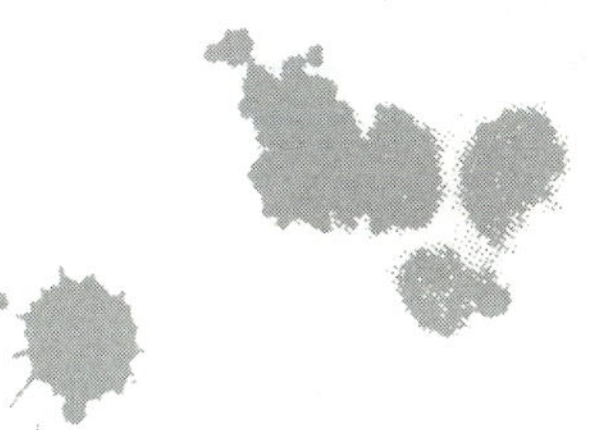

끼이익!

통나무들을 엉성하게 엮어서 세운 녹림흑맹단의 대문이 열렸다. 그와 동시에 수십여 명의 비적 패거리가 몰려나왔다.

콰두두두두!

흑마(黑馬)를 탄 단주 갈포악을 필두로 마치 일진광풍이 몰아치듯 무섭게 모두 말을 타고 달려나오고 있는 비골단의 비적들.

노략질을 위해 출동할 땐 늘 그러했듯, 그들의 표정은 흡사 풍광 좋은 곳에 소풍이라도 가는 것처럼 긴장 따위는 전혀 찾아볼 수 없었다.

단 한 사람. 뇌명이라는 그 인물만 제외하고는 모두가 밝은 표정으로 말과 함께 달려나가고 있었다.

그러나 어느 이름 모를 암반 위에 서서 자욱한 먼지를 뿌리며 시야에서 멀어져 가고 있는 비적단의 뒷모습을 지켜보는 두 쌍의 눈이 있었으니…

바로 무대붕과 광한이었다.

"낄낄. 그 자식들, 좋다고 달려가는군."

무대붕은 뭐가 그리 좋은지 연신 키득거렸다.

"그렇게 좋아?"

"그럼 임마, 당연히 좋지. 비적 놈들이 출동을 했으니 이제 놈들의 산채엔 겨우 보초 몇 명밖에 없을 거 아니냐?"

"……."

"기특한 녀석, 어떻게 그런 기발한 생각을 다 했냐? 밥맛없는 비적 놈들을 재수없는 잡방 패거리와 싸움을 붙이고 우린 그사이에 비적단 산채 안에 있는 보물을 챙기고. 세상에 이보다 좋은 그림이 또 어딨겠냐? 낄낄낄."

한 번 터진 무대붕의 웃음은 좀처럼 멈추질 않았다.

한데 비적들을 잡방 패거리와 싸움을 붙인다?

그렇다면 녹림흑맹단에 서찰을 보낸 인물이 설마 광한이었단 말인가?

"낄낄~ 비무기 그 인간, 개파 삼 주년에 오십 번째 생일을 맞이하여 대대적인 잔치를 벌이려다가 초상나게 생겼으니 그거 불쌍해서 어쩌냐?"

불쌍하다면서 연신 키득대는 무대붕.

정말 이렇게도 좋을까? 계속 입이 다물어지지 않을 정도로?

"계속 그렇게 키득대고 있을 거야?"

"……?"

"작업 안 할 거야?"

광한이 다소 짜증 섞인 투로 말했다.

"아참! 내가 잠시 후 대성통곡하게 될 비무기 그 인간을 생각하다가 본래의 목적을 잠시 깜빡했군."

무대붕은 벌어졌던 입을 신속히 수축시키며 짐짓 심각한 표정을 지었다.

"얘기했듯이 무슨 일이 있어도 보안 유지를 해야 한다. 절대 우리가 왔다는 흔적을 남겨선 안 돼. 알겠지?"

"내 걱정 말고 각하나 조심해."

"준비됐냐?"

"준비하고 말고 할 거 없잖아? 보초 몇 명밖에 없는 빈 산채나 다름없는데."

"좋다. 그럼 작전 개시."

휘익!

두 사람의 신형이 동시에 녹림흑맹단의 산채를 향하여 화살처럼 날아갔다.

모두가 노략질을 나간 산채 안은 매우 평온하고 조용했다.

"……."

그 안으로 들어선 무대붕과 광한은 마구간 옆에 몸을 붙이고 중년 여인에게서 얻은 장보도와 현재 위치를 대조하고 있었다.

거의 모든 비적이 출동했다는 것을 나타내듯 대형 마구간 안의 말은 겨우 네 필뿐이다. 고로 지금의 산채 안은 마구간까지도 적막한 그런 상황이었다.

"각하, 지도를 보면 이곳에 작은 석굴(石窟)이 있고 보물은 그 안에 있다고 기록되어 있는데… 석굴이 어딨는지 보여?"

"젠장, 여기가 아닌가? 이쪽엔 없잖아?"

"아냐, 분명 이쪽 방향이 맞아. 지도대로라면 이 근방이 확실해."

"임마! 근데 아무것도 없잖아. 석굴은커녕 가마니로 앞을 가린 변소만 보인다."

"어떻게 된 거지? 분명히 이쪽이 맞는데……."

"이 녀석 똑똑하다고 칭찬해 줬더니만 왜 이렇게 시원치 않은 거야?"

무대붕은 오만 인상을 다 쓰며 짜증을 부렸다.

그때였다. 말에게 먹이를 주려는 듯 잡풀을 잔뜩 안고 목부(牧夫)가 다가왔다.

'좋아! 저놈을 족쳐 보자구.'

휘익!

무대붕은 물 찬 제비처럼 몸을 날리더니만 목부가 미처 놀라기도 전에 왼팔을 휘감으며 그의 목을 제압했다.

'어~ 웬일이지? 나를 안 시키고 자신이 직접 몸을 움직일 때도 다 있네?'

광한은 매우 의아한 표정으로 무대붕의 행동을 바라보았다.

웬만한 일은 모두 수하들에게 떠넘기고 자신은 팔짱 끼고 편히 관람이나 하는 게 바로 무대붕의 습성이었다. 그런 그가 떠넘기는 타성을 버리고 직접 해결하기 위해 나섰다는 건 그만큼 조급했기 때문이었다.

그가 이토록 조급할 수밖에 없는 이유.

아마 아는 사람은 다 알 것이리라! 보물 때문이라는 걸.

무대붕에 의해 졸지에 목을 제압당한 목부는 크게 당황했다.

"헉! 웬… 놈이냐?"

"지금 이 산채 안에 몇이나 남았지?"

"모, 모두 다 있다."

순간, 무대붕의 오른손 중지가 그의 뒤통수를 지그시 눌렀다.

"헉!"

목부는 기겁하며 식은땀을 흘렸다.

"네놈도 무림 밥 좀 먹었을 테니 여기가 어떤 혈(穴)인지는 알겠지?"

"으, 대체 왜……."

"이곳은 뇌호혈(腦戶穴)로 사대사혈(四大死穴) 중의 하나다. 만약 또 다시 헛소리를 지껄일 땐 나의 손에 인정을 두지 않을 테니 각오해 두는 게 좋을 게다."

"으, 저까지 포함하여… 모두 여섯 명뿐입니다."

"어떤 놈들이냐?"

"주방에서 일하는 식구 세 명에 보초 둘, 그리고 목부인 저 하나. 이게 전부입니다."

그 순간, 산채 내를 순찰하던 보초 두 명이 목부를 제압하고 있는 무대붕을 발견했다.

"웬 놈이냐!"

그들은 다짜고짜 칼을 뽑아 들고는 무대붕을 향해 달려들었다.

"광한아! 뭐 해, 임마? 후딱 저 자식들 정리해!"

무대붕은 목부를 제압하고 있는 상태에서 소리쳤다.

'끄응~ 그럼 그렇지. 어째 이번엔 내가 편히 구경 좀 하나 했더니만.'

광한은 투덜거리며 무대붕을 향해 덤벼드는 보초들의 앞으로 몸을 날렸다.

빠빡! 뻐억!

"캐액!"

광한이 허공으로 도약했을 때 몸을 비틀며 시전한 단 두 번의 발차기.

그걸로 무대붕을 향해 사납게 덤벼들던 두 명의 비적은 나가떨어졌고, 그 상태로 완전 혼절해 버렸다.

상황은 간단하고도 너무 싱겁게 끝나 버렸다.

'으, 엄청난 고수들이다.'

목부는 광한의 귀신같은 솜씨를 보자 이젠 진짜 자신을 구해줄 사람이 없다는 절망감에 사로잡혔다.

주방에 세 명의 인물이 있지만 너무도 멀리 떨어진 탓에 이곳 마구간 앞에서 무슨 일이 일어나고 있는지 전혀 알 수가 없을 것이고, 설령 안다고 해도 그들의 무술 솜씨로는 나타나 봤자 아무 도움도 못 될 게 뻔했기 때문이다.

"헤헤. 무, 무엇을 알고 싶으신 겁니까? 말씀을 해주십쇼. 그러면 제가… 성심성의껏 답변해 드리겠습니다."

목부의 얼굴엔 비굴한 미소와 살고자 하는 절실한 의지가 동시에 서렸다.

무대붕은 목부의 그런 절묘한 표정이 상당히 맘에 들었다. 상대가 이런 표정을 지을 땐 늘 기대 이상의 성실한 답변이 나온다는 걸 그는 익히 잘 알고 있었다.

"이 근처에 석굴이 하나 있다고 들었는데, 왜 보이질 않지?"

"석굴이라뇨? 여긴 석굴 같은 게 없는데."

목부는 의아한 표정을 지었다.

"쓰으~ 살기 싫어?"

"아, 아닙니다! 진짜… 없어서 그러는……."

물 젖은 행주처럼 식은땀을 주룩주룩 흘리던 목부가 뭔가 생각난 듯 눈을 끔뻑거렸다.

"혹시?"

"혹시, 뭐?"

"저쪽… 가마니를 내려놓은 곳이 보이시죠?"

"임마, 저긴 변소잖아?"

"예. 저기를 말씀하시는 곳인지 모르겠습니다."

"……?"

"저 변소 벽면이 돌로 되어 있거든요. 하지만 굴(窟)은 아닌데… 그 안이 그냥 막혀 있거든요."

"막혀 있다고?"

무대붕의 얼굴에 다시 한 번의 실망이 스치려는 순간, 확신에 찬 광한의 음성이 터졌다.

"각하! 맞아. 거기야."

"정말?"

"그래, 확실해."

광한과 무대붕의 표정이 밝아지자 목부는 주제넘게도 궁금증이 일었다.

"헤헤, 뭔데요? 저도 좀 가르쳐 주시면 안 될까요?"

"미친놈! 헛소리 말고 잠이나 자고 있어."

무대붕은 냉소를 치며 목부의 마혈(麻穴)을 찍자 그는 땅바닥에 털푸덕거리며 쓰러져 버렸다.

변소 앞!

무대붕과 광한은 변소 앞에서 잠시 장고를 시작했다.

그들이 원하는 곳으로 들어가기 위해선 일단 냄새가 진동하는 이 변소라는 난제를 해결해야만 한다. 그냥 코를 막고 통과하면 좋겠는데, 통과해 봐야 입구가 막혀 있다는데 거기서 뭘 어쩌겠는가?

"휴우."

오랜 장고 끝에 무대붕이 한숨을 내쉬었다. 그리곤 안타까운 표정으로 광한을 쳐다보았다.

"어쩔 수 없구나. 네가 한 번 더 땀을 흘리는 수밖에. 풀래? 메울래?"

"……?"

광한의 눈이 크게 확대되었다. 그러나 무대붕의 표정은 여전히 착잡했다.

"내 생각엔 푸는 것보단 메우는 게 편하고 빠를 것 같지만… 당사자의 생각이 우선이겠지. 네 생각은 어떠냐?"

"뭐야? 그러니까 나더러 흙을 퍼서 변소를 메우라는 거야?"

"메우는 게 싫으면 푸던가."

"그럼 각하는?"

"임마, 난 육만 개방 문도의 총수잖아. 명예와 체면을 목숨보다도 소중히 생각하는 개방의 방주가 어찌 냄새나는 일에 손을 대겠냐? 만약 그렇게 되면 앞으로 내 명령이 부하들에게 먹히질 않는다고. 똥이나 푼 주제에 누구에게 명령하냐고 말야."

“……”

“미안하다, 광한아. 하지만 더럽고 지저분한 고통을 너와 함께하지 못하는 내 심정을 충분히 이해해 줄 거라고 믿는다. 넌 내가 가장 아끼는 나의 오른팔이니까.”

장황하게 핑계 아닌 핑계를 늘어놓던 무대붕은 ‘가장 아끼는’ 이란 부분을 힘주어 강조했다.

‘끄응~ 평소엔 체통 같은 거 잘도 출장 보내더니만 꼭 이럴 때만 열심히 찾는 건지…….’

광한은 못마땅했다.

그리고 미치도록 하기 싫었다. 하나 어쩔 수 없었다. 무대붕은 체면과 명예를 소중히 생각하는 각하였고, 그는 그 따위 건 개한테나 줘버려야 할 각하의 부속물(?)이었으니까.

이윽고, 광한의 눈물겨운 노고 끝에 직사각형 밑에 있는 누런 늪(?)은 흙으로 단단히 메워지고 평지로 변했다. 그곳이 변소였다는 흔적은 바람결에 간간이 코끝을 스치는 그 냄새로만 느낄 뿐이었다.

흙으로 메워진 그곳에 서서 안을 보니 목부가 얘기한 대로 굴은 나오지 않았다. 양 옆의 벽은 분명 흙이 아닌 돌로 되어 있는 석굴이 입구가 분명한데 두 걸음도 들어가기 전에 막혀 있었다. 그렇다고 문이 있는 것도 아니고…….

“……”

광한은 막혀 있는 입구를 심각한 표정으로 바라보고 있었다.

‘칠석진(七石陣)은 오행상극(五行相剋)이 아닌 오행상생(五行相生)을 기본 근간으로 하여 만든 진법이다. 따라서 오행상생이 움직이는 다섯 지점과 극북(極北)과 극남(極南) 지점을 찾아내는 게 바로 파해(破解)의

원리다.'

광한은 자신도 모르게 식은땀을 흘리고 있었다.

무릇 진식이란 것이 그렇듯 만약 자칫 잘못 건드려 한 치의 오차라도 생긴다면 그땐 차라리 건드리지 않는 것만도 못한 불의의 결과를 가져온다는 걸 그는 누구보다도 잘 알고 있었고, 그런 탓에 그만큼 긴장할 수밖에 없었다.

'토생금(土生金)… 금생수(金生水)… 수생목(水生木)… 목생화(木生火)… 화생토(火生土).'

한동안 심각한 표정으로 오행상생의 순서와 극북과 극남의 점들을 찾고 있던 광한이 눈빛이 벼락처럼 번뜩였다.

'음, 바로 이곳이다!'

광한은 확신에 찬 표정과 함께 바닥에 있는 여러 개의 돌 중 일곱 개를 집어 들었다. 단단한 암반으로 막힌 입구에 하나하나씩 갖다 댔는데 놀랍게도 그 돌들은 마치 진흙처럼 입구의 석면에 달라붙는 게 아닌가!

그와 동시에 요란하고도 엄청난 굉음이 울려 퍼지며 좌우의 석벽이 흔들리기 시작했다.

우우웅!

"헉! 이게 뭔 난리냐? 왜 이래? 혹시 이거 지진 난 거 아냐?"

무대붕은 갑작스런 조화에 기겁을 하며 당황했다.

그러나 그것은 단지 예고일 뿐이다. 왜냐하면 무대붕은 지금보다도 훨씬 더 놀라운 조화를 목격해야 했기 때문이었다.

파아아아!

석굴의 입구를 가로막고 있던 단단한 암반이 엄청난 먼지를 내며 변화를 일으키기 시작했다.

'세, 세상에?! 어떻게 이런 황당한 일이?'

무대붕은 눈을 크게 뜨고 눈앞에서 펼쳐지는 엄청난 조화를 똑바로 쳐다보고 싶었다. 하나 그는 도저히 그럴 수가 없었다. 너무도 엄청나게 퍼져 나가는 먼지 때문에 도저히 눈을 뜰 수가 없었던 것이다.

쓰… 으… 으.

이윽고, 공간을 가득 메우고 있던 먼지가 사라지자 무대붕은 천천히 눈을 뜨기 시작했다.

"허걱!"

무대붕의 입에선 경악의 탄성이 터져 나왔다.

입구를 가로막고 있던 단단한 암반이 먼지와 함께 사라진 그 안에는 무대붕이 그토록 좋아하고 사랑하는 수많은 금은보화들이 그의 두 눈을 멀게 할 정도로 엄청난 빛을 폭사하며 가득 차 있는 것이었다.

"저, 저게 몽땅 금이며 보화란 말이냐? 진짜루?"

무대붕의 두 눈은 더 이상 확대될 수 없을 정도로 크게 확대됐고, 그의 입꼬리에선 그토록 그가 지키고 싶었던 체면과는 상관없이 침이 줄줄 흐르고 있었다.

만금천부가 숨겼다는 계산 불능의 엄청난 금은보화는 이렇게 다시 세상에 등장했다.

그것도 재물이라면 환장하는 무대붕의 눈앞에서…….

무대붕!

경사났군, 경사났어~

                        *   *   *

쨍! 쨍!

쨍과리를 울리며 바가지 장단에 지게 춤까지.

경치와 풍광이 좋기로 유명한 가릉강의 중사 지역에선 지금 잡방의 거지 패거리들이 신명나게 한바탕 굿판을 벌이고 있었다.

잡방이란 또 하나의 거지 방파가 새로이 둥지를 튼 게 오늘로 정확히 삼 주년이 되는 날이자, 자칭 하늘이 내린 진정한 거지들의 지도자 잔수일존 비무기의 오십 번째 생일을 맞는 매우 의미 깊은 날이었다.

날이 날인만큼 잔칫상도 거하게 마련되어 있었고, 오늘의 공연을 위해 젊은 문도들이 일주일 동안 열심히 호흡 맞춰 연습한 새로운 거지 춤도 선을 보이는 등 바야흐로 분위기는 무르익고 있었다.

"하하하!"

"얼쑤~ 좋구먼, 좋아. 허허허."

유월의 따가운 햇빛을 가리기 위한 간이 천막이 세워져 있었고, 그 안에는 비무기가 초청을 한 개봉의 유지급 인사들이 술과 음식을 먹으며 젊은 거지들의 걸무(乞舞)를 보며 껄껄거렸다.

"허허허, 저 걸무가 고려국 거지들이 추는 각설이 춤이라면서요?"

화려한 화의(華衣)에 아래턱이 축 늘어진 오십 대의 중년인이 옆에 앉은 비무기를 보며 물었다.

"……."

비무기는 대답하지 않았다.

아니, 도저히 대꾸할 기분이 아니었다. 그의 얼굴은 지금 뭔가 불만에 가득 찬 사람마냥 잔뜩 찌푸려져 있고, 입술은 한 주먹만큼이나 툭 튀어나와 있었다.

'쓰가발! 아무리 불경기라도 그렇지 겨우 은자 열 냥이 뭐야? 한두 놈도 아니고 거의 모든 놈들이… 오늘이 보통 날이야? 그냥 생일도 아니고 오십 번째의 생일에 잡방 창립 삼 주년이란 매우 의미 깊은 역사적인 날이거늘… 쫀쫀한 새끼들.'

그렇다.

그의 불만은 초청을 받고 오늘의 잔치에 참석한 하객들이 내민 봉투가 너무도 기대 이하였기 때문이다. 하여 이번 행사를 통해 한 밑천 단단히 챙기려 했던 그의 계산이 무참히 박살났기 때문이었다.

'오늘의 이 행사를 위해 얼마나 준비를 했는데… 솔직히 이런 식이라면 여간 손해 본 장사가 아니다. 애들은 하객들에게 수준 높은 공연을 보여주기 위해 합숙 훈련을 해가며 피나는 노력을 했고, 게다가 돼지 잡고, 개 잡고, 술도 원없이 마실 만큼 준비했는데… 하객 스물두 놈이 내민 축하금의 총액이 겨우 은자 백구십 냥이라니. 에잇! 쓰가발!'

광한이 녹림흑맹단의 갈포악에게 보낸 서찰엔 오늘 이 행사를 통해 비무기의 수중엔 족히 황금 백 냥 가까운 축하금이 들어올 것이라고 했지만 그것은 그들을 산채에서 끌어내기 위해 광한이 제멋대로 계산한 액수였고 비무기의 계산은 달랐다.

'열 살 때 무대붕의 아비인 무천승을 만난 후 허명밖에 남지 않은 개방의 사세를 욱일승천(旭日昇天)의 기세를 성장시키면서 개봉 땅의 수많은 유지들을 상대했다. 그리고 수십 년간 그들과 매우 돈독한 인간관계를 유지해 왔다고 믿었거늘. 다른 놈들도 아니고 바로 그런 새끼들이 이런 의미 깊은 잔치에 겨우 은자 열 냥만 달랑 내밀 줄은 정말이

지 꿈에도 생각지 못했다. 워낙 역사적인 날이고, 게다가 그동안 나한
테 신세를 진 게 꽤 되는 만큼 일인당 황금 열 냥씩, 그래서 아무리 못
챙겨도 황금 이백 냥은 챙길 줄 알았는데… 이 망할 놈들이 날 이런 식
으로 배신할 줄이야……'

황금 이백 냥!

비무기는 서찰 속의 가상 액수보다도 무려 두 배의 수익을 더 예상
했었다. 그러나 결과는 은자 백구십 냥이니.

은자 열 냥이 황금 한 냥과 동일하게 유통되고 통용되는 게 강호의
화폐법이다.

그렇다면 오늘 잔치의 수지타산은?

비무기가 계산한 것의 백 분의 일밖에 안 되는 완전 대참패라는 얘
기가 된다.

그의 입이 오리처럼 튀어나오고 얼굴이 휴지처럼 구겨질 수밖에 없
는 건 지극히 당연했다.

"얼쑤~ 얼쑤~"

쨍. 쨍.

방주인 비무기의 내심 피눈물을 흘리고 있는 것과는 아랑곳없이 젊
은 거지 패거리들의 각설이 굿은 점점 더 흥겹게 펼쳐지고 있었다.

그 순간,

콰두두두!

요란한 말굽 소리와 함께 뿌연 먼지를 동반한 한패의 무리들이 있었
다.

금빛 번쩍이는 황금 안대를 한 사내를 선두로 맹렬한 기세로 돌진하
고 있는 무리들, 두말할 것 없는 바로 녹림흑맹단이었다.

"크케케켓! 재밌게 노는데 미안해서 어쩌냐?"

녹림적룡 갈포악은 크게 웃으며 동시에 부하들을 향해 소리쳤다.

"거지 새끼들이라고 해서 봐줄 것 없다! 모두 깨끗이 정리해 버려라!"

콰두두두!

명령이 떨어지기가 무섭게 비적들은 거침없이 장내로 돌진해 들어갔다.

"에그머니나! 이 무슨 난리냐?"

"아이고~ 생일 축하해 주러 왔다가 비적 놈들한테 개죽음당하게 생겼잖아!"

하객들은 일제히 사색이 되며 어찌할 바를 모르고 간이 천막 안에서 술렁대기 시작했다.

"이런 쓰가발! 비적 놈들이 여긴 왜 나타난 거야? 거지한테 뭘 뜯어먹을 게 있다고!"

비무기의 표정이 푸르뎅뎅하게 변했다. 이 세상 어디에도 비적이 거지 패를 기습했다는 얘긴 들어본 적이 없다.

그럴 수밖에, 거지 패거리를 족쳐 봐야 뭐가 나오겠는가!

비무기의 눈에는 지금 녹림흑맹단 패거리들이 도저히 이해할 수 없는 짓을 저지르고 있는 것으로밖에 보이질 않았다.

차차창!

챙! 채앵!

비무기는 더 이상 놀라고 있을 만한 여유가 없었다. 비적 패거리들이 그들이 유희를 즐기고 있는 무대의 중앙으로 진입하며 불쌍한(?) 자신의 수하들을 향해 무자비한 칼질을 해대고 있었기 때문이다.

"위대한 잡방의 제자들은 들어라! 산에 있어야 할 비적 새끼들이 모두 낮술을 처먹었는지 똥오줌을 못 가리고 거지 주머니를 털러 온 모양이다! 자고로 제정신 못 차리는 미친놈에겐 몽둥이가 약이라고 했다! 절대 손속에 인정을 두지 말고 정신 나간 비적 새끼들을 가차없이 처단해 버려라! 그래서 위대한 잡방의 명예를 중원 전역에 울려 퍼지게 만들어라!"

비장하고도 장황한 비무기의 출수령(出手令)이 떨어지는 것과 동시에 잡방의 거지들은 각종 병기를 손에 쥐고 돌진하는 비적들을 향해 매서운 맞대응을 펼치기 시작했다.

"와아아!"

"오냐! 어서 와라, 이 얼빠진 비적 놈들아! 완전 묵사발을 내주마!"

전혀 한 치의 물러섬 없이 맞서 싸워 나가는 잡방인들.

삼 년 전까지만 해도 그들 역시 무림 명문인 개방의 제자들이었고 그곳에서 개방의 무학을 연마했던 무술 거지들이 아닌가! 제아무리 비적들이 질풍노도처럼 몰려든다 해도 잡방인들은 절대 위축되는 일 없이 적극적인 맞공세를 펼쳐 나갔다.

차앙! 창창!

"으아악!"

삼지창을 든 젊은 거지의 역공에 비적 하나가 말과 함께 모래바닥에 처박혔다.

쐐애액!

"캐액!"

화극(火戟)이 허공을 날자 또 다른 비적의 머리가 육체에서 이탈되었다.

갈포악의 외눈이 부릅떠지며 얼굴엔 극도의 당황이 서렸다.

'뭐야? 무슨 거지 새끼들이 이렇게 센 거야? 아무리 개방 출신이었다지만 그래 봤자 결국 거지 새끼들인데.'

많은 강호인들은 소림의 승려나 무당의 도인들의 무술 솜씨는 만만치 않을 거라고 지레짐작하면서도 개방 거지들은 왠지 만만하게 생각하곤 하는데 갈포악 역시 그런 그릇된 고정관념의 소유자였다.

개방이 쪽수만 많다고 해서 소림이나 무당과 어깨를 나란히 했겠는가? 다 그만한 이유가 있으니까 전통의 구파일방 중 하나에 꼽히는 건데도 불구하고 왜들 우습게 취급하는 것인지.

파파팟!

"쩨액!"

츄아앗!

"끄아아악!"

그러나 잡방의 거지들도 희생이 만만치 않았다.

비록 비적들의 무술이 근본도 없는 막가파식의 마구잡이 무술이었지만, 그들은 한 달에도 몇 차례씩 혈겁을 치르는 경험 풍부한 실전파들이었다.

그 반면 잡방의 제자들은 개방에서 출방한 이후 하는 일마다 꼬이는 잘난 방주 때문에 먹고사는 게 급급하여 어디 무술 연마나 제대로 했겠는가?

배운 걸 계속 갈고닦아야 위력도 발휘하는 것이지 삼 년 동안 무술 수련은 뒷전으로 생각하고 살았으니 아무리 비적들의 막가파식 삼류무술이라 해도 상대해 나가기가 결코 쉽지만은 않은 실정이었다.

'쓰가발! 아닌 밤중에 홍두깨도 유분수지, 거지들 노는 데 비적 새끼

들이 왜 나타나는 거야? 그것도 역사적인 날에!'

비무기는 정말 미칠 것 같았다.

도무지 상식적으로 이해가 안 되는 일이 자신 앞에서 펼쳐지고 있다는 사실에 그의 가슴은 찢어질 것처럼 참담했고, 자신에게 이와 같은 말도 안 되는 시련을 맞이하게 만든 하늘을 향해 원망의 눈물을 흘렸다.

"으악!"

"크아악!"

이곳저곳에서 피[血]가 튀고 살[肉]이 튄다.

그리고 젊은 육신들이 서로 뒤엉키며 쓰러져 가는 일진일퇴의 대격전.

졸지에 잡방 창립 삼 주년과 비무기의 생일로, 매우 경사스런 잔치가 벌어지던 중사의 은빛 백사장은 이렇게 피로 물들어가고 있었다.

비무기의 피눈물과 함께…….

*　　　　*　　　　*

콰두두두! 두두두!

두 대의 쌍두마차가 막부산 추마봉의 협곡(峽谷) 사이를 무섭게 달려나오고 있었다.

두 대의 마차마다 십여 개의 마대 자루가 혹시라도 달리는 외중에 떨어지는 일이 없도록 끈에 단단히 묶여 있었다.

"이럇! 이럇!"

열심히 채찍을 휘두르며 선두의 쌍두마차를 몰고 있는 사내와 뒤따르는 사내. 그들은 바로 만금천부의 보물을 취한 무대붕과 광한이었다.

'낄낄. 자식들, 출동하면서 고맙게도 말 네 필은 남겨두다니.'

무대붕은 녹림흑맹단 패거리들의 기가 막힌 안배가 너무도 고마울 따름이었다.

만금천부가 남긴 보물인만큼 상당할 거라고는 예상했지만 이토록 어마어마할 줄은 정말 몰랐다. 때문에 운반이 걱정스러웠는데 다행스럽게도 마구간엔 네 필의 말이 남아 있던 것이 아닌가!

보물은 모두 마대 자루에 쓸어 담고 두 필씩 말을 묶은 두 대의 쌍두마차로 이렇게 편안하게 녹림흑맹단을 빠져나오고 있는 것이었다.

'그나저나 쓰레기 같은 녹림비적 놈들과 재수없는 잡방 놈들은 지금쯤 서로 피 튀기며 싸워대고 있겠지?'

문득 그 생각을 하니 무대붕의 기분은 더욱 기쁘고 미치도록 행복했다.

'낄낄, 누가 이기든 상관없으니 열심히 싸워라. 웬만하면 이 기회에 두 패거리 몽땅 사라지면 더욱 좋고.'

콰두두두!

두 대의 쌍두마차는 계속 미친 듯이 질주했다.

그리고 도저히 주체할 수 없는 무대붕의 감격에 겨운 음성이 좁은 협곡 사이로 울려 퍼졌다.

"아버지! 이 아들 대붕이가 보물 먹었어~ 만금천부의 보물을 먹었다구~ 움하하하핫~"

제7장

각하의 진면목

각하의 진면목

칠흑 같은 어두운 요동(遼東)의 밤.

뎅. 뎅. 뎅.

요동의 패자(覇者)인 모용세가(慕容世家)의 외곽 곳곳에 설치한 비상 종소리가 진동하기 시작했다.

그와 동시에 이곳저곳에서 사내들의 다급한 외침이 퍼져 나왔다.

"오환족의 기습이다!"

"모두 위치로! 모두 신속하고 침착하게 움직여라!"

사내.

나이는 삼십 대 중반 정도로 보였다.

시리도록 흰 피부에 갸름한 얼굴, 굵은 눈썹은 가늘고 긴 호선을 그리며 두 눈은 크고도 깊었다. 이목구비의 윤곽도 더할 나위 없이 섬세하고 부드러웠다. 한마디로 여성적인 아름다움을 느끼게 하는 얼굴을 가진 이 사내.

무적쾌검(無敵快劍) 모용걸(慕容傑).

바로 모용세가의 젊은 가주이자 요동을 삶의 터전으로 삼고 있는 삼만 모용족의 지도자였다.

그는 지금 매우 차갑고도 차분한 모습으로 검을 갈고 있었다.

백룡신검(白龍神劍). 그로 하여금 자신을 단 한 번의 패배도 용납치 않도록 만든 사랑스런 애검이었다.

전투에 앞서 검을 가는 건 그의 오랜 습성이었다. 검을 갈 때마다 그의 마음은 차분히 가라앉았고, 침착해야만이 승리를 낚을 수 있다고 그는 절대적으로 믿어왔다.

그때였다. 군사(軍師) 파상천이 다급한 표정으로 가주전을 열고 들어왔다.

"가주님, 오환족의 기습입니다!"

번쩍!

모용걸은 문득 검을 자신의 얼굴 앞에 우뚝 세운다.

유등 불빛 아래 푸르스름한 역광이 그의 얼굴에 짙은 음영을 만들었다.

"왔다면… 물리쳐야지."

모용걸은 검집에 검을 꽂으며 천천히 일어났다. 그리고 그는 더 이상 차가울 수 없는 냉정한 표정으로 가주전을 나섰다.

삐이익— 펑!

어디선가 폭죽을 단 한 발의 향전(響箭)이 소리를 내며 치솟아오르더니만 밤하늘에서 불꽃이 터졌다.

향전이란 몸통 중간에 구멍을 낸 화살이다. 향전이 시위를 떠나면 공기와 요란한 마찰을 일으키며 흡사 호각과도 같은 소리를 낸다.

향전이 울리고 밤하늘에 폭죽이 퍼져 나가는 것과 동시에 오환족의 대대적인 기습 공세가 시작되었다. 폭죽을 매단 향전은 바로 오환족의 공격 신호였던 것이다.

쾅두두두!

"와아아아!"

모용세가의 정문을 비롯하여 동문, 서문, 남문, 북문, 그리고 소팔문(小八門)을 향해 오환족의 자랑이자 그들의 선발대인 무적 철갑 기병대가 질주하기 시작했다.

쐐애액!

"으아악!"

"크악!"

철갑 기병대는 무적의 용사들답게 각 문 위에서 그들의 진입을 막는 모용세가 제자들의 강력한 제지를 너무도 쉽게 제압해 버렸다.

쾅쩌저적!

북문을 필두로 크고 작은 열세 개의 문이 차례로 붕괴되었다.

그리고,

그때부터 엄청난 피와 죽음의 대제전(大祭典)이 시작되었다.

쾅두두두!

열세 곳의 문을 부수고 거침없이 쳐들어오는 오환족의 철갑 기병대들.

"와아!"

"우와와!"

그리고 그 뒤를 이어 흡사 성난 이리 떼처럼 몰려들며 세가 내의 모용족들을 향해 달려드는 토벌대들.

차앙! 챙!

카카각! 캉!

세가 내의 모용족 무사들은 일사불란하고 정연한 움직임으로 기습자들을 정면으로 맞받아 치며 대항했다.

그러나 오환의 기습자들은 치밀했다. 그들은 오늘의 기습을 위해 이미 수십 차례의 예행 연습을 마친 상태였다.

"오늘로 요동의 주인은 우리 오환족이 될 것이다! 가주 모용걸은 쓸데없이 부하들을 희생시키지 말고 순순히 투항하라!"

"헛소리! 우리 모용족은 요동의 맹주다! 그 어떤 놈들의 침입도 용서치 않을 것이다!"

"와! 와!"

난전을 부추기는 요란한 함성.

"으아악!"

"캐애액!"

생을 마감하는 처절한 단말마의 비명.

까깡! 차앙!

검과 칼, 창과 도끼들이 맞부딪치는 날카로운 금속성의 소음.

푹! 우두둑!

각종 살인 병기들이 살[肉]을 꿰뚫고 뼈[骨]를 으스러트리는 섬뜩한 소리.

각기 다른 여러 소리가 암천(暗天) 아래 뒤엉키며 모용세가의 연무장을 시산혈해(屍山血海)로 만들어가고 있었다.

“…….”

젊은 가주 모용걸은 자신의 수하들이 좀처럼 수세(守勢)를 벗어나지 못하고 있건만 얼굴엔 그 어떤 변화도 없었다. 너무도 무덤덤했고 무표정했다.

그는 이미 느끼고 있었다, 이미 자신의 수하들은 기가 꺾인 반면 오환족의 토벌군과 철갑 기마대는 시간이 흐를수록 기가 살아나고 있다는 것을…….

무릇 대규모 전투에서 승패(勝敗)를 결정하는 건 바로 군사들의 기(氣)다.

때문에 기가 꺾인 이런 상태로 싸움이 지속된다면 그 결과는 불을 보듯 뻔할 뿐이다. 군사들의 기를 되살리면서 상대의 기를 꺾기 위해선 계기를 만들어야 한다. 일거에 역전할 수 있는 확실한 계기를…….

“……!”

순간, 부서진 정문 쪽을 응시하던 모용걸의 눈빛이 마치 먹이를 발견한 독수리처럼 번뜩였다.

'나타났군.'

그의 눈동자에 번쩍이는 금관과 금갑을 한 사내와 사자 갈기 같은 구레나룻에 수염을 한 오십 대 후반의 장수가 말을 탄 채 천천히 들어오고 있는 모습이 박혔다.

오환족의 하늘인 야율노극과 충성심으로 무장한 기병대장군 오록호리였다.

문득 모용걸의 입가에 비릿한 미소가 스쳤다.

그가 기다리던 대상이 드디어 나타난 것이다. 수하들의 기를 되살리고 상대의 기를 꺾게 만들 수 있는 유일한 대상이.

"당신이 바로 철패왕 야율노극인가?"

"훗! 날 기다리고 있었는가?"

야율노극은 미소까지 지으며 여유를 보였다.

"물론이지. 꽤나 먼 곳에서 찾아온 손님인데 어찌 아무렇게나 대접할 수 있겠나?"

"그래서 나를 직접 맞이하시겠다?"

"후후, 경험 많은 침략자답게 눈치도 아주 빠르군."

모용걸은 힘차게 애검을 뽑아 들었다.

그의 얼굴만큼이나 투명하고 숫처녀의 허벅지처럼 매끄러운 무적신검이 달빛 아래 모습을 드러냈다.

"각오하게, 야율노극! 요동이란 곳이 결코 먹기 좋은 떡이 아니라는 것을 가르쳐 줄 테니까."

그와 동시에,

파츠츠츳!

모용걸의 무적신검이 순백의 광망(光芒)을 뿌리며 야율노극의 사위를 강력하게 압박해 들어갔다.

오록호리가 황급히 방천화극을 뽑아 들려 하는 순간 야율노극이 그를 가볍게 제지하였다.

"나를 직접 맞이하겠다고 기다린 친구야. 성의를 봐서라도 내가 상대를 안 할 수가 없지."

음성과 함께 야율노극의 오른손이 민첩하게 움직이며 허리춤에서 그의 독문병기인 파천혈도(破天血刀)를 뽑아 들었다. 그리곤 지체없이 마상에서 도약했다. 야율노극은 무지개와도 같은 현란한 도기(刀氣)를 뿌리며 모용걸의 무적신검과 맞부딪쳤다.

카가가각!

동공을 파열시킬 것만 같은 불꽃들이 허공을 수놓았다.

팽팽하던 검광과 도기의 격돌은 야율노극의 몸이 허공에서 둘로 갈라지는 것과 동시에 균형을 잃었다.

"이, 이형환격술(二形幻擊術)?!"

예상치 못한 야율노극의 환술에 모용걸의 안색이 급변했다.

이형환격술!

사람의 몸이 둘로 보이는 일종의 환술이다.

이 술법을 시전하기 위해선 무엇보다도 기쾌무비한 초절정의 보법(步法)과 신법(身法)을 펼칠 수 있는 능력이 있어야만 가능하다. 보법의 경지에 따라 사형환영, 심지어는 팔형환영까지 가능할 수 있다고 한다.

하지만 이런 환술은 과거 전설 속에서나 가능했던 무술이었을 뿐 당금 무림에서 그와 같은 환술을 쓰는 사람이 있다는 애긴 누구도 들어본 적이 없었다.

'이, 이럴 수가! 놈의 무술이 이렇게까지 가공하다니……'

모용걸의 얼굴에 식은땀이 흐르기 시작했다. 야율노극을 꺾음으로써 기울어진 전세를 역전하고자 했던 그의 의도가 빗나가고 있는 순간이었다.

"흐흐흐. 모용걸, 자네에게 환영술과 도의 진수를 보여줄 테니 염라대왕 앞에 가서 애기 똑바로 하게. 바로 이것 때문에 왔다고."

야율노극은 극도로 당황하며 후퇴하는 모용걸을 향해 그림자처럼 접근해 갔다. 아울러 그는 달리는 기세 그대로 몸을 회전시키며 파천혈검을 전개해 나갔다.

휘스스스!

이럴 수가?

이번엔 회전하는 그의 몸이 넷으로 분리되는 게 아닌가!

그리고 네 명의 똑같은 야율노극은 똑같은 동작으로 모용걸을 향해 짓쳐들고 있으니.

"헉!"

모용걸은 헛바람을 들이키더니 전력을 다해 허공으로 솟구쳤다.

"후후훗, 자네가 피할 곳은 저승밖에 없네!"

야율노극은 냉소를 치며 모용걸을 따라 비상했다. 집요하게 계속 따라붙는 사인의 야율노극이었다.

파격(破擊)!

야율노극으로 하여금 야망에 불을 지핀 변황 최고의 마천삼십육도식(破天三十六刀式) 중 가장 화려하고 미학적이라는 십팔 번째의 도식인 파격이 펼쳐졌다.

번쩍!

검은 공간 사이에 빛이 폭사했다. 그건 서글프도록 아름다운 월광(月光)이었다.

"커허억!"

그리고 월광 사이로 젊은 나이에 요동의 맹주로 군림했던 아름다운 사내의 생의 마지막 비명이 울려 퍼졌다.

"……."

장내의 혈전은 어느새 중단되어 있었다.

그렇지 않아도 가뜩이나 비세였던 모용족 무사들은 요동의 맹주이자 가주인 모용걸의 죽음을 바라보며 싸워야 할 마지막 의지까지도 꺾이고 말았다.

그런 모용족 무사들을 향해 야율노극은 단호한 일성을 터뜨렸다.

"모두 무기를 버려라! 우리가 취하고자 하는 건 너희들의 목숨이 아니다! 투항을 하는 자에겐 자비를 베풀겠지만 끝까지 저항을 하겠다면 그 일족까지 찾아내어 씨몰살을 시키리라!"

그걸로… 끝이었다.

의지가 꺾인 모용의 무사들은 이미 승패가 확정된 전투에 의미없이 생명을 던지기보다는 가족이라도 살리겠다는 씁쓸한 심정으로 창과 검을 천천히 내려놓기 시작했다.

오환족!

그들은 결국 수백 년 동안 맹주로 군림해 온 모용세가를 짓밟으며 중원 진출의 진입로인 요동을 접수했다.

충격!

모용세가의 멸망은 강호에 두 발을 딛고 살아가는 사람들에게 실로 엄청난 충격을 가져다 주었다.

그 어떤 변화에도 전혀 흔들림없었던 요동의 맹주가 단 하룻밤 사이에 이름도 낯선 오환족에게 궤멸됐다는 소문을 누가 쉽게 믿을 수 있겠는가!

하나 진실은 결국 밝혀지는 법.

사람들은 오래지 않아 모용의 젊은 가주인 모용걸이 오환족의 철패왕 야율노극에게 무참한 죽임을 당했다는 소식과 남아 있는 모용의 무사들이 그에게 충성을 맹세했다는 사실을 알게 되었다.

그러나 세인들은 더 이상 알지 못했다.

철패왕 야율노극이 결코 요동만으로 만족할 인물이 아니라는 것을……

＊　　＊　　＊

황궁.

황궁도 충격에서 예외가 될 수는 없었다.

아니, 오히려 일반인들보다도 그들이 느껴야 할 충격의 강도는 훨씬 강했을 것이다. 그들은 점차 남하하는 오환족의 행보가 심상치 않다는 것을 예전부터 예의 주시하던 입장이 아니던가!

하여 아침부터 황제의 집무실인 천붕전에는 몇몇 대신과 대장군들이 매우 심각한 표정으로 부복하고 있었다.

"폐하! 놈들이 아무리 모용족을 내치고 새로운 요동의 맹주가 되었다고는 하지만 그래 봤자 변방의 작은 사건일 뿐입니다."

구 척 거구에 백발 수염을 바닥까지 늘인 대장군 관룽(關隆)이 대수롭지 않다는 표정으로 말을 꺼냈다.

"본시 크고 작은 싸움이 끊이지 않는 곳이 바로 동북 변방입니다. 패해서 물러났다가도 기력만 회복되면 또다시 전쟁을 일으키는 아주 호전적인 특성을 갖고 있는 게 바로 동북쪽의 오랑캐들인만큼 가히 염려하실 것은 없다고 사료됩니다."

"물론 대장군의 말도 일리가 있사오나 이번 오환족의 경우는 절대 그렇지가 않사옵니다."

수염이 없는 오십 대의 사내가 근심 어린 표정으로 입을 열었다. 황궁의 내관 출신으로 황실 비밀 정보 조직인 천위위의 대영반을 겸임하고 있는 담일기였다.

"그렇지 않다니? 그럼 담 태감은 그 자식들이 우리 중원을 넘볼 수도 있다는 얘기요?"

관륭이 어이없다는 표정으로 담일기를 쳐다보았다.

"충분히 그럴 가능성이 농후합니다."

담일기는 차분하면서도 결코 감정이 실리지 않은 음성으로 말을 이었다.

"그동안 우리 천위위에서 조사한 결과, 오환족은 그동안 세하국과 모갈국을 비롯하여 작금의 모용족까지 무려 다섯 개의 소국과 세 부족국을 궤멸시켜 왔습니다."

"그래서 이번엔 우리 중원을 노린다 이거요?"

"놈들이 접수한 국가들을 보십시오. 가장 북단에 있는 세하국부터 출발하여 마침내 중원의 진입인 요동까지 진출했습니다. 이제 그들의 다음 목표는 중원뿐입니다."

"나원 참! 살다 보니 별소릴 다 듣는구먼. 그깟 오랑캐 놈들이 주변의 작은 소국 몇 개를 접수했다고 중원까지 넘볼 수 있다고 생각하는 그 발상이 정말 기가 막혀 말이 안 나온다니까요. 푸하하핫!"

관륭이 어이없다는 듯 껄껄거리며 크게 웃었다.

영중제가 미간을 찌푸렸다.

"대장군."

순간 관륭이 움찔했다. 황제 앞에서 그토록 크게 웃어 젖힌다는 건 이만저만한 결례가 아니다.

"죄, 죄송합니다, 폐하."

"담 태감은 천위위의 대영반이오. 때문에 그의 정보는 거의 정확하다고 봐도 과언이 아니라고 짐은 생각하오."

"폐, 폐하! 감히 어떻게 오랑캐 놈들이 우리 대중원을 넘볼 수 있겠습니까?"

"변방의 오랑캐들은 예전에도 기회만 있으면 우리 중원을 노렸소."

"물론 그렇긴 했었죠. 하지만 그때마다 우린 막아냈고 그로 인해 놈들의 전력은 심한 타격을 받은 나머지 오히려 주변국들에게 짓밟히지 않았습니까? 하하!"

대장군 관룡은 매우 자신있는 음성으로 껄껄거렸다.

"때문에 놈들이 본분을 망각하고 서툴게 난(亂)을 일으킨다면 우리의 강력한 응징에 의해 오히려 자기들이 패망(敗亡)의 지름길로 간다는 걸 누구보다도 잘 알고 있을 겁니다."

"하면 대장군은 지금 우리의 국력이 그들의 침공을 간단히 궤멸시킬 만큼 강성하다고 생각하시오?"

"무, 무슨 뜻인지?"

"우린 서융과의 칠 년 전쟁으로 이미 국가 재정이 엉망이 되어 있소. 게다가 계속되는 홍수와 가뭄으로 백성들에게 세금 또한 제대로 거둘 수 없는 실정이오. 그런 저런 이유로 국방비 증가는커녕 군사들이 먹는 군량미도 부족한 판국에 그들이 만약 침공해 오면 과연 쉽게 막아낼 수 있냐 이 말이오, 내 말은."

나직했으나 힐난에 가까운 음성이었다. 관룡은 자신도 모르게 식은 땀을 흘렸다.

"아, 아무리 그동안 크고 작은 이유로 국력이 많이 약해졌다고는 하나… 설마 변방의 오랑캐들 따위가 함부로 생각할 만큼 우리의 국방이 허약하겠습니까?허허."

관룡은 어색하게 웃었다.

"대장군은 지난번 서융과의 전쟁에서 그렇게 혼나놓고도 아직껏 설마를 입에 달고 있소?"

영중제의 단호한 일갈에 관룡의 얼굴이 흙빛으로 탈색되었다.

그는 그럴 수밖에 없었다.

지속적으로 영토 분쟁을 일으키며 신경을 거슬리게 하는 서융국을 상대로 적당히 타협하자는 온건론자들을 물리치고 빠르면 일주일, 최대한 길어봐야 보름이면 충분히 항복을 받아낼 수 있다며 앞에 나서서 가장 강경하게 전쟁을 주창한 게 바로 자신이기 때문이었다.

그런 이유로 아무리 낙천적으로 어전 회의를 주도하다가도 서융의 '서' 자만 나오면 관룡은 자라목처럼 목을 움츠리고 입을 꽉 다물 수밖에 없는 처지가 됐다.

"그때 만약 특전총사(特戰總師) 북궁월이 서융국의 왕을 인질로 잡아 전쟁을 종식시키지 않았다면 지방 호족(豪族)들이 들고 일어나던가 민란(民亂)을 일으켰을 테고, 그렇게 되면 조정의 안위까지도 매우 위태로웠을 것이오. 아니 그렇소?"

"…예, 폐하."

관룡은 영중제가 겨우 들을 수 있을 만큼 덩치와 어울리지 않는 작은 소리로 겨우 대답했다.

"폐하."

"말하라, 담 태감."

"얼마 전 저희 천위위에선 백성에게 부담을 주지 않고도 부족한 국방비를 충당할 수 있는 정보를 하나 입수했습니다."

순간 시종 어두웠던 영중제의 안색이 밝게 펴졌다.

"뭐라? 백성에게 부담을 주지 않고도 그럴 수 있는 방법이 있다고?"

"그렇습니다, 폐하."

"어서 말하라, 그것이 뭔지를."

"혹시… 만금천부라고 들어보셨습니까?"

"그자는 오호십육국 시대 때 엄청난 재산을 보유했었다는 전설적인 거부가 아닌가? 한데 난데없이 그자는 왜?"

영중제는 더욱 궁금했다.

대장군 관룡과는 달리 단 한 번도 실없는 소리를 해본 적이 없는 담일기였다. 그런 그가 전설 속의 이름을 꺼냈을 땐 그만한 이유가 있을 것이라 믿어 의심치 않았다.

"만금천부는 죽으면서 자신의 재산이 숨겨져 있는 보물 지도 하나를 후손에 물려준 모양이었는데, 어찌하다가 운 좋게도 개방이라는 강호의 거지 방파의 젊은 방주가 그 보물 지도로 엄청난 만금천부의 보물은 모두 취했다지 뭐겠습니까?"

"오~ 그게 사실인가!"

영중제는 마치 콱 막힌 체증이 내려가듯 한순간에 속이 시원해짐을 느꼈다.

그로 하여금 늘 가슴을 짓누르게 만들었던 부족한 국방비.

만금천부가 남긴 그 엄청난 재산이라면 당연히 그 고민을 일거에 해결할 수 있을 것이라고 믿었기 때문이다.

무대붕!

과연 그는 이 사실을 알고 있을까?

그가 그토록 보안 유지를 철저히 했음에도 황궁의 비밀 정보망에는 그의 보물 입수 사실이 잡혔다는 것을.

아무튼 아무리 노력을 해도 세상에 비밀은 없는가 보다.

*   *   *

"동팔(東八)아! 각하 어딨냐?"

광한은 방주의 집무실인 풍류각의 문을 열고 나오며 나무 그늘에서 꾸벅꾸벅 졸고 있는 십대 후반의 젊은 거지를 불렀다. 동팔은 풍류각의 전담 청소부였다.

"아아아함~ 오늘 종일 못 뵈었는데요."

동팔은 목젖이 다 드러나도록 늘어지게 하품을 하며 대답했다. 때마침 사업단장인 상천만이 풍류각 앞을 지나가고 있었다.

"천만아! 각하 못 봤냐?"

"글쎄요, 아까 각하의 개인 연무실(鍊武室) 쪽으로 들어가시는 걸 보긴 봤는데."

연무실.

총단만 해도 무려 삼천삼백 명이란 대식구가 부대끼며 살아가고 있는 터라 개방 내에는 크고 작은 열여덟 개의 연무실이 있었고, 그중 방주의 개인 연무실은 오로지 방주만이 들어갈 수 있도록 되어 있었다.

사방이 모두 백 장의 규격으로 정사각형 모양을 하고 있는 방주의 개인 연무실.

그곳의 중앙엔 지금 무대붕이 있었는데.

오오! 설마 공중 부양?

무대붕은 두 눈을 지그시 감고 가부좌를 튼 모습으로 허공에 둥실

떠 있는 게 아닌가! 그것도 아주 오랜 시간 동안을!

아무리 공력이 심후한 무림의 고수라 할지라도 앉은 자세로 공중 부양을 하기란 쉽지가 않다고 한다.

하물며 찰나도 아닌 저토록 오랜 시간 동안 허공에서 같은 자세를 유지할 수 있다는 인물이 있다는 얘기는 무림의 역사가 시작된 이후 단 한 번도 들어본 적이 없었다. 한데 무림 초유의 장시간 공중 부양을 지금 무대붕이 하고 있다니!

그렇다면 무대붕의 공력은 무림 역사가 시작된 이후 최고의 수준이라고 해도 분명 과언은 아닐 것이다.

하나, 무대붕의 장시간 공중 부양에 대한 해답은 오래지 않아 곧 나왔다. 그는 지금 공중 부양이 아닌 삼 장 정도 되는 죽봉을 수직으로 세워놓고 그 위에 가부좌를 틀고 앉아 있는 것이었다. 멀리서 보면 마치 공중 부양으로 현혹될 수 있는 그런 모습으로.

그런데 삼 장 정도의 길이에 이끼가 낀 것처럼 푸르스름한 청록색의 죽봉!

맙소사! 그것은 다름 아닌 개방 방주의 신물인 건곤타구봉(乾坤打拘棒)이 아닌가!

역대 개방의 방주가 후대의 방주에게 물려줌으로써 그가 새로운 신임 방주임을 입증할 수 있는 황궁의 옥새만큼이나 소중한 개방의 신물이었다.

개방인들은 단지 건곤타구봉만 봐도 하던 일을 멈추고 최고의 예를 갖추어야 한다는 개방 최고의 신물이거늘, 그렇듯 소중한 건곤타구봉을 무대붕은 지금 냄새나는 엉덩이 밑에 깔고 앉아서 뭔 짓을 하고 있는 것인가?

아무리 연공을 위해서라지만 굳이 건곤타구봉으로 저럴 필요가 있을까? 지천에 널린 게 저런 모양의 몽둥이일 텐데.

'마음[心]과 뜻[意]이 합하니… 정(情)과 기(氣)를 이루고… 교(巧)와 신(神)으로 귀결되노니… 이를 제마건곤무적절예(制魔乾坤無敵絶藝)라 하며… 이는 이백팔십팔 건곤타구식의 최고 봉결이 되리라.'

눈을 감고 있는 무대붕의 표정은 자못 심각했고 그의 몸에선 호신강기가 안개처럼 발산되고 있었다.

'정(靜). 건곤타구봉을 펼칠 때 가장 중요한 것은 그 무엇에도 흔들리지 않는 자세이니 이를 정이라 한다. 부동에 이르러 건곤타구봉을 전개하는 것은 형(形)이라 하고, 가장 중요한 것은 빠름[快]이리라. 빠름이 지나면 변(變)이고, 변은 용(湧)을 쓰고, 연(連)으로 이어지리라. 연은 반(班)으로 돌고, 반은 격(擊)으로 이어지며, 그 강(剛)에 있어 깨지지[破] 않는 것은 없으리라.'

후욱! 후우욱!

안개와도 같은 호신강기와 함께 무대붕의 얼굴에선 서서히 땀방울이 맺히고 있었는데,

"……!"

그 순간, 꽤 오랫동안 마치 깊은 잠에 빠진 듯 굳게 닫혀져 있던 무대붕의 눈이 부릅떠졌다.

눈!

공중 부양과도 같은 자세로 운기조식을 끝낸 그의 눈에선 평소 맛이 간 동태와도 같은 흐리멍덩함은 사라지고 얼음처럼 차가운 빛이 폭사되었다.

"차앗!"

무대붕의 입에서 한 가닥 폭갈이 터지며 가부좌를 틀고 앉아 있던 그의 몸이 허공에서 거꾸로 빙글 회전을 했다. 그러면서 그는 수직으로 세워져 있던 건곤타구봉을 움켜쥐며 현란한 봉무(棒舞)를 펼쳐 나가기 시작했다.

제마건곤무적절예.

첫 초식인 봉타쌍견에서부터 마지막 초식인 천하무구까지 모두 삼십육로 봉법으로 이 초식들이 반(反), 벽(劈), 전(轉), 착(錯), 도(到), 인(引), 봉(封), 전(纏)으로 이루어진 여덟 개의 구결과 합하여 무려 이백팔십팔 가지라는 엄청난 기본 초식을 근간으로 하고 있는 무공.

오직 천하에서 단 한 사람, 개방의 방주만이 시전할 수 있는 무공이기도 한 제마건곤무적절예.

때문에 개방의 방주가 그 무술을 시전하지 않는 한 사람들은 그 위력이 어떤지, 도대체 어떤 식으로 전개되는지 전혀 알 길이 없었다.

이백팔십팔 가지의 초식이 독립되어 있질 않고 모두 연계되어 있을 뿐만 아니라 임기응변에 변칙적인 성격이 강한 탓에 정상적으로 제마건곤무적절예가 펼쳐진다면……

아마도 막을 수 있는 자는 거의 없을 것이다.

파츄츄츄웃!

무대붕은 정사각형의 공간을 온통 녹광으로 수놓으며 계속 봉무를 추고 있었다.

"헛허! 굼벵이도 기는 재주는 있다더니만 아무리 글을 가르쳐 줘도 까막눈을 벗어나지 못하던 녀석이 무공만큼은 그리도 습득이 빠른지."

녹광의 봉무 속에서 아버지 무천승의 너털웃음이 들리는 듯했다.

"네놈은 정말 타고난 무재(武才)다. 하나를 가르쳐 주면 열 이상을 깨닫다니, 이 아비는 물론 역대 그 어떤 개방의 방주도 제마건곤무적절예만큼은 제대로 깨우치지 못했다고 했거늘, 네놈은 어찌 그리도 쉽고 편하게 시전하는 것인지, 정말 기가 막힐 따름이다."

개방의 전통상 반드시 글이 아닌 구두(口頭)로 전수하며 어떠한 경우에도 비급으로 남겨둘 수 없다는 제마건곤무적절예.

"타고난 개방 거지 팔자로다. 만약 다른 일반 무림 문파처럼 구두가 아닌 비급으로 무공을 전수시키는 것이었다면 어찌할 뻔했겠느냐? 네놈이 아무리 멋 부리고 유식한 척하길 좋아해도 넌 어쩔 수 없는 거지 문파의 방주감이다. 게다가 네놈의 잔머리는 또 어찌 그리도 잘 도는지 문득문득 이 아비가 감탄할 때가 여러 번이라니까. 허허헛~"

그 순간,
칵! 카가각!
단단하기가 최고라는 백양석(白陽石)의 석벽이 건곤타구봉에서 뻗쳐 나오는 강기(罡氣)에 의해 사방으로 파편들이 튀어 나갔다.
잠시 후, 녹광의 강기가 사라지자 무대붕은 건곤타구봉을 밑으로 내리고 석벽에 남아 있는 봉흔(棒痕)을 세어보았다.
"하나, 둘… 이백팔십육."
무대붕의 인상이 구겨졌다.

"이런 쓰불~ 두 개가 또 어디로 도망간 거지? 매번 한두 개가 꼭 빠진다니까."

그게 불만이었다, 정확히 이백팔십팔 개의 봉흔이 있어야 했는데 두 개가 없다는 사실이.

하나 쇠도끼로도 흠집을 낼 수 없다는 백양석에 일개 죽봉에 불과한 건곤타구봉으로 저와 같은 흔적을 만들 수 있다는 건 그 자체만으로도 무대붕의 무공이 어느 정도의 경지인지는 가히 미루어 짐작할 수 있으리라.

텅!

무대붕은 수건으로 땀을 닦으며 연무실의 문을 닫고 나왔다.

"얼래?"

그는 연무실 바로 앞에 팔짱을 낀 상태로 자신을 노려보며 서 있는 광한을 발견했다.

"임마, 여기서 뭐 해?"

"뭐 하긴. 보면 몰라? 너무도 신용있고 책임감있는 우리 잘난 각하를 기다리고 있었다."

"……?"

무대붕은 의아했다. 그리고 이내 기분이 더러워지기 시작했다.

모처럼 무공을 연마하고 개운한 기분으로 연무장을 나서는 자신을 수하란 놈이 기다린 것까진 좋았는데 내뱉는 첫마디가 빈정거림이라니.

"어째 말이 상당히 불경스러운데?"

"흥! 그럼 수하와 한 약속도 지키지 않는 그런 각하에게 경의를 표하라는 거야?"

계속 비비 꼬아대는 광한의 말투에 무대붕은 인상을 쓰며 버럭 소리를 질렀다.

"임마! 도대체 내가 너랑 무슨 약속을 했는데?"

"얼씨구? 아예 무슨 약속을 했는지조차도 모르네?"

"오냐! 모른다! 그러니까 그만 이죽거리고 왜 그러는지 읊기나 해!"

"내가 미쳤지. 이렇게 약속을 개똥으로 취급하는 이런 사람이랑 약속을 하다니."

"얼씨구? 사람? 이게 정말 막 나가기로 작정을 했나?"

무대붕은 점점 더 흥분하기 시작했다.

광한이 비교적 예절이 없긴 했지만 그래도 수하로서의 범주는 단 한 번도 벗어나질 않았다. 한데 지금은 그게 아니었다. 각하인 자신더러 이 사람, 저 사람 하질 않는가!

무대붕은 머리 꼭대기까지 치솟는 흥분을 억지로 가라앉히며 냉막한 음성을 흘렸다.

"한 가지만 묻겠다. 내가 누구와 동격이냐?"

"약속을 개똥으로 아는 멍멍이와 동격일걸?"

'뭐, 뭐라구?!'

전혀 예상치 못한 답변이었다. 무대붕이 눈썹을 역팔 자로 꿈틀거리며 냉막한 음성으로 그와 같은 질문을 했을 땐 광한이 긴장한 표정으로 의당 해오던 대답이 있었다.

"시, 신(神)이랑 동격이지."

"그럼 나는 신과 어떤 관계냐?"

"말을 놓을 수 있고… 마음에 드는 여자가 있으면 서로 소개를 시켜줄 수
가 있는 그런 막역한 사이."

식은땀을 흘리며 이런 대답을 해온 게 그간의 관례였다. 한데 신이
아닌 멍멍이랑 동격이라니?
'대체 이 자식이 왜 이렇게 망가졌지? 똥오줌 못 가릴 놈이 결코 아
닌데?'
너무도 강력한 광한의 도전에 무대붕은 머리가 복잡해졌다.
기강을 잡는 것도 중요하지만 그보다 먼저 원인을 아는 게 순서였
다. 웬만한 놈들 같으면 순서고 뭐고 필요없이 기강부터 잡았겠지만
광한은 그런 웬만한 수하가 아니었다.
"임마, 도대체 왜 그래? 뭐가 불만인데? 말을 하라구. 말을 해야 알
것 아냐?"
늘 자신의 부족한 부분을 채워주는 절대적으로 필요한 보물 같은 수
하였기에 다혈질인 무대붕도 억지로 성질을 죽이며 인내할 수 있었다.
"정말 몰라?"
"어허, 알면 내가 굳이 왜 묻겠냐? 입 아프게?"
"보물!"
"……?"
"불우한 이웃들을 위해 쓰기로 약속했으면 어서 그렇게 사용할 것이
지 왜 자신만 아는 비밀 창고에 숨겨놓는 거야? 어째서?"
'끄으응~'
무대붕의 표정은 참담하게 일그러졌고 신음 소리는 차마 밖으로 표
출되지 못한 채 안으로 삭여 들어갔다.

보물의 용도!

광한이 이처럼 완강히 항명하는 이유는 바로 그것이었다.

그 부분에 대해선 아무리 각하라고 할지라도 무대붕은 할 말이 없었다. 자기 입으로도 그렇게 하겠다고 분명히 약속하질 않았던가?

하지만 할 말이 없다고 그대로 인정할 무대붕은 결코 아니었다.

"허허, 난 또 뭐라구."

무대붕은 칠십 대 노인네가 손자를 대하듯 자애로운 표정으로 껄껄거렸다.

"네가 뭔가 단단히 오해를 한 모양인데, 난 결코 약속을 어기지 않았어."

"약속을 어기지 않았다구?"

광한은 무대붕의 태연함에 어이가 없었다.

"자신만의 비밀 창고에 보물을 숨겨놓고도 뻔뻔스럽게 그런 말이 나와?"

"그래, 창고에 숨겨놓은 건 사실이다. 하지만 그게 뭐가 잘못됐다는 거냐?"

무대붕은 계속 매우 진지한 표정으로 입을 열어갔다.

"도둑이 훔쳐 갈 수도 있으니까 나만 아는 비밀 창고에 일단 보관해 둔 후, 난 그것을 불우한 우리 개방 식구들을 위해 조금씩 풀어 나갈 계획이다."

띵!

광한은 잠시 할 말을 잃었다. 전혀 예측치 못한 답변이었다.

"누, 누굴 위해서 사용하겠다구?"

"우리 개방 식구들."

"그건 약속이 틀리잖아?"

"뭔 소리야? 세상에 거지보다 불쌍한 사람이 어딨다고?"

문득 무대붕의 눈가에 눈물이 고였다.

"너는 모르겠지만… 그동안 난 개방의 총수인 각하로서 불쌍한 거지새끼인 나의 동지들을 보면서 남몰래 엄청 많은 피눈물을 흘리곤 해왔다."

"……."

"나한테 돈만 있으면 우리 동지 거지들에게 좋은 옷 한 벌씩 모두 입혀주고, 비싼 소고기 생등심에 갈비도 먹여주고, 물 좋은 기루로 데려가서 기녀들 끼고 술 한 잔씩 먹여도 주고, 장가도 보내주고, 해외 여행도 보내주고… 아무튼 여러 가지 다 해주고 싶었는데 그놈의 돈이 없어서… 마음만 갖고 있었지 행동으로 옮긴 게 아무것도 없었거든."

"……."

"하여 그 보물로 진짜 이 세상에서 가장 불쌍한 우리 거지 동지들을 위해 사용할 것이다. 진짜루~"

훌쩍!

무대붕은 자신의 말에 스스로 감동을 받았는지, 아니면 탁월한 연기력 때문인지 아무튼 눈물에 누런 콧물까지 흘리고 있었다.

"……."

광한은 무대붕의 놀라운 임기응변에 기가 막히다 못해 존경심(?)까지 생겨났다.

물론 말인즉, 모두 맞는 얘기다. 불쌍한 거지를 위해 쓰겠다는 데 어찌 반론이 있을 수 있겠는가?

하나 무대붕이 누군가?

임대업을 비롯하여 고리대금업에 해결업 등 돈이 생기는 일이라면 온갖 잡스러운 일도 마다 않고 주머니를 챙겨온 사람이 바로 무대붕이다.

자기는 늘 부잣집 막내아들처럼 하고 다니면서도 그로 하여금 피눈물을 흘리게 했다는 거지 동지들에겐 단 한 푼의 돈도 쓰질 않았다.

오죽하면 작년에 있었던 개방 창설 삼백 주년 기념 행사 당시 잔치 음식을 도축장에서 버리는 돼지 껍데기로 때웠겠는가. 잡방에서도 이번 창립 삼 주년 행사 때 소 잡고 돼지 잡고 했었거늘.

"크흑, 정말이지 너희들은 나의 깊은 마음을 모른다."

'아무튼 존경스럽군. 악착같이 보물을 지키기 위해 수하 앞에서 억지 눈물까지 흘릴 수 있다는 게…….'

광한은 여전히 훌쩍거리는 무대붕의 연기를 보며 감탄했다.

무대붕의 눈물 연기는 일정 수준을 넘어, 보는 이의 마음까지도 아프게 만들 정도였다.

그때였다.

"각하!"

머리 큰 상천만이 급하게 뛰어왔다.

무대붕은 언제 울었냐는 듯 눈물 한 방울 보이지 않는 매우 태연한 표정으로 반문했다. 역시 연기의 달인다운 놀라운 변신이었다.

"뭔 일이냐?"

"각하를 뵙고자 황궁에서 손님이 찾아왔습니다."

"뭐?"

무대붕과 광한이 동시에 놀란 표정을 지었다.

황궁에서 사람이 찾아오다니?

개방의 창설 이래 이와 같은 일은 없었다. 아니, 당연히 없을 수밖에 없었다.

대륙에서 가장 존엄한 황궁에서 냄새나는 거지들로 득실거리는 개방을 찾아온다는 게 어디 생각이나 할 수 있는 일인가?

'거참, 황궁 사람이 날 왜 찾아왔지?

아무리 잔머리가 발달한 무대붕이었지만 이 순간만큼은 도무지 그 이유를 찾을 수가 없는지 계속 고개만 갸웃거리고 있었다.

완전 범죄는 없었다

완전 범죄는 없었다

—한데… 어떡하죠? 저한테 보물이 지금 없는데

뜨거운 찻잔이 어느덧 식어갔다.

황궁에서 나왔다는 상당히 신경질적이면서도 거만함이 몸에 밴 듯한 젊은 환관은 식은 찻잔을 훌쩍 들이키며 자리에서 일어났다.

"그럼 난 이만 가보겠소."

그리곤 한시라도 이 냄새나는 거지 소굴에서 벗어나려는 듯 가차없이 문을 열고 나가 버렸다.

"……."

무대붕은 머리가 복잡했다.

그의 용량이 작은 머리로는 도저히 이해가 되질 않았다. 하여 젊은 문사가 사라진 후에도 한참 동안을 생각하고 또 생각해 봤지만 결론은 하나였다.

"동팔이, 밖에 있느냐?"

"예, 있습니다, 각하."

"그럼 지금 즉시 광한이를 내 방에 들라고 해라."

머리가 복잡할 때마다 그가 취할 수 있는 최선의 선택, 그것은 바로 광한이었다.

"무슨 일이야?"

광한이 풍류각의 문을 열고 들어왔다.

"앉아라."

무대붕의 표정은 자못 진지했다.

"황궁에서 뭣 때문에 사람이 온 거야? 설마 황제가 거지 각하에게 용무가 있을 리는 없을 테고, 혹시 낙양(洛陽) 지부에 있는 애들이 황궁으로 구걸하러 갔다가 잡혀 들어갔나?"

"망할 놈, 말하는 수준이 왜 그 모양이야?"

무대붕은 못마땅한 표정으로 쳐다보았다.

"임마, 아무리 우리 애들이 아무 생각이 없다지만 동냥질하러 황궁까지 가겠냐? 게다가 관(官) 쪽 인간들과는 상종해 봐야 좋을 게 없으니 절대 가까이 하지 말라고 내가 이미 단호한 지시까지 내렸는데."

"그럼 황궁에서 사람이 나올 일이 없잖아?"

"황제가 나 좀 보잔다."

"뭐?"

광한의 눈이 휘둥그레졌다.

"뭘 그렇게 놀라냐? 의당 있을 수 있는 일 같고."

무대붕은 목에 힘을 주며 어줍지 않은 거만을 떨기 시작했다.

"자고로 정상(頂上)에 있는 사람끼리는 서로 통한다고 했다. 황제는

대륙의 정상, 난 무림의 정상! 하니 못 만날 이유가 없어. 우리끼리
는…….”

“우리?”

“그럼 우리지. 서로 정상들이니까.”

‘끙~ 과대망상도 저 정도면 거의 예술이라니까.’

광한은 하품하고 싶은 걸 억지로 참았다.

“대체… 황제가 왜 각하를 만나자는 거래?”

“글쎄, 그걸 얘기 안 해주고 그냥 모레까지 황궁으로 오라고만 얘기
하고 가지 뭐냐, 황궁에서 나왔다는 그 싸가지없게 생긴 환관 자식
이.”

“그럼 무슨 일 때문인지는 모르고?”

“그 자식이 그 얘기는 안 해주고 갔다니까.”

“내참, 거 희한한 놈이네. 황제의 심부름으로 왔으면 무슨 일 때문인
지도 얘기해 주고 가는 게 상식 아닌가? 그래야 다음에 황제를 만날 때
를 대비해서 준비할 게 있으면 준비도 하는 거고.”

“그래서 하는 얘긴데… 내가 황궁에 갈 때 네가 나 좀 수행해야겠
다.”

“뭐?”

광한이 기겁하듯 크게 놀랐다. 무대붕은 의아한 표정으로 광한을 바
라보았다.

“임마, 뭘 그렇게 놀라? 각하가 가자면 가는 거지.”

“시, 싫어! 나 안 가. 정상끼리나 만나.”

“그러고 싶은데, 혹시 황제가 이상한 얘기를 꺼낼지도 모르잖아? 만
약 사서삼경이나 영양가없는 시조 같은 걸 꺼내며 감동적이니 어쩌니

하면 내가 할 말이 없잖아? 무림 정상 체면에 까막눈이라고 할 수도 없고.”

“황제가 기껏 사람을 불러서 그런 한가한 얘기를 하겠어?”

“그래서 만약이라고 했잖아? 그러니까 황제랑 만날 때 네가 내 옆에 붙어 있다가 내가 대답하기 곤란하다 싶은 질문이 나오면 대신 잽싸게 대답하라구. 알겠지?”

“됐어. 난 황궁이란 곳 취미 없어.”

광한은 자리에서 벌떡 일어났다.

“임마, 이번 기회에 황궁도 가고 황제 얼굴도 보면 좋잖아? 그만큼 견문이 넓어지는 건데 뭐가 싫다는 거야?”

“글쎄, 좌우지간 난 싫으니까 다른 사람이나 데리고 가라구.”

광한은 더 이상 듣기도 싫은 듯 이내 문을 열고 나가 버렸다.

“어, 광한아!”

무대붕은 의아한 표정으로 광한의 뒷모습을 바라보며 소리쳤다. 하나 광한은 뒤도 돌아보지 않고 사라져 갔다.

“저, 저 자식이 왜 저러지? 좋아할 줄 알았는데.”

무대붕은 예상치 못한 광한의 행동에 고개를 갸웃거렸다.

“거참, 희한한 놈이네.”

*　　　*　　　*

“으아아!”

녹림흑맹단의 단주전으로부터 고막을 파열시킬 것 같은 괴성이 터져 나왔다.

쿵쾅! 쾅!

녹림적룡 갈포악은 아무거나 닥치는 대로 집어 던지며 화살 맞은 승냥이처럼 광란하고 있었다.

그가 미친 듯이 날뛰자 단주전 안에 있는 사람들은 어찌할 바를 모르고 당황을 했는데, 특히 지난번 마구간에서 무대붕과 광한에게 혼난 목부의 모습이 볼 만했다.

그는 묵필(墨筆)을 들고 한편에 앉아 있었는데 갈포악이 이리저리 날뛰며 생난리를 치자 자라처럼 절묘하게 목을 집어넣은 상태로 덜덜 손을 떨며 그림을 그리고 있었다.

털푸덕!

한동안 광인처럼 날뛰던 갈포악은 제풀에 지쳤는지 그만 바닥에 맥없이 주저앉았다. 얼마나 최선을 다하여 발광을 했는지 그의 머리에선 더운 김이 모락모락 피어올랐다.

하긴 지난 출동으로 돈도 강탈 못한 채 멀쩡한 부하 백이십 명을 잃었으니 어찌 그가 온전할 수 있겠는가? 게다가 부하를 데리고 출동한 그를 향해 잡방 방주 비무기의 빈정거림까지 들어야 했으니.

"뭐라고? 황금 백 냥? 이런 미친놈, 오늘 수금된 거라곤 겨우 은자 백구십 냥뿐이다. 보여줄까?"

'끄으으, 그깟 은자 몇 푼 뺏자고 무식해도 충성심 하나만큼은 그지없었던 나의 부하들을 객사시키다니. 내가 미쳤지. 돌아도 한참 돌았지.'

갈포악은 자신의 머리를 인정사정없이 쥐어박으며 스스로를 책망했다.

'뭐? 나를 존경하는 놈이라고? 내 반드시 네놈만큼은 무슨 일이 있어도 기필코 찾아내어 박살을 내고 말 테다! 빠드득!'

오늘의 이와 같은 불행을 야기한 그놈.

괜히 자신을 존경하니 어쩌니 하며 거짓 정보를 보낸 정체 불명의 바로 그놈을 생각하며 갈포악은 이를 갈았다.

'조금만 신중하게 생각하고 행동하자는 나의 제안을 단주가 받아만 들였다면 그와 같은 불상사는 없었을 것을.'

뇌명은 마음이 아쉽고 착잡했다.

하나 어찌할 텐가? 이미 깨진 쪽박이고 엎어진 물이거늘.

"여기 있어."

목부가 뇌명의 앞으로 그동안 갈포악이 광란하는 와중에도 한쪽에서 열심히 그렸던 그림을 내밀었다. 두 명의 사내 얼굴이 그려진 초상화였다.

"제대로 그리긴 그린 거냐?"

"그럼요. 제가 능력있는 부모만 만났어도 지금쯤 꽤 잘 나가는 화가가 됐을 거라고 말씀드렸잖습니까? 눈, 코, 입, 모두 실물처럼 정확합니다."

"한데 이놈은 계집애처럼 무슨 장신구를 이렇게 많이 했느냐? 목걸이에 귀고리라니? 설마 착각하고 있는 건 아니겠지?"

"절대 아닙니다. 초상화라서 귀고리와 목걸이만 그렸지 만약 전신이었다면 팔찌까지도 그렸을 겁니다."

"사내자식이 그렇게 보석으로 치장했단 말이냐?"

"그럼요. 제 눈썰미는 타고났다니까요."

“음, 좋아. 수고했다.”

뇌명은 목부의 어깨를 가볍게 두들겼다. 그리곤 목부가 그린 두 사내의 얼굴이 있는 초상화를 갈포악에게 내밀었다.

“단주님, 보십쇼. 우리가 출동한 후 산채에 숨어들어 왔다는 놈들입니다.”

“변소 구멍을 막아놓고, 마구간에서 말 네 마리를 도둑질 해갔다는 그놈들 말이냐?”

“예. 전 단주님께 거짓 정보를 보낸 건 아무래도 이자들이 아닌가 합니다.”

“그럼 이놈들이 겨우 말 몇 마리 훔쳐 가자고 그런 조작극을 꾸몄다는 게냐?”

갈포악이 어이없다는 표정이었다.

“아무리 쫀쫀한 놈들이라고 해도 그렇지 겨우 말 네 마리 훔쳐 가자고 그런 엄청난 일을 벌인단 말야? 그것도 감히 우릴 상대로!”

“……”

심증은 갔지만 그 부분에 대해서만큼은 뇌명도 할 말이 없었다. 그깟 말 몇 마리 때문에 잔인하기로 소문난 녹림흑맹단을 상대로 그와 같은 황당한 일을 꾸밀 인간은 아무리 생각해도 없을 테니까 말이다.

하나 그래도 그는 계속 마음에 걸리는 것이 있었다. 그때 갈포악을 존경한다며 보낸 서찰의 내용의 일부분이…….

방문을 열고 부하가 들어왔다.

“단주님, 어떤 노인 분이 단주님을 찾아오셨습니다.”

“노인네라니? 어떤 늙은인데?”

갈포악은 별로 만나고 싶지 않은 투였다.

하긴 지금 이 기분에 누군들 만나고 싶겠는가? 아무리 자신을 찾아온 손님이라 할지라도.

"나다, 이놈아!"

쩌렁한 음성과 동시에 마의를 입고 있는 장대한 기골의 노인이 들어섰다.

"마, 마인귀 사숙(師叔)님?"

순간 갈포악은 크게 놀라며 자신도 모르게 자리에서 벌떡 일어났다.

한데 마인귀라면?

그렇다. 청해쌍마 중 일인인 바로 그 인물이었다.

"사숙님, 절 받으십쇼."

아무리 위아래 구분 못하고 날뛰는 갈포악이었지만 이 순간만큼은 최대한 예를 갖춰 절을 올렸다.

갈포악이 열다섯 어린 나이에 비적계에 뜻을 품고 투신했던 시절에 그는 우연한 기회에 막가패도(莫加覇刀)라는 스승을 만났다. 막가패도는 무림에 그리 알려진 인물은 아니었지만 일신의 무공만큼은 엄청난 절정의 고수였다.

청해쌍마는 막가패도의 친구였다.

그들은 갈포악이 사부로부터 온갖 욕과 구박을 먹으며 무공을 수련할 때 가끔씩 몰래 술도 한잔씩 마시게 해주곤 했다. 하여 청해쌍마에 대한 갈포악의 기억은 좋을 수밖에 없었다.

"한데… 혈인귀 사숙은?"

갈포악은 문득 의아했다.

마인귀와 혈인귀는 결코 떨어짐이 없이 늘 함께 붙어다니며 행동하

는 청해쌍마가 아닌가? 그런데 오늘은 단 한 사람뿐이니 그가 의아한
것은 지극히 당연했다.

"으으, 쿨록!"

마인귀는 지난번에 당한 상처 부위가 아직도 회복되지 않은 듯 고통
스럽게 기침을 했다. 그리곤 자신이 겪은 일을 들려주기 시작했다.

"그, 그럼 장보도도 얻지 못한 채 혈인귀 사숙만 돌아가셨단 말씀입
니까?"

갈포악은 도무지 믿어지지가 않는다는 표정으로 되물었다.

"그, 그렇다, 그것도 아주 새파랗게 젊은 놈한테. 나 역시 놈의 섭회
반력신공에 당하는 바람에 지옥 문앞까지 갔다가 운 좋게 돌아왔을 뿐
이다."

"그럼… 장보도는 그놈들 손에 들어갔겠군요."

"그렇겠지. 당시 아미(峨嵋)의 계집은 회생 불능의 상태였으니까."

계속하여 참담하고도 침통한 표정으로 말을 흘리던 마인귀의 얼굴
이 갑자기 딱딱하게 굳어졌다.

"아, 아니?"

그는 극도로 당황하며 목부가 그린 초상화를 집어 들었다.

"바, 바로 이놈들이다!"

"그놈들이라뇨?"

"혈인귀를 해치고 아미의 계집에게 장보도를 취한 바로 그놈들이란
말이다!"

쿵!

갈포악은 물론 침착한 뇌명까지도 경악을 했다.

　빈 산채에 들어와 말이나 훔쳐 간 좀도둑인 줄로만 알았던 그놈들이 혈인귀를 제거하고 장보도까지 갖고 있는 놈들이라는데 어찌 놀라지 않을 수 있겠는가?

　“그, 그런데… 이놈들의 초상화가 왜?”

　마인귀는 의아한 표정으로 갈포악을 바라보았다.

　“그놈들이 어떤 놈이냐 하면……”

　갈포악이 머리를 긁적이며 뭐라고 설명하려는 순간 확신에 찬 뇌명의 음성이 터졌다.

　“단주님, 그리고 노선배님, 이제야 놈들의 정체에 대해 알았습니다!”

　“뭐? 알아냈다고?”

　갈포악과 마인귀의 눈이 동시에 휘둥그레졌다.

　“어떻게?”

　“미장부 같은 이 친구는 잘 모르겠지만, 여기 보석으로 온갖 치장을 하고 있는 이놈은 철딱서니없는 개방의 젊은 방주인 무대붕이 분명합니다.”

　개방 방주라는 이름이 나오는 순간, 그들의 놀라움은 더욱더 커졌다.

　“그놈이 개방 방주라고?”

　“예. 확실합니다, 단주님.”

　“어떻게 그처럼 확신하는 거지? 장신구 때문이냐?”

　“그것도 중요 단서 중의 하나지만, 더 큰 단서는 지난번 단주님께 보내온 서찰의 내용입니다.”

　“서찰이 왜?”

갈포악은 의아한 표정을 지으며 문갑 속에 있는 서찰을 꺼냈다.

"어떤 내용인데?"

"서찰에 보면 분명 이런 구절이 있을 겁니다. 잡방 방주 비무기가 사람들에게 자길 따라오면 장가도 보내주고, 이틀에 한 번씩 맘껏 술과 고기를 먹여줄 것이며, 일 년에 한 번씩 해외 여행을 보내주고, 십 년에 한 번씩 집을 사주겠다고 했다는 구절 말입니다."

"그래, 맞아. 있었어."

"그 얘기는 지난봄 무림맹주 선거 유세 때 무대붕이란 그놈이 표를 얻기 위해 써먹은 얘기입니다."

"뭐?"

"워낙 말 같지 않고 황당한 얘기라서 한동안 강호인들의 술안줏감으로 회자되던 내용인 탓에 제가 기억할 수 있었습니다."

"음, 그럼 내게 거짓 서찰을 보낸 놈이 무대붕이라 이건데?"

갈포악은 인상을 쓰며 잠시 심각히 생각을 했다. 하나 아무리 생각해도 이해가 안 되는 부분이 있었다.

"하면 놈들이 왜 굳이 그런 교활한 짓을 꾸몄지? 놈들이 얻은 건 겨우 말 네 마리뿐인데?"

"그야 당연히 우리를 산채에서 나가게 하려고 그랬겠죠."

"왜? 말 훔쳐 가려고?"

"장보도 때문이겠죠."

"장보도라니?"

그때까지 신중히 듣기만 하던 마인귀가 의아한 표정을 지었다.

"제 생각이 틀림없다면… 장보도 속의 보물은 분명 이곳 산채 내에 있었을 겁니다. 때문에 놈들은 미끼를 던져 우리를 출동시키고 이곳을 자신들이 맘껏 활보할 수 있는 그런 상태로 만든 것일 테구요."

"……."

"그리고 없어진 말들은 놈들의 보물 운반을 위해 필요했기 때문일 겁니다. 창고의 수레 두 개도 그때 없어졌다고 하더군요."

"이, 이럴 수가……!"

뇌명의 예리한 추리에 갈포악은 심장이 폭발할 것 같은 울분을 느꼈다.

보물.

만금천부가 남긴 그 어마어마한 보물이 자기 집구석에 있는 것도 모르고 돈 몇 푼 강탈하자고 그 짓거리를 하다가 애꿎은 부하들만 왕창 죽였으니 어찌 그의 심장이 멀쩡할 수 있겠는가!

"으아아아아!"

다시 한 번 갈포악의 입에서 광인의 절규가 터져 나왔다.

인간의 능력으로 표현할 수 있는 최악의 절규가.

＊　　　＊　　　＊

벌컥!

잔수일존 비무기는 독하디독한 죽엽청(竹葉靑)을 대접째로 들이켰다.

"크으."

이게 벌써 몇 잔째인지도 모른다. 다만 엄청나게 마셨다는 사실만 알 뿐이다.

"쓰가발! 어찌… 그런 개 같은 경우가… 생길 수 있단 말인가?"

그는 무려 일주일 이상을 눈만 뜨면 술을 찾는 전형적인 술 중독자
의 생활을 반복하고 있었다.

하긴~ 아무리 생각해도 그건 말이 안 되는 일이었다.

잡방의 새로운 도약을 위해 마련한 성대한 잔치에 비적들이 나타났
다는 자체가 그랬고, 비적들에 의해 많은 잡방의 제자들이 희생을 당했
다는 게 또 그랬다.

개봉의 유지들로부터 거액의 축하금을 받아서 방세(幇勢)를 확장해
보고자 했거늘 세 확장은커녕 애꿎은 제자를 반이나 잃고, 살아남은 나
머지 반도 이곳저곳이 깨지거나 부러진 임시 장애인이 돼버렸으니 그
참담한 기분을 술이 아니면 무엇으로 달랠 수가 있겠는가?

게다가 축하해 주러 온 하객들은 비무기가 한때 개방의 부방주였고,
지금의 잡방을 머지않은 시기에 무림 최고의 문파로 만들겠다는 그의
허언을 어느 정도는 믿어주는 그런 사람들이었다.

그런데 조만간 무림 최고의 방파가 될 잡방의 문도들이 그깟 비적들
과 맞붙어 문도의 반 이상이 희생되었으니 이 어찌 앞으로 얼굴을 들
고 다닐 수 있겠는가!

아마도 그와 오랜 기간 인간관계를 맺고 있었던 지역 유지들은 이번
사건을 계기로 잡방과 거리를 두게 될 것이 분명했다. 강호의 인정 상
그들 역시 비적 패거리들 하나 쉽게 처리하지 못하는 무림 문파를 계
속 신뢰하고 후원하진 않을 테니까.

"끄으으."

비무기는 땅에 추락한 자신과 잡방의 명예를 생각하며 술 주전자를
들었다.

"꼭~ 뭐야? 이런 젠장! 또 술이 떨어졌잖아?"

비무기는 아무리 거꾸로 짜도 나오지 않는 빈 주전자를 집어 던지며 소리를 질렀다.

"이 자식들아! 방주님 술 떨어지셨다! 냉큼 술 가져와라, 어서!"

그의 악다구니가 끊어지기 무섭게 부방주인 마구리가 들어왔다. 하나 그의 손에 술 주전자는 없었다.

"뭐~ 뭐야? 술 갖고 오라니까."

"방주님, 이것 보십쇼. 녹림흑맹단 단주로부터 서찰이 날아왔습니다."

마구리는 품에서 서찰을 꺼냈다.

"뭐? 어디서 뭐가 왔다구?"

"녹림흑맹단 단주 갈포악 말입니다. 지난번 우리와 죽기 살기로 붙었던 그 산적 패거리의 우두머리."

"그 자식이 왜?"

비무기는 벌떡 일어나며 소리를 질렀다.

갈포악!

개방의 무대붕에 이어 비무기의 혈채록(血債錄)에 기록된 서열 두 번째의 복수 대상. 그런 자가 서찰까지 보냈다니 어찌 흥분하지 않을 수 있을 텐가!

촤악!

비무기는 치솟는 분노를 억지로 삭이며 서찰을 펼쳤다.

비 형(費兄)!

지난번 비 형네 잡방의 잔치가 우리로 인해 엉망이 된 점을 늦었지만 사과하겠소.

"얼씨구? 사과?"
뜻밖에도 서찰은 너무도 정중하게 시작되었다.

하나… 따지고 보면 나도 선의의 피해자일 뿐이오. 나 역시 어떤 놈의
거짓 정보에 속는 바람에 병력을 일으킨 것이었으니까. 하여… 난 비 형
에게 제안을 하고 싶소. 우리 서로 만나서 남자답게 지난 일은 깨끗이 잊
고 우리로 하여금 서로 피 터지게 싸우도록 만든 그 자식을 박살 내는 데
힘을 합칩시다.

"만나자고? 이 무슨 꿍꿍이속이지?"
비무기는 너무도 정중한 갈포악의 태도가 오히려 불안했다.

물론 비 형은 지금 내가 또 무슨 수작을 부리는 게 아닌가 불안해할지
도 모릅니다만, 어쨌든 우린 지난 일로 인해 서로 공공의 적을 갖게 되었
다는 것만은 알아두시오. 그리고 그 공공의 적은 다름 아닌 개방의 무대붕
이란 놈이란 것도 기억하셔야만 할 거요.

"무, 무대부우웅?"
무대붕이란 이름 석 자가 나오는 순간 비무기의 눈이 부릅떠졌다.

비 형! 받은 만큼 돌려주는 것이 강호의 율법이오. 하나 지금의 형편상
우리나 그쪽이나 독단적으로 복수를 감행할 입장이 아닌 만큼 우리 서로
만나서 그 문제에 대해 진지하게 논의를 합시다. 이대로 당할 수만은 없지

않겠소?

  ···중략······.

  다시 한 번 지난 일에 대해 사과드리며 비 형의 대답을 기다리겠소.

갈포악 배상(拜上).

  편지는 그렇게 끝이 났다. 비적 두목 갈포악답지 않게 시종 진지하고도 예의 바른 단어들만을 나열한 상태로.

  "······."

  그러나 정중한 사과를 받았음에도 불구하고 비무기의 머리는 지금 복잡하고 매우 혼란스러웠다.

  '비적들과 우리가 피 터지게 싸운 게 모두 무대붕, 그 자식 때문이라니? 그 자식이 왜?'

  생각이 깊어질수록 혼란스러웠던 머리 속이 천천히 정리되며 그의 눈은 무섭게 이글거리기 시작했다.

  "각오해라, 무대붕! 만약 지난번 그 일을 꾸민 게 밝혀질 시에는 이 비무기의 가혹한 피의 응징이 있을 거라는 사실을! 빠드드득!"

  분노!

  무대붕을 향한 비무기의 용암처럼 뜨거운 분노는 이렇듯 다시 한 번 거세게 타오르고 있었다.

*　　　　*　　　　*

  황도(皇都) 낙양(洛陽).

  대륙의 오대고도(五大古都) 중 하나이며, 고대 황제와 황후들의 무덤이 많은 고적 명승지로도 유명한 곳.

동으로는 호로(葫虜)를 장악했고, 서쪽으로는 함곡(函谷)을 봉쇄하고, 남으로는 이락(伊洛)과 접하였고, 북쪽에는 대강 황하가 흐르고 있어 지형이 험준하고 견고하여 예부터 전쟁이 터지면 병가(兵家)들이 서로 가장 먼저 다툼이 이루어지는 곳이었다.

때문에 당금의 황궁이 이곳을 황도로 정한 건 이와 같은 역사적, 환경적인 의미와 가치가 존재했기 때문이었다.

황도 낙양이 개봉과 같은 하남성(河南省) 내에 위치했고, 지리적으로 거의 이웃 동네라 말할 수 있을 만큼 비교적 가까운 편이었다. 하여 새벽 일찍 무대붕의 취향만큼이나 화려한 사두마차를 타고 출발한 무대붕은 점심 무렵 황궁에 도착할 수 있었다.

광한 대신 환규로 하여금 자신을 수행토록 한 것이 못내 아쉽긴 했지만 어쩔 수 없었다. 때려 죽여도 못 가겠다고 그토록 완강히 거부하는데 어쩌겠는가?

때문에 무대붕은 이번 황궁 출장에 자신을 수행할 비서를 누굴 선택하느냐 하는 문제로 꽤 많은 고심을 할 수밖에 없었는데, 혀 짧고 아둔한 환규를 선택한 건 무대붕다운 고뇌의 결단이었다.

광한처럼 똑똑한 부하를 옆에 있게 하지 못할 바에는 누가 봐도 자신보다 확실히 많이 떨어지는 환규를 옆에 있게 함으로써 자신이 상대적으로 무척 야무지고 똑똑하단 인상을 황실 사람들에게 심어주고자 하는 나름대로의 고뇌에 찬 잔머리였던 것이다.

어쨌든 무대붕은 황궁에 도착했고, 지난번 황제의 심부름으로 개방을 찾았던 거만스런 젊은 환관 용재출의 안내를 받으며 황제를 배알하게 되었다.

　영빈전(迎賓殿).

　황제가 대외의 손님을 맞이하는 장소로 이용되는 영빈전에선 지금 웃음소리가 한참 새어 나오고 있었다.

　"하하하, 무 방주가 이제 보니 인물만 훤한 게 아니라 말도 참 재밌게 하는구려."

　"성격도 좋다고 합니다. 전 잘 모르는데 남들이……."

　"하하, 게다가 성격까지 좋다니. 거 완벽한 기남아가 바로 여기에 있었구먼."

　영중제는 계속 껄껄거리며 웃고 있었다.

　"무 방주에겐 미안한 얘기지만 난 처음에 거지 방파의 방주라는 얘기를 듣고 머리 속에 있는 그런 거지의 모습으로 생각했는데… 이렇게 멋있는 기남아일 줄은 정말이지 전혀 예상치 못했소."

　"제 입으로 이런 말씀까진 안 드리고 싶었는데… 사실 전 옷걸이가 워낙 탁월한 탓에 일반 거지들이 입는 허접스런 누더기를 입어도 멋있다고 합니다, 남들이……."

　무대붕은 계속 남들을 개입시키며 열심히 자화자찬을 했다. 아무리 상대가 황제일지라도 입에 붙은 그의 습성은 조심이란 걸 몰랐다.

　'거참, 꽤나 자기 자랑이 심한 녀석이군.'

　영중제는 못마땅했으나 내색하지 않았다. 자신이 황제라지만 눈앞에 있는 이 젊은 사내에게 아쉬운 소리를 해야 할 입장인만큼 굳이 그의 기분을 상하게 하고 싶지 않았다.

　"허허, 그렇겠구려. 워낙 출중하니까."

"그럼요. 기본이란 건 무시 못한다니까요."

무대붕은 자신은 인정해 주는 황제가 좋아지기 시작했다.

"역시 정상끼리는 통한다니까."

그는 흐뭇한 그 기분을 얼굴에 표현하며 자신을 이토록 인정해 주는 황제와 더욱 깊은 친분을 나누고 싶었다.

"폐하, 제게 편하게 하대를 하셔도 괜찮습니다."

"허허, 어디 초면에 그럴 수야 없지."

"물론 제가 무림에서 차지하는 위치와 배분이 상상 외로 높긴 합니다만… 폐하는 만백성의 어버이잖습니까? 그러니 편하게 말씀하십쇼. 저도 그게 왠지 편할 것 같구요. 하하."

"허허, 그럼 그럴까?"

무대붕은 황제가 가볍게 웃으며 화답하자 더욱 기분이 좋아졌다.

'아예 의형제를 맺자고 할까?'

뜻밖으로 황제의 성격이 마음에 들고, 자신을 확실히 인정하고 있는 것 같은 느낌을 받자 그의 생각은 거기에까지 미쳤다.

'아직 그건 너무 빠르겠지? 그래, 맞아. 지금은 좀 그렇고 이따가 기회를 봐서 얘기 꺼내자구.'

"무 방주, 뭘 그렇게 열심히 생각하나?"

계속 떠벌여 대던 무대붕이 잠시 입을 다물자 영중제가 의아한 표정을 지으며 바라보았다.

"아, 아닙니다. 아무것도… 근데 참! 폐하, 무슨 일로 절 부르신 겁니까?"

"……."

무대붕의 질문에 영중제의 표정이 어두워지며 한동안 말이 없었다.

"어떤 일인지 모르겠지만 그냥 절 친동생이라 생각하시고 편하게 말씀하십쇼. 아까 말씀드렸듯이 제가 성격이 좋다고 하거든요, 남들이. 하하."

"그럼 편하게 얘기하겠네."

성격 좋다는 무대붕의 말에 위안이라도 받은 듯 영중제가 천천히 입을 열기 시작했다.

"실은… 자네에게 부탁이 있네."

"어떤 부탁인데요?"

"국가와 민족을 위해 자네가 얼마 전에 취득했다는 만금천부의 보물을 좀 풀어야겠네."

'허걱!'

무대붕은 놀란 심장이 겉가죽을 뚫고 나올 것만 같아 급히 양손을 가슴에 대고 막았다.

그가 만금천부의 보물을 취했다는 건 비밀 중에서도 특급 비밀이었는데도 황제가 이렇게 알고 있으니 어찌 기겁하지 않을 수 있겠는가!

그의 경악과는 상관없이 영중제의 말은 계속 이어지고 있었다.

"작금의 상황이 너무도 어렵네. 국가 재정이 바닥난 탓에 가뭄과 수난으로 삶의 터전을 잃은 이재민들에게 그 어떤 대안도 마련해 주지도 못하고."

"……."

"게다가 동북의 변방에서 오환이라는 오랑캐 놈들이 주변국들을 모두 정복하고 이제는 우리 중원을 노리고 있는데도 국방비를 증대하고 국력을 강화시키지 못하고 있는 참담한 실정이라네."

"……."

"하니, 조금은 아까울 수도 있겠지만 국가와 민족을 위해 자네가 취한 그 보물을 풀었으면 하네."

영중제의 부탁의 말은 그걸로 끝났다.

이제 남은 것은 무대붕의 화답뿐이었다.

주루룩!

한데, 무대붕은 대답 대신 눈물을 흘리고 있는 게 아닌가?

"무 방주, 왜 그러는가?"

예상치 못한 무대붕의 눈물에 영중제는 의아했다.

"나라와 백성들이 그토록 힘들고 어려웠다니… 정말이지 제 가슴이 찢어지는 것 같군요."

"그래, 가슴 아픈 현실이지. 국가 재정이 조금만 튼튼했어도 이렇게까지 백성들을 힘들고 고달프게 하진 않았을 테니까 말일세."

"제가 이렇게 속상하고 안타까운데 폐하의 상심은 얼마나 크겠습니까?"

"이해해 줘서 고맙네."

영중제는 자신의 의중을 너무도 잘 이해하는 무대붕이기에 그의 고민은 이제 해결된 거나 마찬가지라고 생각했다.

하나 세상에 발등을 찍는 도끼는 손에 익고 친숙한 믿는 도끼지 낯설고 어색한 도끼는 절대 아니다.

"한데… 어떡하죠? 저한테 보물이 지금 없는데."

무대붕은 예상과는 달리 매우 애석하단 표정을 지으며 황제를 실망시키기 시작했다.

"어, 없다니? 그게 무슨 얘긴가? 자네가 분명 보물을 취득했잖은가!"

영중제는 당황했다. 반면 무대붕은 뜻밖으로 침착하고 차분했다.

“예. 운 좋게 제가 취득한 것까진 맞습니다, 맞고요.”

“근데?”

“엊그제 도둑놈이 몽땅 훔쳐 갔습니다.”

“뭣이라?”

“저도 그래서 그것 때문에 속이 왕창 상해 있었는데… 막상 폐하의 그런 부탁까지 듣게 되니 더욱 속에서 열불이 나네요. 잃어버리지만 않았으면 정말 국가와 민족을 위해 뜻있게 쓰여지게 했을 텐데…….”

“…….”

영중제는 매우 애석한 표정을 짓고 있는 무대붕을 무섭게 노려보고 있었다.

“도둑놈이 훔쳐 갔다고?”

“예, 그것도 이틀 전에요.”

“그걸 지금 날더러 믿으라는 게냐?”

“폐하, 무슨 말씀을? 그럼 제가 감히 만백성의 어버이이신 폐하를 상대로 거짓말을 하고 있단 말씀입니까?”

무대붕은 너무도 억울하다는 표정을 지으며 안타까워했다.

“이놈아! 믿을 소리를 해라! 개방이란 너네 방파엔 수많은 거지들이 있을 텐데 도둑놈이 들어와서 훔쳐 가는 것도 몰랐단 말이냐!”

어느새 영중제의 말투가 바뀌며 목소리도 높아졌다. 그러나 무대붕은 여전히 억울해했다.

“그래서 제가 미치겠다는 거 아닙니까? 그렇게 많은 쪽수가 있었는데도 불구하고 도둑을 맞아서.”

“이놈아! 거짓말을 하려면 좀 믿을 만한 소리를 해라. 보물의 양이 엄청났을 텐데 도둑놈이 어떻게 그걸 쥐도 새도 모르게 몽땅 훔쳐 갈

수 있단 말이냐? 무슨 재주로?"

"그러니까 더욱 귀신이 곡할 노릇이라니까요."

무대붕은 더욱 답답하고 억울해서 미칠 것 같은 표정을 지었다. 그러면서 눈물까지 흘렸다. 자신의 말을 믿어주지 않는 황제가 너무 야속해서.

"크흐흑! 폐하! 제가 어찌 감히 만백성의 어버이이신 폐하를 기만하겠습니까? 제발… 저의 말을 믿어주십쇼. 진짜 도둑놈이 훔쳐 갔다니까요."

더 이상.

영중제는 더 이상 무대붕이 눈물에 콧물까지 흘리며 억울해하는 꼴을 볼 수가 없었다. 그렇게 하기에는 이미 그의 인내력에 한계가 넘어 있었다.

"꼴도 보기 싫으니까 꺼져, 이 거지새꺄!"

분노와 인내의 꼭지점에서 터진 영중제의 일갈!

그걸로 결국 판은 깨지고 무대붕의 얼굴엔 승자의 미소가 번졌다.

＊　　　＊　　　＊

山沓水迎 樹雜雲合

目旣往還 心亦吐納

春日遲遲 秋風颯颯

情往似贈 興來如答

산은 첩첩 물은 감돌고, 나무들 섞여 있고 구름은 합해지네.

눈길이 갔다가 돌아오면은 마음도 따라서 움직인다네.

봄날 해는 느릿느릿, 가을바람 스산해라.
정을 줌은 건네듯이 흥이 읾은 답하는 듯.

광한은 피리를 불고 있었다.

그가 지금 부는 것은 유협의 문심조룡(文心雕龍)에 나오는 물색(物色)이라는 시조 운율이었다.

무대붕이 황궁으로 떠난 오늘, 그는 아무것도 하지 않았다. 밥도 먹지 않았고, 아이들에게 글을 가르치지도 않았다. 그저 방구석에 앉아 피리만 불고 있을 뿐이었다.

두보나 이백보다도 유협의 시를 더 좋아했던 어떤 여인을 떠올리며… 그는 그렇게 피리를 불고 있었다.

*　　　　*　　　　*

"가, 각하야."

영빈전 밖에서 무대붕을 기다리고 서 있던 환규는 무대붕이 문을 열고 나타나자 눈물나게 반가웠다.

환규는 이왕 여기까지 온 김에 황제의 얼굴이라도 한 번 보고 싶었지만 젊은 환관 용재출의 제지를 받는 바람에 어쩔 수 없이 거만하면서도 재수없게 생긴 그와 함께 영빈전 밖에서 무대붕을 기다렸던 것이다.

그는 그냥 기다리기가 너무도 무료하기에 용재출에게 몇 번 말을 걸어봤지만 단 한 마디의 대꾸도 듣지 못했다. 아니, 정확하게 따지면 한 마디를 하긴 했다.

"색목국 말인 줄 알았더니 우리말이었군. 혀가 짧아서 그랬나? 마치 외국
말처럼 들리네."

환규의 혀 짧은 소리를 외국말인 줄 알았다는 놈과 더 이상 무슨 얘
기를 하겠는가? 환규는 한 방 쥐어 패고 싶은 걸 억지로 참으며 그저
무대붕이 어서 나오기만을 기다렸던 것이다.
"황데(황제)가… 뭐래?"
환규는 무대붕을 보자마자 매우 궁금한 표정으로 물었다.
"휴우우~"
무대붕은 일단 크게 한숨부터 내쉬었다. 그리고는 다짜고짜 환규의
소매를 잡아끌었다.
"후딱 가자. 이제 보니 황궁이란 데가 오래 있을 곳이 못 되더라구."
"왜?"
"임마! 가면서 다 얘기해 줄 테니까 어서 따라오기나 해."
무대붕은 마치 돈 떼먹고 도망치는 사람처럼 조급하게 굴었는데.
"허걱!"
갑작스런 탄성과 함께 그의 입이 쩍 벌어졌다.
무대붕의 몸은 벼락맞은 사람처럼 꼿꼿이 굳어졌고, 그의 눈은 혹시
저러다 떨어지지 않을까 하는 불안감을 유발시킬 만큼 앞으로 돌출되
었다.
"각하야? 왜, 왜 그래?"
환규는 의아한 표정으로 말을 걸어봤지만 대답은 듣지 못했다. 통나
무처럼 굳어버린 그의 몸을 흔들어도 봤지만 무대붕은 계속 무반응이

었다.

환규는 무대붕의 몸이 어째서 갑자기 이렇게 굳어졌는지 그 이유를 알아내기 위해 엄청나게 돌출되어 있는 무대붕의 시선이 머문 곳으로 그 역시 시선을 두었다.

"으허억!"

순간 환규의 입에서도 경악의 탄성이 터져 나왔다.

"데, 데당에(세상에)… 더렇게(저렇게)… 예쁜 여다가(여자가)… 있다 니…….”

그랬다.

무대붕과 환규의 시선이 머문 바로 그곳엔 여자가 있었다.

금박 문양이 수 놓여진 눈부신 백의에 비단결 같은 긴 생머리엔 날 아갈 듯한 나비 모양의 노리개가 꽂혀져 있는 여인.

백옥 같은 피부와 수정처럼 맑고 깨끗한 두 눈, 그리고 타고난 기품 과 범접할 수 없는 고귀함으로 전신을 감싸고 있는 여인이 연못가에 앉아 있었던 것이다.

"이, 이보시오, 젊은 환관 나리.”

무대붕은 여전히 시선을 여인에게 고정시킨 채 뒤에 있는 거만하게 생긴 용재출을 불렀다.

"쟤… 뭐 하는 애요?”

"어허! 쟤라니? 무엄하도다!”

용재출은 그렇지 않아도 좋지 못한 인상을 더욱 구기며 준엄하게 꾸 짖었다.

"무, 무엄?”

무대붕은 의아한 표정으로 고개를 돌렸다.

"뭐가… 무엄하다는 거야? 쟤가 뭔데?"

"어허, 쟤, 쟤 하지 말라니까!"

"왜? 어째서?"

"저분은 폐하께서 가장 사랑하시는 벽하 공주님이시다. 알겠느냐!"

쿵!

무대붕은 철퇴로 머리를 얻어맞은 것과 같은 충격을 받았다.

"고, 공주?"

그렇다.

연못가에 쓸쓸히 앉아 있는 그녀는 바로 황궁제일미인 벽하 공주였다.

"……."

벽하 공주에게 연못은 추억의 장소였다.

아울러 그녀는 이곳에서 한때 폭풍과도 같은 사랑을 나누었던 그 사내에 대한 추억을 떠올리며 허기를 채우곤 했다.

벽하는 지금 목걸이 줄에 걸려 있는 금으로 된 호각을 손바닥 위에 올려놓고 쓸쓸히 바라보고 있었다.

"월랑! 이게… 이건 호각 목걸이잖아요?"

"하하! 예, 맞소. 불면 삐익 하고 소리가 나는 호각이오."

"목걸이에 호각 장식은 처음 보는데… 왜 하필 호각이죠?"

"당신이 위급하거나 내가 보고 싶을 때면 그걸 부시오. 그럼 어디서든 당신 곁으로 달려가겠소. 하하!"

"아, 월랑."

　스무 살 생일 때 정인으로 받은 그 호각 목걸이를 내려다보며 그녀
의 눈은 또다시 촉촉이 젖어들고 있었다.

　"공주님, 이제 그만 일어나시지요. 햇빛이 너무 뜨겁사옵니다."

　곁에 있는 시녀 애향이 조심스럽게 입을 열자 벽하는 호각 목걸이를
다시 목에 걸었다. 그리고 천천히 몸을 일으켰다.

　"알았다. 그만 가자."

　"예."

　서서히, 벽하의 뒷모습은 서서히 무대붕의 시야에서 사라져 갔다.

　"……."

　그러나 무대붕은 언제까지고 그 자리에서 움직이지 못했다.

　해가 서편으로 기울 때까지.

제9장

구국의 결단?

개봉에서 다섯 손가락 안에 꼽힐 정도로 실력있는 의원인
허주운(許周云)은 지금 개방을 향해 뛰어가는 중이다.

상체나 하체에 비해 배만 유독 풍만한 그의 기형적인 체형
과 오십 대 후반이란 나이에도 불구하고 그는 열심히 달리고
있었다.

"헥헥."

"아이 씨, 급하다니까요. 좀 빨리 뛰세요!"

개방의 풍류각 청소를 담당하고 있는 나이 어린 거지 동팔
이 뒤를 돌아보며 짜증을 부렸다.

"헥헥, 이 자식아! 너도 내 나이 돼봐라. 헥헥, 그럼 뛰고 싶
다고 해서 뛸 수가 있는지… 알 게다. 헥헥."

허주운은 숨이 턱 끝까지 차 올랐지만 그래도 열심히 뛰고
또 뛰었다. 웬만한 환자라면 그는 이렇게 나이와 체형을 거역
하면서까지 뛰는 짓은 절대 하지 않았다.

그러나 이번에는 경우가 다르다. 다른 사람도 아니고 개봉 제일의 저명인사인 무대붕 각하께서 죽어가고 계시다는데 어찌 편안히 걸어갈 수 있겠는가? 게다가 그의 약포(藥鋪) 건물주가 바로 무대붕이니 숨이 차도 뛸 수밖에.

"어서 오십쇼, 허 의원님."

허주운이 헐떡거리며 나타나자 광한이 그를 맞이했다.

허주운은 방주의 침소 앞에 많은 개방의 간부급들이 긴장한 표정으로 모여 있는 것을 보며 무대붕의 상태가 무척 좋지 않다는 걸 본능적으로 느꼈다.

"자, 이리 들어오십쇼."

허주운은 무대붕과 개방의 운명이 자신에게 달렸다는 비장한 사명감을 느끼며 광한을 따라 방주 침소로 들어갔다.

"……!"

침상 위에 누워 있는 무대붕을 보는 순간 허주운은 놀라지 않을 수가 없었다.

그가 무대붕을 마지막으로 본 게 불과 보름 전이었는데 그때까지만 해도 무대붕의 건강은 최상이었다.

하긴 젊디젊은 놈이 잘 먹고 잘 놀고, 자기가 하고 싶은 짓 다 하고 다니는데 건강에 어찌 이상이 생길 수 있겠는가! 이상이 생긴다면 그건 의학계에 중대한 변종(變種) 사례로 기록될 거라고 그렇게 생각했었는데.

그랬던 무대붕이 불과 보름 만에 시체와 다름없는 몰골로 침상에 누워 있는 것이었다.

횅하니 들어간 두 눈은 지금 떠져 있는데도 초점이 전혀 없었고, 두 툼한 입술은 새까맣게 부르터 있었다.

탄력있고 개기름이 좔좔 흐르던 피부는 마치 칠십 대 노인처럼 검버섯에 쭈글쭈글하게 변모해 버렸고, 못 보던 광대뼈까지 툭 불거져 있었으니.

'맙소사! 이 정도라면… 거의 숨넘어가기 일보 직전이란 얘긴데?'

허주운은 자신이 아무리 실력있는 명의라 할지라도 이렇게 심각하게 망가진 물건(?)은 자신이 없었다.

"어, 언제부터 이랬습니까?"

고칠 자신은 없지만 그래도 형식적으로 물어봤다.

"열흘 전 황궁을 다녀온 후부터 갑자기 이상해졌습니다. 누가 불러도 전혀 듣질 못하고, 눈은 늘 먼 산만 바라보고 있고, 이유없이 한숨이나 길게 내쉬고, 아무리 맛있는 요리를 갖다 바쳐도 한 수저도 뜨질 못하는 등… 그런 식으로 계속 골골하더니만 결국 저 지경까지 됐습니다."

광한은 비교적 상세히 대답해 주었다. 그러나 명의 허주운이 들을 땐 전혀 치료에 도움이 되지 않는 사설일 뿐이었다.

'황궁에서 모진 고문이라도 당했나?'

허주운은 제일 먼저 고문 후유증을 염두에 두고 이곳저곳 진찰을 했다. 하나 그 어디에도 고문의 흔적은 찾아볼 수 없었다.

'고문당한 게 아니라면 뭐지?'

그는 의아한 표정을 지으며 이번에는 진맥을 했다. 그리고 무대붕의 체내에 흐르는 가느다란 기운을 감지해 나갔다.

그러던 어느 한 순간,

"아, 아니?"

허주운의 입에서 당혹한 음성이 새어 나왔다.

"뭐가 잘못된 겁니까?"

광한은 불안한 표정으로 물었다.

"잠시만 기다려 주십쇼, 뭔가 알 것도 같으니까."

허주운은 신속하게 초점없이 떠 있기만 한 무대붕의 눈을 까보았다. 한참 동안을 그렇게 눈만 중점적으로 점검했다.

"휴우~"

허주운은 한숨을 내쉬며 이마의 땀을 닦았다.

"병명을 알아냈소."

"그게 정말입니까? 그럼 고칠 수도 있겠군요."

광한의 표정이 밝아졌다.

"당연히 고칠 수는 있지요. 한데… 낙천적인 우리 각하가 이런 몹쓸 병에 걸렸다는 게 전 정말이지 이해가 안 되는군요. 허허, 거참."

"대체 무슨 병인데 그러십니까?"

"상사병(相思病)이오, 상사병."

"뭐, 뭐라구요?"

광한의 입이 쩍 벌어졌다.

상사병!

일명 화풍병(花風病)이라고도 불리며 이성을 그리워하다 못해 탈이 난다는 바로 그 병이 아닌가!

무대붕이 지금 사경을 헤매고 있는 이유가 바로 상사병 때문이었다니.

"……"

광한은 기절하고 싶을 만큼 기가 막혔다.

"자! 이 약을 하루에 세 번씩 무조건 먹이십쇼."

허주운이 갖고 온 의료 보따리 속에서 알약 한 움큼을 꺼냈다.

"내가 의료계에 투신한 지 사십 년이 다 되는 동안 수많은 상사병 환자들을 대해봤지만 이 정도로 심하게 망가진 환자는 정말 처음이오."

"……."

"때문에 웬만한 사람은 하루 한 알이면 회복을 하겠지만 각하만큼은 무조건 세 알씩 세 번을 먹여야만이 겨우 회복될 수 있을 게요."

"겨우 회복이라뇨? 그럼 약을 먹어도 완치되는 게 아니란 말입니까?"

"상사병이란 말 그대로 이성을 그리워하다가 생긴 병이오. 하니 회복되더라도 그 이성을 자기 것으로 만들지 못한다면 언제든지 다시 재발될 수 있소."

"……."

"그러니까 각하를 요절시키지 않으려면 개방인들은 보쌈을 해서라도 각하에게 이와 같은 아픔을 준 그 여인을 끌고 와야만 하오. 그럼."

말을 끝낸 허주운은 문을 열고 나갔다.

광한은 초점없는 눈만 멀뚱멀뚱 뜬 채 여전히 시체처럼 누워 있는 무대붕의 옆에 앉았다.

그리곤 그의 얼굴을 빤히 내려보았다.

"킥킥, 상사병이라구?"

광한은 왜 자꾸만 웃음이 나오는지 알 수가 없었다.

처음엔 정말 이러다가 무대붕이 정말 죽는 줄 알고 가슴 졸이며 걱정했는데 막상 병명이 밝혀진 이후부터는 그냥 웃고만 싶어졌다.

"큭큭, 대단해. 우리에게 이런 모습까지도 보여주다니. 이거야말로 정말 신선한 충격인걸?"

광한이 바로 눈앞에서 키득거리고 있건만 무대붕의 표정엔 전혀 변화가 없었다. 분명 눈을 뜨고 있건만.

정말 무대붕이 상사병에 걸려도 아주 제대로 걸린 모양이었다.

"한데… 이상해."

광한이 문득 고개를 갸웃거렸다.

"각하 주변의 여자는 내가 몽땅 다 알고 있는데 대체 누구 때문에 이 지경이 됐지? 대화루의 요수련은 연상이라서 싫다고 했고, 어물전 방영감의 첫째 딸은 다 괜찮은데 무좀 때문에 싫다고 했고, 그리고……."

아무리 기억을 더듬어가며 심각하게 생각을 해도 무대붕이 이토록 생사의 기로에서 헤맬 만한 그런 여자는 없었다.

"거참, 누구지? 이거 엄청 궁금하네."

글쎄… 누굴까?

천하의 무대붕을 반송장으로 만든 그 여자는…….

아는 사람은 다 아는데.

어쨌든 여자 문제에 대해선 완벽한 줄 알았던 무대붕도 결국 사랑 앞에서는 시체도 될 수 있는 그런 인간이었다.

*   *   *

가릉강 중사 지구.

잡방과 녹림흑맹단에겐 영원히 잊을 수 없는 바로 그 치욕의 땅에 두 인물이 서 있었다.

녹림흑맹단의 단주인 갈포악과 청해쌍마 중 일인인 마인귀였다. 무림에서 그래도 제법 이름깨나 알려진 그들이 단 한 명의 수행원도 없이 중사의 백사장 위에 우뚝 서 있는 것이다.

"왜 하필이면 햇빛 피할 장소도 없는 이런 모래사장인가? 더욱이 안 좋은 기억까지 있는 장소라면서?"

마인귀는 칠월의 땡볕이 부담스러운지 이마의 땀을 닦으며 짜증스럽게 말했다.

"어쩔 수 없었습니다. 그 인간이 여기가 아니면 만나질 않겠다고 고집하는 바람에……."

"게다가 수행원을 끌고 오면 안 된다는 조건까지 붙였다면서?"

"그렇습니다."

"그럼 내가 함께 왔다고 트집 잡을 수도 있을 텐데?"

"사숙님에 대해선 미리 얘기해 뒀습니다. 무림의 대선배 중에 우리처럼 그놈들을 공공의 적으로 두고 계신 분이 있다고 했더니 그럼 자신도 그런 입장을 가진 사람을 데려오겠다고 했습니다."

"우리 외에도 그놈들을 적으로 간주하는 사람이 또 있다? 거참, 그 자식들, 정말 꽤나 악질은 악질인 모양이군. 주변에 무슨 적들이 그렇게 많은 거야? 그것도 젊은 놈들이."

마인귀는 떨떠름한 표정을 지었다.

콰두두두!

그때 멀리서부터 두 필의 말이 뿌연 먼지를 내며 달려오고 있었다.

"드디어 오는 모양이구먼."

마인귀는 두 명의 인물을 바라보다가 문득 눈이 크게 붉어졌다.

"아니, 뭐야? 하나는 계집이잖아?"

이이힝!

이윽고 말들이 요란한 소리를 내며 동작을 멈췄다. 그리고 기다리고 서 있던 갈포악과 마인귀의 앞에 일남일녀가 모습을 드러냈다.

"오랜만이오, 비 형."

갈포악은 마치 오랜 친구를 대하듯 미소 지으며 손을 내밀었다.

"흠, 그런 것 같소."

비무기는 앙심이 다 풀리지 않은 듯 떨떠름한 표정으로 악수를 했다.

"한데… 이분이 정말 청해쌍마 중 일인인 마인귀 노선배요?"

"그렇소. 무림의 대선배이신만큼 비 형이 먼저 예를 갖춰 인사를 나누시구려."

갈포악은 어색해하는 비무기와는 달리 언제 피 터지게 싸웠냐는 듯 시종 호의적인 모습이었다.

"마 선배님, 처음 뵙겠습니다. 예전부터 선배님의 쩌렁한 명성은 많이 들었습니다. 그래서 꼭 한 번 뵙고 싶었는데 이거 정말 영광입니다."

비무기는 정중히 포권하며 지극한 예를 갖췄다. 비무기의 평소 행동에 비춰 생각한다면 이런 바른 예절은 매우 파격적이라 할 수 있을 것이다.

하나 그건 비무기를 잘 모르는 얘기다. 자기보다 강한 사람에겐 나이 고하에 상관없이 일단 숙이고 보는 게 비무기의 인간성이다. 그동안 그가 위아래 몰라보고 몰상식한 모습을 보였던 건 자신보다 강한 상대를 대하지 못했기 때문이다.

하긴 자기가 세운 문파에 자기가 방주로 군림하고 있는데 누구에게 대접을 해주었겠는가.

비무기가 너무도 정중히 예를 갖추자 마인귀는 매우 흡족했다.

"허허, 무슨 영광씩이나. 그저 이젠 냄새나는 노인네에 불과하거늘."

"아닙니다. 노인네라뇨? 선배님은 아직도 정정하십니다. 만약 제가 선배님 존명을 듣지 않은 상태에서 그냥 만났다면 아마도 제 또래로 알았을 겁니다. 정말입니다."

이젠 터무니없는 아부까지?

역시 비무기는 자신보다 강한 사람에겐 철저히 약했다.

"한데 비 형, 함께 오신 그분은 뉘신지?"

갈포악은 아까부터 궁금하던 질문을 던졌다.

비무기와 함께 출현한 백의여인.

그녀는 탄력있는 몸의 굴곡이 다 드러날 정도로 착 달라붙는 백의 경장을 입고 있었다.

백합과 같은 화사한 피부와 흑진주처럼 검은 눈, 도톰하면서도 타는 듯한 작고 붉은 입술, 그리고 비단 백상(白裳) 안에 감추어진 육체는 터질 듯이 풍만하면서도 굴곡이 완연하여 사내라면 누구나 군침을 흘릴 만한 미모의 소유자.

"허허, 이름을 들어보셨는지 모르겠구려. 요수련이라고……."

비무기가 껄껄거리자 갈포악의 얼굴엔 더욱 큰 놀라움이 서렸다.

"그, 그럼 이 여인이 바로 대화루의 수석 기녀이자 개봉 제일의 기녀인 백화신자 요수련이란 말이오?"

요수련!

그랬다, 바로 그녀였다.

한데 그녀가 어째서 이 장소에 나타난 것인가?

거기엔 그만한 이유와 사연이 있었다.

그녀에게 무대붕의 청혼 거절은 엄청난 충격과 상처를 주었다. 그녀의 자존심은 물론 일상의 생활까지도 완전 무너뜨려 버렸다. 그냥 미친개한테 한번 물린 셈으로 치고 수석 기녀로서의 본분에 충실하려고 했지만 그게 생각처럼 되질 않았다.

자꾸만 떠오르는 그날의 상처, 그리고 갈가리 찢어진 개봉 제일 기녀로서의 명예와 자존심 등.

너무도 약이 오르고 원통한 탓에 웃으며 간단히 넘어가려고 해도 도저히 그냥은 넘어갈 수가 없었다.

빠드득! 각오해라, 무대붕! 이 요수련의 저주를!

그리하여 한 서린 여자가 어떤 식으로 오뉴월에 서리를 내리는지 무대붕에게 보여주기로 결심했던 것이다.

구체적인 계획을 세워 나가던 중 원수의 원수는 나의 동지라는 공식을 자신에게 대입시켜 보니 복수의 동업자로 잡방의 비무기가 떠오르게 되었고, 결국 그를 찾아가서 '무대붕 박멸'을 위해 힘을 합치자고 제안을 하게 된 것이었다.

"우하하핫! 어쨌든 무대붕이란 공공의 적을 둔 네 사람이 서로 힘을 한곳으로 모으기 위해 이렇게 만났다는 것 자체가 바로 길조(吉兆)일 것이다."

마인귀가 흐뭇한 표정으로 크게 웃었다.

"하여 유비, 관우, 장비가 도원결의(桃園結義)를 했듯 우리도 여기서 결의를 맺는 게 어떻겠는가?"

"호호호, 찬성이에요, 큰오라버니."

요수련이 웃으며 화답을 했다.

"오라버니라고? 하긴 형제 결의를 맺으면 당연히 오라버니지. 우하하핫!"

마인귀는 무엇이 그리도 좋은지 더욱 크게 웃어 젖혔다.

하긴 젊은 여인에게 오빠 소리를 듣는데 기분이 나쁘다면 오히려 그게 더 이상할런지도 모르겠지만.

"저도 찬성입니다."

"그러면 갈포악이는 이제부터 나한테 형님이라고 부르라구. 버르장머리없이 비 형, 비 형 하지 말고. 알겠나?"

"푸케케켓! 알겠수다, 비무기 형님!"

비무기와 갈포악도 웃음으로 화답했다.

중사결의(中砂結義).

이렇듯 중사의 백사장 위에서 도원결의에 버금가는 역사적인 결의가 맺어지고 있었다.

*　　　　*　　　　*

개봉 제일의 명의 허주운이 준 치료제가 효과가 있었는지 무대봉의 상태는 많이 회복되어 있었다.

하나 회복은 어디까지나 외형상일 뿐이다. 온갖 보양(補陽)의 재료

들로 맛있게 만들어진 요리상을 앞에 놓고도 그는 여전히 넋 나간 표정을 하고 있었다.

"이것 좀 먹어봐. 보양으론 최고라는 곰 발바닥 죽이야."

광한은 그의 옆에 앉아서 마치 어린아이 밥 먹이듯 죽을 떠 먹여주려 했다.

"공치사 같아서 군이 얘긴 안 하려고 했는데, 내가 오늘 새벽 일찍부터 서가로에 있는 대왕반점(大旺飯店)의 맹씨한테 가서 우리 각하 먹일 거니까 특별히 신경 써서 만들어달라고 해서 갖고 온 거야."

"……."

하나 무대붕은 여전히 입도 벌리지 않았고 시선도 두지 않았다.

광한은 신경질적으로 수저를 탁 내려놓았다.

"대체 왜 그러는 거야? 어떤 여자를 보고 그렇게 뻑 간 건데. 얘기 좀 해봐. 그래야 방법을 찾아낼 거 아냐?"

"……."

"정말 계속 이런 식으로 밥도 제대로 안 먹고 묻는 얘기에 대답도 안 할 거야? 좋아, 알았어. 나도 이제 그럼 포기할 테니까 각하 맘대로 해!"

광한은 짜증을 내며 자리에서 벌떡 일어났다. 그리곤 문을 열고 나가려 하는데.

"휴우~"

맥 빠진 한숨 소리가 나가려는 그의 발을 잡았다.

"나도… 미치겠다."

"각하?"

광한은 팽이처럼 몸을 돌렸다. 그리곤 방금 전 자신이 앉아 있던 그

자리에 신속히 엉덩이를 붙였다.

"대체 어떤 여자야? 말해 봐, 내가 보쌈이라도 해서 이리로 데려올 테니까."

"휴우~"

무대붕은 잔뜩 그늘진 얼굴로 대답 대신 착잡한 한숨을 내쉬었다.

"거참, 각하답지 않게 왜 이래? 자꾸 이러면 나 각하한테 실망할 거야."

"광한아, 나… 정말이지 이번에… 당장이라도 함께 살고픈… 그런 여자를 만났다."

무대붕은 뭐가 그리도 답답한지 한번 드리워진 얼굴의 그늘이 지워지질 않았다.

"알아, 여자 문제라는 건 나도 대충 짐작하고 있으니까. 어서 본론을 얘기해 봐. 뭐가 문젠데?"

광한은 무대붕의 증상이 또다시 심각해질지도 모른다는 생각에 매우 조심스럽게 물어보고 있었다.

"난 말야, 결혼할 여자만큼은 내가 제시한 원칙을 모두 갖춰야 한다고 생각했거든."

"원칙이라니?"

"너한테도 얘기했을 텐데. 얼굴과 몸매는 기본이고……."

"아아, 알아! 얼굴과 몸매에 성격도 무조건 남자 말이라면 꾸뻑 죽을 만큼 순종적이어야 하고, 그리고 남편이 바람을 펴도 다 이해해 줄 정도로 이해심 많아야 하고, 이세를 위해서라도 머리는 당연히 좋아야 하고, 무좀이 없어야 하고, 아기를 낳아도 몸매만큼은 신속히 처녀 때의 몸매로 돌아올 수 있는 체질이어야 하고, 속 썩이는 처남이나 처제들이

없을 것이며, 집안도 당연히 뼈대가 있어야 한다는 마흔여덟 가지 원칙
말이지?"

"녀석, 역시 넌 진정한 나의 오른팔이다. 그걸 모두 기억하고 있다
니."

무대붕은 흐뭇했다.

이렇듯 자신의 말 한마디까지도 모두 머리 속에 입력을 시켜두는 훌
륭한 수하가 있다는 게 어찌 보통 인복이겠는가?

"근데 말야, 그 여자를 사랑하기 위해선 그 원칙과 대쪽 같은 나의
소신을 버려야만 한다는 게 너무 슬프다, 정말이지."

'대쪽 같은 소신?'

광한은 무대붕에게 언제 그런 게 있었냐고 따져 보고 싶었지만 워낙
상태가 상태인지라 이번만큼은 그냥 못 들은 척하고 넘어가기로 했다.

"어떤 조건이 맞질 않는 건데? 혹시 그 여자 애가 딸린 유부녀 내지
는 과부냐?"

"쓰으~ 이게 농담하나?"

"그게 아니면 뭐가 문젠데?"

"속 썩이는 처남이 있다는 게 너무 큰 문제라서 그런다!"

무대붕은 무척 속이 상한 표정으로 소리쳤다.

"내참, 그게 뭐가 문제야? 처남이랑 같이 살 것도 아닌데. 문제가 있
다면 애당초 그런 조건을 만든 게 바로 문제라구."

"임마, 넌 몰라. 우리 처남이 날 지금 얼마나 힘들게 하는지를……."

"나원 참, 그럼 두들겨 패버려. 각하가 원래 사람 패는 건 잘하잖
아?"

"그래도 손위 처남인데 어떻게 손을 대겠냐?"

"끙~ 없던 예절까지 생겼네? 도대체 여자가 얼마나 마음에 들길래?"

광한은 무대붕의 증상을 보니 충분히 상사병이 걸릴 만하다는 느낌을 받았다.

지금 무대붕의 사고(思考)나 말투는 예전의 그와는 너무도 차이가 있었다. 손위 처남이라서 손을 댈 수 없다니?

머리 뚜껑이 열리면 손위 처남이 아니라 장인까지도 들이박을 수 있는 인간이 바로 무대붕이기 때문이었다.

"좋아. 손위 처남이라서 손을 못 댄다고 치고. 대체 그 처남이 어떤 식으로 속을 썩이는데?"

"그 인간이… 글쎄 내 보물을 노리지 뭐냐."

무대붕은 착잡한 표정을 지었다.

"보물? 만금천부의 보물 말야?"

"당연히 그 보물이지. 그 우리 처남도 체면이란 게 있을 텐데 설마 내 귀고리나 목걸이를 달랬겠냐?"

"아니? 우리가 보물을 취득한 건 아무도 모를 텐데? 누가 아는 게 겁이 난다고 각하가 최고로 신경 쓴 게 보안이었잖아?"

"그러게 말이다. 황궁 천위위의 정보망이 대단하다더니만… 젠장!"

"황궁 천위위라니?"

광한이 눈을 휘둥그렇게 떴다.

"우리 처남, 그러니까 황제가 자신이 데리고 있는 천위위라는 정보 조직을 통해 이미 다 알고 있으니까 보물을 내놓으라고 했다는 얘기다."

쿵!

광한은 마치 가슴속에서 거대한 폭약이 터지는 것과 같은 큰 충격을 느꼈다.

그러나 무대붕은 광한의 표정 따위엔 관심이 없었다. 하긴 사랑으로 멀어버린 눈에 뭐가 들어오겠는가!

"벽하 공주… 정말이지 나의 완벽한 이상형인데. 이 무슨 운명의 장난인지, 아니면 장난의 운명인지 나의 이상형이 나에게 보물을 요구하는 그 악당 같은 인간의 동생이지 뭐냐."

무대붕은 눈물까지 글썽이며 그의 장난 같은 운명을 원망했는데, 바로 이것이 그가 그동안 식음을 전폐하고 누워 있게 만든 가장 큰 근본 원인이었다.

벽하 공주!

운명처럼 나타나 도저히 끊을래야 끊을 수 없는 천잠사(天蠶絲) 그물처럼 자신의 마음을 완벽하게 사로잡은 그녀.

무대붕이 그녀를 사랑하는 일에 있어 가장 큰 문제는 신분 차이도 아니요, 지식의 차이도 아니었다.

문제는 벽하 공주가 바로 자신에게 화를 내며 '꺼져! 거지새꺄' 라고 소리쳤던 황제의 동생이라는 것이다.

애정이 증오로 바뀌었을 때가 더욱 무서운 법이듯 자신에게 호의적이었다가 보물이 없다고 하자 눈에 독기(毒氣)까지 품고 소리를 지른 황제였다.

그런 황제가 만약 자신과 공주가 서로 사랑을 한다고 했을 때 과연 그냥 뒷짐 지고 구경만 하겠는가? 그 답은 군이 말 안 해도 명약관화(明若觀火)다.

그렇다고 보물을 갖다 바치며 돌아선 황제의 호의를 회복한다는 것도 결코 만만한 일은 아니다. 재물이라면 환장하는 무대붕이 어찌 힘들게 취득한 그 보물을 황제에게 갖다 바칠 수 있겠는가?

'자기가 아닌 국가와 백성을 위해서 쓰겠다고는 했는데… 줄까? 어차피 장보도를 건네준 아줌마도 불우한 이웃을 돕는 데 써달라고 했으니… 그렇게 해도 얘기는 충분히 되는데…….'

무대붕은 이내 세차게 고개를 도리질했다.

'아냐, 그게 어떻게 해서 내 손에 들어온 건데. 아무리 처남이 아니라 우리 아버지 부탁이래도 그건 안 돼!'

이런 식으로 하루에도 수십 수백 차례나 생각이 오가는 무대붕.

아! 아무리 천하의 무대붕이라 할지라도 사랑 앞에서는 마음이 흔들리는 어쩔 수 없는 사내였다.

"……."

한데 혼자서 열심히 갈팡질팡거리는 무대붕과는 달리 광한의 표정은 무겁고 딱딱하게 굳어져 있었으니.

광한!

그는 왜 이런 표정을 하고 있는 것인가?

"휴우우~"

"……."

지금 풍류각 안의 공기는 매우 어색한 이상 기류가 흐르고 있었다.

무대붕은 '사랑이냐? 보물이냐?' 하는 주제로 혼자 열심히 고민을 하고 있었고, 광한은 역시 말을 잊은 사람처럼 계속 그렇게 돌처럼 앉아 있었다.

*　　　*　　　*

오환족!

만리장성의 동북 변방을 하나하나씩 차례로 무너뜨린 무적의 용사들.

그들은 요동의 모용족마저 거침없이 밟아버린 후 앞으로는 금마국(金馬國)이라는 국호(國號)와 진봉(震封)이라는 연호(年號)를 사용하겠노라고 대외에 선포를 하였다.

오환족!

그들은 이제 일개 작은 부족 국가가 아닌 중원 동북 변황의 신흥 맹주로 자리매김을 하게 되었다.

휘이잉!

요동 벌판 위로 황토 바람이 휘몰아치고 있었다.

뿌연 먼지 바람은 극성스러운 소리를 동반하며 벌판 위에 세워져 있는 금마국 군사들의 군막 사이를 휩쓸고 있었다.

금마국의 군영임을 상징하는 무적의 철갑 기병의 펄럭이는 깃발 밑으로 보기에도 딱한 헐벗은 백성들이 끝도 없이 몰려들고 있었다.

"어어, 밀지 마!"

"밀긴 누가 밀었다고 그래? 새치기 한 건 바로 너잖아?"

"이런 씨! 뭔 소리야? 난 아침부터 와서 기다린 사람이라고! 이거 왜 이러서?"

배급을 기다리는 요동의 굶주린 백성들은 서로 먼저 밥을 받아가려고 이곳저곳에서 티격태격했다.

"어허! 조용히 하고 차례를 지켜요! 그런 식으로 싸우면 배급 안 줄 겁니다!"

배급을 담당하고 있는 군사가 국자를 들고 소리쳤다.

"어허, 싸우지들 마. 당신들 때문에 우리까지 굶으면 되겠어?"

"알았수. 조용히 할 테니까 어서 밥이나 주슈."

군사의 말 한마디에 질서 정연해지는 사람들. 그만큼 이 지역 백성들의 식량 사정은 절박한 상황이었다.

뿐만 아니라 금마족 군영의 군사들은 몰려온 백성들에게 옷가지도 나눠주고 있었다.

"세상에 고맙기도 하시지. 이 흉년에 양식과 옷을 주시다니요. 철패대제님은 환생한 신이십니다."

"암요, 정말 신이 아니고서야 이럴 수가 없지요."

철패대제(鐵覇大帝)!

그것은 철패왕 야율노극을 가리키는 말이었다.

야율노극은 금마국으로 국호를 재정하면서 자신을 중원의 임금처럼 대제라 부르게 하였다.

처음엔 변황의 사람들도 대제라는 칭호에 적응하질 못했다. 그들의 뇌리 속에 대제는 하늘 아래 단 한 사람뿐인 줄만 알았으나, 먼 곳에서 백성들이 굶어 죽거나 말거나 관심조차 갖지 않는 영중제보다는 가까운 거리에서 자신들의 어려움을 배려해 주는 야율노극이 더 친근하고, 어쩌면 그가 백성들을 위할 줄 아는 진정한 하늘의 아들이라는 생각까지 들게 되었다.

"자자, 다음 사람!"

군관들은 여기저기서 땀을 흘리며 벌 떼 같은 백성들에게 양식과 옷을 주기에 바빴고, 또 다른 한쪽에서는 몰려드는 장정들을 정리하기에 정신없었다.

"누구나 오라 하시오! 굶주리고 병든 사람은 모두 오라 하시오! 이곳에선 먹을 것과 약을 줄 것이오. 그리고 원하면 누구든 살아 있는 신(神)이신 철혈대제님의 군사가 될 수 있소이다!"

왼쪽 팔뚝에 노란 완장을 찬 장교급 군사가 크게 소리치자 많은 젊은 청년들이 그의 주변으로 일제히 몰려들었다.

"나를 써주십쇼. 나도 금마국의 무적 용사가 되고 싶습니다!"

"나도 하겠소이다!"

"내가 먼저요. 난 새벽부터 기다린 사람이라니까요!"

젊은 금마국 장교의 주변으로 몰려들며 아우성치는 변방의 청년들. 그들은 굶주림에서 벗어나기 위해서라도 금마국의 군사가 되고 싶었던 것이다.

"아아, 차례를 지키시오! 차례들을 지키라니까!"

반면 젊은 장교는 예상을 훨씬 뛰어넘는 엄청난 지원자들이 폭주하자 도저히 정신을 못 차리며 계속 똑같은 말만 반복하고 있었다.

얼마 전까지만 해도 오환족을 미개하고 천박한 오랑캐 취급을 했던 요동의 젊은이들이 지금 그 미개한 오랑캐의 군졸로 선발되기 위해 치열한 몸싸움까지 벌이고 있다니.

아아, 먹고사는 가장 원초적인 생존 앞에선 조국도 없고 자존심도 증발하는 게 바로 우리 인간의 서글픈 삶이 아닐런지.

군영 회의장.

간이 천막으로 지어진 군영 내의 회의장에선 지금 철혈대제 야율노극과 많은 고위 장군들이 심각한 표정으로 격론을 벌이고 있었다.

"폐하! 백성들이 끝도 없이 몰려들고 있사옵니다."

사자 갈기 같은 수염과 구레나룻을 한 철갑 기병대 장군인 오록호리가 다소 불안한 표정으로 입을 열었다.

"이러다가는 백성들에게 치여서 진황도(秦皇島) 공략이 제대로 될까 모르겠사옵니다."

진황도란 만리장성의 동쪽 첫 관문인 산해관 밑에 위치한 인공 섬이다. 그곳을 공략해야만 하북성으로 침공할 수 있는 발판을 마련할 수 있는 그야말로 전략의 요충지라 할 수 있는 곳이었다.

"그러하옵니다. 지금은 백성들에 대한 구휼보다도 진황도의 공략에 더 힘을 기울여야 할 때이옵니다."

오록호리의 바로 옆에 있는 목이 딱 달라붙은 사십 대 후반의 토벌 대장군 낭문하루 역시도 매우 불안한 표정이었다.

"쿨록, 소생 역시도 군량미를 나누어 주다 보니 이미 바닥이 보인다 들었사옵니다."

유일하게 군복(軍服)을 입지 않은 문사(文士) 차림의 백발노인까지도 잔기침을 하며 이들의 불안을 거들었다.

군사(軍師) 합문아태(閤門阿太)였다.

"……."

야율노극은 불안해하는 신하들의 얘기를 조용히 경청했다.

이제 중원이 바로 눈앞에 있다는 이유 때문일까? 요동의 모용족을 친 이후 그는 되도록 말을 아꼈다.

"…짐도 알고 있네."

오랜 침묵 뒤에 야율노극의 입이 열렸다.

"그러나 중요한 것은 그런 물질적인 게 아니라 우리가 무엇으로 적을 이길 수 있는가 하는 바로 그것이라고 짐은 생각한다.”

“…….”

“요동은 물론 그 외 모든 변방의 백성들은 짐을 살아 있는 신으로 알고 있다. 이 땅에 환생한 신이라고 말이다.”

호전적인 그의 성격과는 달리 음성은 매우 나직했다.

그러면서도 항거할 수 없는 군주의 절대적 신위가 담겨 있었다.

“따라서 짐이나 그대들이 모두 부처와 부처의 군대가 되고, 저들과 하나가 되지 않으면 저 진황도는 물론이고, 어떤 일도 이룰 수 없을 것이다.”

“…….”

“백성이 굶으면 나나 그대들도 굶고 저들이 아파 신음하면 함께 아파하고 울어주어야 한다. 그것만이 산해관을 넘어 마지막엔 황궁까지 취할 수 있는 가장 확실한 최선의 방법일 것이다.”

“…….”

그의 음성이 흘러나오는 동안 모든 고위 장군들의 표정들이 숙연해졌다.

야율노극!

그에게는 역발산의 힘만 있는 게 아니었다. 그는 항복한 군사들은 물론 빼앗은 땅의 백성들까지도 자신에게 충성을 바칠 수 있도록 만들 줄 아는 타고난 군주였던 것이다.

“민심을 얻어야만 천하를 제패할 수 있다. 그 사실을 각골명심토록 하라. 알겠느냐?”

야율노극은 항거할 수 없는 그 음성으로 ‘천하제패’ 라는 부분에 힘을 주며 회의를 끝냈다. 불안한 표정으로 회의장에 모였던 고위 장군

들은 마치 괜한 얘기로 주군의 심기만 어지럽혔다는 곤혹스러움을 느
낀 채 그곳을 빠져나갔다.

"철갑대장군."

야율노격은 유일하게 그 장소에 남아 있는 오록호리를 불렀다.

"말씀하십시오, 폐하."

"앞으로 더욱 군율을 엄히 세우도록 하라."

"……."

"그리고 오는 백성들은 막지 말고 모두 받을 것이며, 그들과 공평하
게 먹고 똑같이 나누라고 하라. 만약 지위가 있다 하여 하나라도 더 취
하는 자가 있다면 극형으로 다스리겠다는 나의 엄명을 전하도록 하라.
알겠는가!"

"예, 폐하. 분부 받들어 군령을 지키겠사옵니다."

오록호리는 비장한 표정으로 주군의 명령에 대답하였다.

"머지않아 공격 명령을 내릴 것이다. 백성들의 뜻이 완전한 하나로
확인되었을 때 우리는 비로소 산해관으로 향할 것이다."

야율노극은 천천히 일어나며 결연한 표정을 지었다.

"어! 군사님, 내 옷은 왜 이렇게 작은 겁니까?"

"그게 제일 큰 거요. 더 이상 큰 거는 없어요. 그러니까 살 좀 빼슈."

군영 곳곳에선 여전히 수많은 백성들이 아우성거리며 군사들을 피
곤하게 하고 있었지만 거의 모든 군사들이 이제는 대체로 백성들과 농
을 나눌 수 있을 만큼 친숙한 분위기였다.

"허허, 그래. 저 얼마나 보기가 좋은가?"

오록호리를 대동하고 나타난 야율노극은 흐뭇한 미소를 지었다.

순간, 어떤 나이 든 노인이 야율노극의 모습을 발견하곤 자신도 모
르게 크게 소리치며 넙죽 엎드렸다.

"아이고~ 폐하! 성은이 망극하고 또 망극합니다!"

그러자 주변의 사람들도 일제히 야율노극을 향해 부복하였다.

"폐하, 가뭄과 홍수 때문에 군사들이 먹을 군량미도 부족할 텐데 우
리같이 미천한 백성들에게까지 밥을 다 나눠 주시다니."

"흑흑, 이 하해와 같은 성은을 어찌 갚을 수 있을지 정말 몸둘 바를
모르겠나이다."

"폐하는 정말 저희들의 신이십니다."

야율노극을 향해 누구랄 것 없이 일제히 부복을 하며 진심으로 감격
하고 있는 변방 백성들의 모습.

그건 정말 일대 장관이었다.

"허허, 새벽에 내린 비로 아직 땅이 마르지가 않았습니다. 어서들 일
어나십시오."

야율노극은 친절하고 부드럽게 일일이 어루만지며 그들을 일으켜
주었다.

야율노극!

그는 남의 땅을 침략한 정복자였지만, 정복자의 권리보다는 이렇듯
새로운 군주로서의 책무에 충실했다. 하여 연이은 가뭄과 굶주림과 전
란에 시달렸던 백성들에게 있어서 그는 단비와도 같았고 구세주와도
같았던 것이다.

또한 그는 엄격하게 자신과 수하들을 관리하면서 희망을 잃은 백성
들의 지지를 얻어냈으며, 그러한 민심을 얻는 것이 바로 그가 원하는
천하제패의 지름길이라고 생각했던 것이다.

                    *   *   *

“뭐라구? 거지새끼가 보물을 갖고 왔다고!”

영중제는 어찌나 놀랐는지 수라상을 받다가 그만 수저를 떨어뜨렸다.

“예. 지금 수레 하나로 가득 실어 갖고 나타났습니다.”

싸가지없게 생긴 젊은 환관 용재출이 부복한 상태로 대답했다.

“영빈전 앞 정원에 있다고 했지?”

영중제는 식사를 하다 말고 자리에서 벌떡 일어났다. 그러자 수라간 최고 상궁이 당황했다.

“폐하, 아직 수라 중이시옵니다.”

“이봐! 내가 지금 밥 먹게 생겼어? 먹은 셈칠 테니까 그냥 치워.”

말과 함께 영중제의 신형이 밖으로 사라져 버렸다.

언제나 뒷짐을 지고 팔자걸음이던 영중제의 다리가 저렇게 빠를 수 있다니.

정말 급하긴 급했던 모양이었다.

용재출의 말대로 마차 하나 가득 실려 있었다.

‘정말… 저게 몽땅 보물이란 말인가?’

영중제는 체통을 잊은 채 뛰어오면서 마차 가득 실려 있는 보물을 발견하고는 치솟는 감동에 찔끔 눈물을 흘릴 뻔했다.

그동안 부족한 국가 재정 때문에 그가 얼마나 가슴 아파했던가? 그런데 이제 저 보물로 이재민을 도와주고, 국방비도 충당할 수 있다고 생각하니 어찌 감격을 안 할 수 있겠는가?

"움하하! 폐하, 이거 또 뵙게 되네요?"

무대붕이 허리를 꾸뻑이며 인사를 했다.

"흠, 어찌 된 건가? 도둑맞았다고 해놓고서?"

영중제는 무대붕의 얼굴을 대하자 속마음과는 달리 짐짓 불쾌한 표
정부터 지었다. 그건 지난번 깐죽거리며 자신을 속인 것에 대한 앙금
이 아직도 남아 있다는 의미였다.

"움하하! 지난번에 말씀드렸잖습니까? 제가 육만 개방 문도의 총수
라고 말입니다."

"그게 뭐 어쨌는데?"

"제가 원래는 금전적인 욕심이 없는 탓에 그냥 도둑맞는 대로 내버
려 두려고 했는데 폐하께서 워낙 필요하다고 하시니 어쩔 수 없이 저
희 개방 식구들을 몽땅 풀었지 뭡니까?"

"……."

"육만 저희 개방 식구들이 남 육성 북 칠성을 이 잡듯이 뒤져 결국은
십만대산 사백사십사 번째 동굴에 숨어 있는 생쥐 같은 그 도둑놈을
잡았다는 거 아닙니까. 움하하핫!"

참으로 입에 침도 안 바르고 어쩜 저렇게 거짓말을 잘할 수 있을까?

어쨌든 생기 넘치는 목소리와 술술 나오는 터무니없는 거짓말을 보
니 초상나기 일보 직전까지 갔던 무대붕의 건강이 회복되긴 된 모양이
었다.

'육만 문도, 십만대산, 사백사십 번째 동굴? 이 자식, 뻔한 거짓말을
꽤나 근거있는 것처럼 읊어대는군.'

영중제는 입이 썼다.

감히 황제 앞에서 뻔한 거짓말을 해대고 있는 무대붕이란 인간이 너무 괘씸했지만, 그렇다고 혼낼 수는 없는 처지는 아니었다.

'근데 갑자기 요 녀석 마음이 왜 바뀌었지? 죽더라도 보물을 끼고 죽을 놈 같았는데?'

황제는 의아했지만 그 깊고 깊은 속사정까지는 어찌 헤아릴 수가 있겠는가?

무대붕이 누구 때문에 상사병이 걸리고, 무엇 때문에 그의 성격상 도저히 상상조차 할 수 없는 이런 결단을 내리게 됐는지 그는 하늘이 두 쪽 나도 알 수가 없을 것이다.

문득 무대붕은 수레에 가득 실려 있는 보물 자루들을 보며 씁쓸한 표정을 지었다.

'에휴~ 아무리 사랑의 대가라지만 그래도 정말 아까워 미치겠군.'

무대붕은 입이 썼지만 일단 자신으로 하여금 사경까지 헤매게 만든 공주의 오빠부터 확실히 자신의 편으로 만들기만 하면 그녀와의 결혼은 일사천리로 풀려 나갈 거라는 오랜 고민 끝에 내린 자신의 결단에 충실하기로만 다짐했다.

그리고 갖고 온 만큼의 보물은 아직도 남겨두질 않았던가!

"아무튼 정말 고생했네. 훔쳐 간 도둑놈을 잡으랴, 그리고 이 많은 보물을 개봉에서부터 여기까지 운반하랴."

"그러게 말입니다. 근데 국가와 민족을 위한 일이라서 그런지 전혀 고생스럽지가 않고 즐겁더라니까요."

무대붕은 천연덕스럽게 미소까지 지으며 대답했다.

"정말이지 폐하를 뵌 이후 많은 걸 깨우쳤습니다. 그리고 저 역시도 앞으로는 우리 개방 거지들만 생각할 게 아니라 폐하처럼 국가와 민족

을 위해 뭔가 헌신하는 그런 삶을 좀 살아볼까 하는데… 그렇게 윤허
해 주시겠습니까? 보물도 갖고 왔는데.”

“윤허라니?”

영중제는 의아한 표정을 지었다.

“움하하! 그런 정치적인 얘기를 어떻게 이렇게 서서 할 수 있겠습니
까? 따로 드릴 말씀이 있으니 자리를 좀…….”

무대붕은 머리를 긁적이며 말끝을 흐렸다.

국가와 민족을 위한 헌신!

너무도 무대붕답지 않은 얘기 같은데?

대체 이건 또 무슨 꿍꿍이 속일까?

아무튼 무대붕의 잔머리는 갈수록 점입가경이었다.

〈제1권 끝〉